U0104284

文學的鏡象

語言文學／文學語言

邱湘雲　著

自 序

今日人文社會科學領域中，「語言學」與「文學」分屬兩大不同領域範疇，然而仔細觀之，語言與文學（Language & Literature）常相提並稱，「語」、「文」之間有著密不可分的關係。

對「文學」而言，語言是人類表情達意，創作文學的首要憑藉，語言與文學的關係就好比石頭與廣廈，不同材質架構出不同的作品，沒有好的材質營造不出偉大的建築，唯有生動精妙的語言才能創作出穿透時空的不朽巨構。語言是文學的第一要素，也是影響作品成敗的主要因素，語言的特徵決定了文學的風格與特色。

其次，對「語言」而言，語言有所謂「工具語言」，有所謂「文學語言」，語言表達臻於高妙者便是文學，文學是語言的上乘表現，在文學家精雕細琢下，文學作品展現出語言的形式美、音樂美及意涵美，朱光潛《談文學》：「文學是以語言文字為媒介的藝術」，文學是一門語言的高超藝術。

不同語言創作出不同形式的文學佳篇，不同的文學作品也豐富了語言中語音、語彙及語法方面的表現，語言與文學互為表裡，相輔相成，唐人杜甫：「為人性癖耽佳句，語不驚人死不休」，宋人黃庭堅：「點鐵成金」……，由這些字句都可看到古代文人對語言文字用心之處。

　　鑑賞文學之美需以語言文字為入徑，創作文章需以語言文字為憑藉，最好的文學作品是用最優美的語言文字寫成，偉大的文學家也是偉大的語言大師。然而今日研究文學者往往視語言學為畏途，研究語言者又往往於求真之餘忽略了文學之美，因此本文試圖綰合「語言」與「文學」，以「文學語言」為探討對象，由不同視域探索文學作品中的語言表現，剖析語言對文意表達與文學美感展現所起的作用。

　　自古以來知名文學佳構皆自有其語言特色，然而中國文學典籍何等浩瀚，「吾生有涯，知也無涯」，在此僅取哲理散文及詩詞名篇作為探討對象，《文心雕龍·知音》：「平理若衡，照辭如鏡」，本文以戰國《孟子》、《荀子》及《莊子》等哲理散文為例，探討古代思想家如何運用思維的載體－語言來以理服人。

　　《維摩經義疏》：「如一寸之鏡，懸在於壁，而照見天下之物」，《宗鏡錄》：「如一空遍森羅之物像，似一水收萬疊之波瀾。入宗鏡中坦然顯現」，禪家明心若鏡，因此本文以《六祖壇經》、唐代禪詩及王維詩歌等極富禪理的詩文為題探討禪家語言下的鏡象之美。

　　《周易·繫辭上》：「聖人立『象』以盡『意』」，三國王弼《周易·略例》：「盡意莫若象，盡象莫若言。」明·胡應麟《詩藪》：「古詩之妙，專求意象」，詩詞意象之美亦表現在遣辭鍊句上，因此本文特舉晚唐許渾詩歌、韋莊之詞及宋代張炎禽鳥詞的語言意象作為探討對象，探析其中語言文字的形式、內容及意象表現的技巧。期望本書之作能幫助讀者認識文學語言的特徵，了解文學創作的特點，進而能巧妙運

用語言於人群交際之中，並感受到語言藝術的魅力所在。

　　朱熹〈觀書有感〉：「半畝方塘一鑑開，天光雲影共徘徊；問渠那得清如許？為有源頭活水來。」因為有清澈的活水，才能像明鏡般映照出天地萬象的大美，文學之美猶如天光雲影，語言文字就如方塘，如明鏡，如源頭活水，可以照見文學的美好，可以為文學注入源源不斷的生命力！

邱湘雲

2010 年 9 月

【目　次】

第一章

《孟》、《荀》二書語言表達方式比較

摘要

　　語言是表情達意，傳達思維的主要工具。先秦時代百家爭鳴，《孟子》和《荀子》皆為闡揚儒家聖道而作，二書如何運用言辯技巧以摒斥邪說蔽辭？其「言語表達方式」對今人有何足資借鑑之處？本文將由「文學語言」、「哲學語言」及「語言學」三方面探討二人言辯方式的異同表現，以揭示二書語言特色之所在。

關鍵字：孟子；荀子；語言表達；先秦語言

壹、前　言

「語言」是人類有別於其他動物的一大特色，也是人們溝通思想、情感的主要工具，語言在人類生活中扮演重要的功用：不唯表情達意要靠語言，傳達思維要靠語言，文化的興衰與政治的成敗都可能因語言而影響社會人群，所謂「一言而可以興邦」、「一言而可以喪邦」（《論語・子路》）便是說明這個道理，因此早在春秋時代的孔子便深切體認到這門工夫的重要，因而將「言語」納入孔門學習重要科目之一，並且是僅次於「德行」之後的第二重要學科。

戰國時代，諸侯爭霸，學術上出現「百家爭鳴」的蓬勃景象，諸家「各自表述」，學說千差萬別，然而在爭鳴過程中，重視外交辭令、重視言語辯術則是一致的方向。「言語」技巧到此可以說是貫通各家的「顯學」，各家莫不充分學習並利用言辯技巧以游說君王，以達成目的，所謂「百家爭鳴」何嘗不可視為一場「語言的競技」？誰能以「三寸不爛之舌」說服君王，誰便能號令天下，左右世局。

孟子、荀子二家同以孔門後學自居，《史記・孟子荀卿列傳》也將二人合傳，二人學說雖有不同，但一為「闢邪說」，一為「正名實」，二人維護聖道的苦心孤詣無二無別。如何說服君王行仁施禮？靠的是「語言」；如何排拒邪說以力挽狂瀾？所需仍是更為高超的語言技巧，如此才能「魔高一尺，道高一丈」，才能「以言止言」，「破邪而反正」。《孟子》和《荀子》的言語技巧令人好奇，二書如何運用語言以

摒斥邪說？對語言的態度有何不同？對後代語言藝術又有什麼樣的啟發？近年來對《孟》、《荀》二書的研究早已超出思想之外而擴充到其他多方面、多領域的廣泛研究，「語言」研究方興未艾，研究二書語言對今人「言談表達」也有可資借鑑的價值，這方面值得我們作一深入探究。

　　有人會問：孔門以「言語」為科目之名，「言語」和「語言」名稱是否相同？進行討論之前需先對本文的主題──「語言」的內涵作一定義。依語言學大師索緒爾《普通語言學教程》所言可知：屬於個人層面的稱為「言語」（parole），屬於社會層面的稱為「語言」（language）[1]」，。如此看來，所謂的「語言學」可有廣、狹二義之分，正如西方有「大語言學」（maisalmgas）和「小語言學」（mialinnis）之分[2]：

1. 狹義「語言學」：僅指語音、語法、詞彙、文字等語言本身的考察。

2. 廣義「語言學」：可涵括語言的一切表現，諸如「文學」上的語文、修辭、文體、文意等，「哲學」上的邏輯、概念等「言語」層面的表現皆可涵括在內。

　　然而話說回來，天地間學問初始之時本是一體無別，強為分科分目乃後人所為，分科之細好處是可以「一門深入」，缺點卻是容易流於枝流末節，無法一窺原典全貌，本文將採「宏觀」角度來看待語言的各種表現，所要討論的是

---

1 索緒爾著，高名凱譯《普通語言學教程》（台北：弘文館出版社，1985年），頁28。

2 參朱星《中國語言學史》，緒言，（台北：洪葉文化出版社，1995年）頁2。

「廣義」的語言學，包括「語言」和「言語」兩方面。

貳、《孟》、《荀》二書語言
方面的比較

　　《孟子》和《荀子》皆為儒家思想的代表典籍，歷來的研究多由「思想」層面入手，殊不知再精闢的見解，若沒切中要點的「語言」來表達也是枉然。「思想」是「所指」，「語言」是「能指」，沒有「能指」的語言就不能看到「所指」的內容，足見語言表達有多重要。《孟子》和《荀子》二書除了由思想方面比較異同，更可由語言層面來探討二者的分歧所在，以下便分「文學語言」、「哲學語言」及「語言學」三個面向來討論。

一、文學語言上的考察

　　1. 就文體性質而言：《孟子》是語錄體，性質是
　　　　「語」，表達方式重在「辯」；《荀子》是言論集，
　　　　性質是「言」，表達方式重在「說」

　　今日我們習慣以「語言」並稱，但若溯其字源，「語」、「言」二字本有不同：

　　許慎《說文解字》釋「言」：「直言曰言，論難曰語。」段玉裁注：「發端曰言，答難曰語」。

　　《說文解字》釋「語」：「語，論也。」段玉裁注：「語，禦也，如毛說。一人辯論是非謂之語，如鄭說。與人

相答問辨難謂之語。」

按《禮記・雜記》篇有「三年之喪，言而不語」的字句，鄭玄注：「言，言己事也；為人說為語。」又《論語・鄉黨》：「食不語，寢不言」，朱熹注：「答述曰語，自言曰言」，可見「言」和「語」古代確實有別。根據前賢解說，我們可以對「言」、「語」作出不同的定義：

（1）「言」是一人發端成為言論，猶如今日的「獨白」。

（2）「語」是二人互設問答，共相答難，猶如今日的「對話」。

依此考察《孟》、《荀》二書：《孟子》和《論語》皆屬「語錄體」，所載皆是與時人相答問難之語，性質是「語」，而所採用的言語技巧是「辯」，文中常以「詰語辯難」的方式來剝顯要旨。《荀子》則篇篇有主題，可說是作者個人的一本「言」論集，性質是「言」，所用的表達方式是「說」，書中常直接運用「說理」的方式道出主旨。因為是「語」，所以《孟子》文字簡潔明瞭一如口語；又因是答辯所需，所以也予人針鋒相對，言辭犀利之感，感覺孟子「好辯」原因就在於此。而《荀子》性質是「言」，是「說」，其書貴在能自創新說，主題鮮明，舉證豐富而說理透澈，這是二書在語言本質上的差異，二書性質不同，顯現出的語言風格自然有所差別。

2. 就表現手法而言：設問、比喻、引用等技巧有所不同：

（1）設問技巧不同：《孟子》多激問，《荀子》多提

問。正因二書性質不同，因此言語表達的技巧也有所不同：
就修辭方式來看，二書皆有問答，但《孟子》多相互「對
答」，或與君王對答，或與學生對答，如《孟子·梁惠王》[3]
多見與君王對答之語：

> 梁惠王曰：「叟不遠千里而來，亦將有以利吾國
> 乎？」孟子曰：「王何必曰利？亦有仁義而己矣。」

又如：

> 齊宣王問曰：「交鄰國有道乎？」孟子對曰：「有，唯
> 仁者能以大事小，是故湯事葛，文王事昆夷。」

與學生的問答則見〈公孫丑〉、〈萬章〉等篇章，其特色
是能隨問隨答，機鋒敏捷，而且多為「激問」，答案往往在
問題的反面，如：

A. 〈公孫丑〉：「為兵餽之，予何為不受？」「如欲治平天
　　下，當今之世，舍我其誰？吾何為而不豫哉？」

B. 〈滕文公〉：「聖人憂民如此，而暇耕乎？雖欲耕，得
　　乎？」「相率而為偽者也，惡能治國家？」

C. 〈萬章〉：「萬鍾於我何加焉？」

D. 〈告子〉：「然而不王，可乎？」「是豈水之性哉？」「存乎

3　本文所引《孟子》出自朱熹《四書章句集注》（高雄：復文出版社，1990
　　年）。

仁者，豈無仁義之性哉？」

　　以上都是運用激問反詰法以刺激對方思考，但也因為是隨機應答，所以沒有一明確主題、主旨是這種表達方式的缺點所在。

　　反觀《荀子》[4]則多「自問自答」，多「提問」，如：

A.〈勸學〉：「學惡乎始？惡乎終？」曰：「始乎誦經，終乎讀禮。」

B.〈不苟〉：「君子治治，非治亂也。曷謂邪？曰：禮義之謂治，非禮義之謂亂也。」

C.〈非相〉：「人之所以為人者何已也？曰：以其有辨也。……夫禽獸有父子而無父子之親；有牝牡而無男女之別，故人道莫不有辨。」

　　《荀子》全書自設問答處還很多，其特色是設想周延，面面俱到，但有時難免也會予人長篇大論，自圓其說之感。

　　（2）比喻手法不同：《孟子》多單喻或正反相襯的成對「對喻」，《荀子》則多層次鋪疊的「排喻」；前者的比喻方式影響了寓言和小說，後者則影響賦體的發展。

　　譬喻可以化抽象為具體，化呆板為生動巧妙，用於說理時能深入淺出，使讀者既在思想上得到啟迪，也因文章辭采吸引讀者而使道理更加深入人心。「孟子善于譬喻」，趙岐早

4　本文所引《荀子》主要出自唐·楊倞注，清·王先謙集解《荀子集解》（台北：世界書局，1972年）。

已揭示出《孟子》的這項特色，孟子經常運用具體的比喻表達抽象的道理，例如：「仁」的定義很抽象，但《孟子・公孫丑》：「仁者如射，正己然後發」，如此比方則「仁」的內涵便不再玄渺難知。又《孟子・離婁》：「民之欲仁也，猶水之就下，獸之走壙也」，以「水」、「獸」等淺近事物比喻人心欲仁及性善的必然性。孟子比喻的另一特色是「能近取譬」（《論語・雍也》），「近取諸身，遠取諸物」（《周易・繫辭傳》），往往就人、就地取材，並且能貼近聽話者的心理狀態，如「王好戰，請以戰喻」一則以「五十步笑百步」設喻，用君王所能感知的作戰場面來說明道理，使聽者（梁惠王）感同身受，這是他說理成功的原因之一。由於這種比喻生動貼切，令人印象深刻，到後世更凝煉濃縮成一則則的成語，諸如「緣木求魚」、「反掌折枝」、「揠苗助長」、「解民倒懸」、「出谷遷喬」、「未雨綢繆」、「一傅眾咻」、「一暴十寒」等都是出自《孟子》且為大家耳熟能詳的成語。還有一些比喻因為具有故事性，進而還展現寓言或小說的雛型，如「齊人有一妻一妾」（《孟子・離婁》）一章將貪求富貴而寡廉鮮恥的人物寫得栩栩如生，整篇文章已具足「人物、故事、情境」等小說各大要素，因此有人推崇《孟子》「齊人」一章是中國最早短篇小說之一，因為它已具備了小說應有的雛型。

　　《孟子》一書不但比喻多，而且常以正反對喻的形式出現，如：「力足以舉百鈞而不足以舉一羽，明足以察秋毫之末而不見輿薪」，用一大一小，一隱一明相互對襯的「對喻」烘托出主題。又如「挾泰山以超北海，是不能也」，「為長者折枝，是不為也」也是正反「對喻」，正反相對予人極

大的「落差感」，進而產生對比的反差效果，也難怪時人覺得孟子果真能言善辯，可以扭黑轉白。

《荀子》書中的譬喻也不少，但《荀子》很少用一物比喻單一事理，而是擅長運用不同的事物比喻同一事理，他會找出二件或多件事物之間的共同特徵，從不同角度來多方比喻，他的比喻往往以「成串」的方式出現，大量的鋪排形成所謂的「博喻」或「排喻」，單看〈勸學〉一篇便有數十個譬喻排山倒海而來，例如文中說明「積學」的重要：

> 積土成山，風雨興焉；積水成淵，蛟龍生焉；積善成德，而神明自得，聖心備焉。不積跬步，無以致千里；不積小流，無以成江海。騏驥一躍，不能十步；駑馬十駕，功在不舍。鍥而舍之，朽木不折；鍥而不舍，金石可鏤。

以上成串比喻皆在闡明同一事理，即「學習」的重要，但一口氣就用了這麼多的比喻，琳琅滿目，予人目不暇給之感，使人不覺讚嘆荀子學問何以淵博至此！荀子所知豐富，學問廣博，難怪當時士人都要來齊國拜這位「稷下先生」為師。

此外，《荀子》用喻往往有「例證」的作用，能以彼代此，使「物理」和「哲理」融為一體，《荀子》散文最大特色便是「博喻」和「群證」，他的比喻在書中俯拾皆是，有如落英繽紛，群蝶翩舞，使人眼花撩亂，而這種善於鋪排的方式和後世「辭賦」文章正相彷彿，《荀子》書中就有

「賦」篇，文中運用鋪排方式說明〈禮〉、〈知〉、〈雲〉、〈蠶〉、〈箴〉五事的道理，這五篇文章是中國文學上最早稱為「賦」的。排喻技巧對後代辭賦、駢文造成深遠的影響，陳柱《中國散文史》曾說：「荀卿之文富有駢文化，為後世駢文家之祖」[5]。

（3）引用方式不同：

孟、荀二人既以儒家繼承者自居，書中引用大量儒家經典以說明道理便成二書共同的特色。引用經書一來可以展現「宗經」的精神，二來也可加強言語的說服力量。據本文實際統計，《孟子》和《荀子》二書引用五經的次數如下[6]：

引用經典	引《詩》	引《書》	引《易》	引《禮》	引《春秋》
《孟子》	32 次	11 次	0 次	2 次	0 次
《荀子》	76 次	12 次	3 次	0 次	0 次

由上表可見：多引《詩》、《書》是二書共同的特色，但孟子引了《禮》經的話而《荀子》未見，按《孟子》所引《禮》見於〈公孫丑〉下：

景子曰：「……《禮》曰：『父召無諾；君命召，不俟駕』，固相朝也，聞王命而遂不果，宜與夫禮若不相似然。」

5　陳柱《中國散文史》（台北：商務印書館，1978 年）。頁 66。

6　依〈寒泉古典文獻全文檢索資料庫〉檢索所得，網址：http://140.122.127.253/dragon。

此處的《禮》究竟指三禮中的哪一部？考察此文不見於《周禮》、《儀禮》而見於《禮記・曲禮》，不過卻是「父召無諾」、「君命召」二文分見：

> 侍坐於先生：先生問焉，終則對，請業則起，請益則起，父召無諾，先生召無諾，唯而起。……故君子式黃髮，下卿位，入國不馳，入里必式，君命召，雖賤人，大夫士必自御之。

　　與《孟子》所引稍異，可能是《禮》這部經形成之初的版本，也可能是未經整理前《禮》的逸文。

　　《荀子》學說最重禮，據本文粗略統計，《荀子》全書提到「禮」的地方有 333 處之多，其中「禮」和其他經書並稱，可知確指《禮》經者共有 8 處，但都沒有引用《禮》經原文，書中提及《禮》多是對此書的功用和性質作概括性的總評，如〈勸學〉：

> 故《書》者，政事之紀也；《詩》者，中聲之所止也；《禮》者，法之大分、類之綱紀也。故學至乎禮而止矣，夫是之謂道德之極。《禮》之敬文也，《樂》之中和也，《詩》、《書》之博也，《春秋》之微也，在天地之間者畢矣。

　　雖未見引用《禮》經的原文，但必也已經熟讀《禮》才能如此融會貫通，能援古而證今，作概括式的評論，務使事

理說明到透澈為止。

此外值得注意的是荀子學說還引用到《易》經,這是《孟子》所未見的,所引《易》經這三篇內容是:

A.〈非相〉:《易》曰:「括囊,無咎無譽。」腐儒之謂也。

B.〈大略〉:《易》之〈咸〉,見夫婦。夫婦之道,不可不正也,君臣父子之本也。咸,感也,以高下下,以男下女,柔上而剛下。

C.〈大略〉:《易》曰:「復自道,何其咎?」春秋賢穆公,以為能變也。

由此也可證知荀子對《詩》、《書》、《禮》、《易》、《春秋》等儒家經典不棄不離,言談時時根據儒家經典,因此非但不是儒家的「異類」[7],甚且還「有功於五經」[8]。

3. 就語言風格而言:《孟子》重養氣,因此文氣磅礡,文章美在氣勢之「大」;荀子重分析,所以條理井然,文章貴在說理之「透」

孟子曾說自己最擅常的兩件事就是「知言」和「養

---

7 韓愈〈讀荀〉:「孟氏醇乎醇者也,荀與揚(雄)大醇而小疵」(馬其昶校注《韓昌黎文集校注》(台北:華正書局,1986 年,頁 21)。此語開啟尊孟貶荀之端。到了宋代,程朱理學崇孟抑荀的情勢更盛,荀子更被評論為「異端」,如朱熹《朱子語類》卷一三七:「荀卿則全是申韓」,地方上的文廟更以孟子配祀顏子、曾子、子思,合稱「四配」,而將荀子摒除在孔門之外。

8 清人汪中指出:「荀卿之學出于孔氏,而尤有功于諸經。……蓋自七十子之徒既歿,漢諸儒未興中,更戰國暴秦之亂,六藝之傳賴以不絕者,荀卿也。周公作之,孔子述之,荀卿子傳之,其揆一也。」見汪中《荀卿子通論》,(王先謙《荀子集解》〈考證下〉,頁18)。

氣」，他在說理時，一來「自反而縮，雖千萬人吾矣」，二來乘勝追擊，步步進逼，因此文章讀來意氣風發，雄肆曠放，予人「沛然誰能禦之」之感。正如蘇轍〈上樞密韓太尉書〉所言：孟子文章氣勢「充乎天地，稱其氣之小大」，他大量使用排偶句來加強氣勢，與時人應答更是雄辯滔滔一如長江大河，因此本文以為《孟子》文章之美在於氣勢之「大」。

荀子則不同，他最講究「名實」相符，由所作〈正名〉一篇便可知之。荀子崇尚實用，文辭不尚華辭美句，唯求表意而已[9]，因此他的文章處處可見對事物進行抽絲剝繭的分類或定義，而且他常將一種情況細分為三類，如：

A.〈非相〉：「有聖人之辯，有君子之辯，有小人之辯」。

B.〈非相〉：「人有三不祥：幼而不肯事長，賤而不肯事貴，不肖而不肯事賢，是人之三不祥也。」

C.〈彊國〉：「威有三，有道德之威者，有暴察之威者，有狂妄之威者。」

對「辯」、「不祥」及「威」等事都細分為三種情況，這樣的縝密思想在文章中處處可見，對事理深入探討，層層分析，必求道理剖析通透為止，學習《荀子》可使文字條理井然，閱讀《荀子》文章可以訓練邏輯、推理的能力，因此說《荀子》文章貴在說理之「透」。

---

9 楊鴻銘《荀子文論研究》（台北：文史哲出版社，1981 年），頁 31。

二、哲學語言上的考察

先秦時代各種思想紛紛出籠，「語言」也是哲學命題之一，諸子多少都曾涉及，如《墨子》、《莊子》皆曾提及語言與思維的關係，其中以《荀子‧正名》篇對語言的認識最深，因為荀子談到了語言的本質，語言和思維及辯論的關係，而這些都屬於語言哲學的部分，我們可由以下幾個方面來探討《孟子》和《荀子》的語言思維：

1. 就語言態度而言：《孟子》否定好辯，《荀子》主張「君子必辯」

《孟》、《荀》二書駁斥邪說、建立理論時都有精彩的論辯，人皆言孟子好辯，但孟子答以「予豈好辯哉？予不得已也」，可知在孟子當時的價值觀中「好辯」是負面的行為。然而《荀子‧非相》則大聲主張：「君子必辯」，二者態度明顯不同，何以如此？可能是二者時代背景不同所致：孟子生於戰國中期而荀子生於戰國晚期[10]，孟子雖身處「諸侯放肆、處士橫議」的時代，但「語言」被誤用才剛開始，或許他不願和口才辯給的縱橫家同派同流，因此不願承認「好辯」。然而到了戰國末年，社會變動劇烈，政治上「君不君、臣不臣」的情況比孟子時代更形嚴重，強秦併吞也已見端倪，思想上更見各家學說俱出迸發。雖然似是而非的邪說在孟、荀時代都曾出現，但孟子所要對抗的只有楊朱、墨

---

10 孟子約生於公元前三九〇年，卒於公元前三〇五年，荀子約生於公元前三四〇年，卒於公元前二四五年左右。參錢穆《先秦諸子繫年》（北京：商務印書館，2005 年），頁 695-697。

家、農家及縱橫家等數家，荀子所要面對的卻有十二家多[11]。可以看到荀子時代或是或非的雜說更是蠭起紛出，或許因為這樣荀子才深深了解口才的重要，體會到唯有比邪說更厲害的正確言辯、更高超的言論方式才能使人看清真理所在，才能以言制言，推倒邪說，進而撥亂反正，因此才主張「君子必辯」。

再者，據《史記·孟子荀卿列傳》記載，荀卿所處的時代是[12]：

> 騶衍之術，迂大而閎辯；奭也文具而難施；淳于髡久與處，有得善言。故齊人頌曰：談天衍，雕龍奭，炙轂過髡。田駢之屬，皆已死齊襄王時，而荀卿最為老師。……齊人或讒荀卿，荀卿乃適楚，而春申君以為蘭陵令。

以上不管是閎「辯」的「談天衍」、「文」具難施的「雕龍」奭、或是善「言」的淳于髡，所見人、事、物在在都與「語言」有關。荀子本身也因善於「講學」而為稷下先生，後來又因齊人「讒謗」而被廢退，真可說是「成也因語言（指講學），敗也因語言（指讒謗）」，再加上荀子一生到過許多國家，除故鄉趙國外還曾二度遊齊，由齊入秦[13]，由秦

11　見《荀子》〈非十二子〉篇。十二子分別是它囂、魏牟、陳仲、史𩖕、墨翟、宋鈃、慎到、田駢、惠施、鄧析、子思及孟軻。

12　瀧川龜太郎《史記會注考證》所引，（台北：學海書局，1982 年），頁 946。

13　《荀子》〈儒效〉及〈彊國〉篇提及荀子曾到秦國拜見過秦昭王及應侯（范雎）。

入楚，又去楚返趙，最後終老於楚。各國方言大異其趣，想必這也使得荀子更加了解語言的重要，體會那樣的時代需要更為有利的言語作為利器才能「舌戰群雄」。「語言」一如兩面刃，孟子看到的是語言被縱橫家誤用的負面部分，因而否定言辯，荀子則看到言語的正面功效，所以書中詳細分析為何要辯說的原因、用途、原則及態度，也討論「言辯」和名實的關係，認為言語有辨別是非真偽的重要功用，因此重視言語辯說，當然這種為義而發的辯說和當時十二子的辯說是絕對不同的。

總而言之，時代孕育了孟子、荀子兩位風格截然的雄辯大師，由否定好辯到重視言辯，多少可嗅出時代的況味。

2. 就發言動機而言：《孟子》為「息邪說、拒詖辭」而辯，重在「破他」；《荀子》為「正名實、別同異」而說，重在「立己」

孟、荀二人皆以發揚聖學為己任，舍我其誰，匡俗濟世的衛道心切一致無別。孟子發言動機見〈公孫丑〉下所述：

> 公都子曰：「外人皆稱夫子好辯，敢問何也？」孟子曰：「予豈好辯哉？予不得已也。……我亦欲正人心、息邪說、距詖行、放淫辭，以承三聖者。豈好辯哉？予不得已也。能言拒楊墨者，聖人之徒也。」

孟子說自己是為了「正人心，息邪說，拒詖辭，放淫辭」而辯，因為當時有楊、墨等「無父無君」的言論，所以要「破他」以「反正」。

《荀子》則有〈非十二子〉篇，文中一一指出十二子學說之謬誤。二人都欲「以言止言」，所用的言語技巧當然要更勝一籌。楊倞注《荀子》時在序文中說荀子著書是為「羽翼六經，增光孔氏」而發，「增光」就是將孔門學說予以擴充，進而建立新說，如荀子提出「性」的主張就可說是在儒家大原則下另「立」一己思想新說。

3. 就邏輯方法而言，《孟子》善於類推演繹，《荀子》善於組合歸納

歸納孟子善用的說理方法有：

（1）類推演繹法：

如〈梁惠王〉篇：「萬取千焉，千取百焉不為不多矣。」又如〈公孫丑〉：「天時不如地利，利地利不如人和」……等，都是由上句類推得下句的結果。孟子言語富有邏輯性，正如孟子自己所說「萬物皆備於我」（《孟子·盡心上》），他能得心應手地運用各種事物來類比，然後以縝密的推理形成咄咄逼人的氣勢，這種類推演繹一如今日的「同理可證法」，用這種方法層層推進，最後推進到問題的核心所在。

（2）引君入彀法：

如〈梁惠王〉篇：「殺人以梃以刃，有以異乎？」孟子善揣情摹意，往往預先設定問題圈套和答案，等對方掉入此「彀」之中，使對方陷於自相矛盾的尷尬境地，而後無可置喙，甘心折服，例如〈滕文公〉篇中和陳相辯論農家學說時，孟子在聽完陳相似是而非的論調後並沒有在開始就予以直接反駁，而是先提出一連串的問題：

「許子（農家創始人許行）必種粟而後食乎？」曰：
「然。」「許子必織布而後衣乎？」曰：「否，許子衣
褐。」「許子冠乎？」曰：「冠。」「奚冠？」曰：「冠
素。」曰：「自織之與？」曰：「否，以粟易之。」
曰：「許子奚為不自織？」曰：「害於耕。」曰：「許
子以釜甑爨，以鐵耕乎？」曰：「然。」「自為之
與？」曰：「否，以粟易之。」「以粟易械器者不為厲
陶冶，陶冶亦以其械器易粟者，豈為厲農夫哉？且許
子何不為陶冶，舍皆取諸其宮中而用之？何為紛紛然
與百工交易？何許子之不憚煩？……」

如此迂迴地將對方引入設好的陷阱中，逼使對方看清自
我的矛盾，而後「以其人之道還治其人之身」，在關鍵處給
予有力的一擊，其響如雷。這種問答法精闢之處就在於孟子
能運用各種言語技巧，抓住要害而步步進逼，其勝負高下不
言自明。

（3）欲擒故縱法：

孟子說理有時會採以退為進，欲擒故縱的迂迴戰術法，
如〈梁惠王〉篇：「力足以舉百鈞而不足以舉一羽」這是先
揚後抑的手法；又如梁惠王釋牛一事，孟子據一牛而以小推
大，誇讚梁惠王「可以保民乎哉！」，這是先抑後揚法。孟
子最能「知言」，他善於「揣摩」說話者的心思，能把對方
心理捉摸得十分透澈，如齊宣王獨樂樂一章，對答之中使齊
宣王理清自己的思路，得出的結論自是不言而喻。

所以不管問題或大或小，不管對辯的人是尊貴帝王或是

言辯專家，孟子總是所向披靡，無往而不勝，這其中縝密的邏輯性是其說理成功重要因素之一，文章也因此而搖曳多姿，在一問一答中逐步深入，有時穿插比喻，對於主題似離而非離，極盡曲折變化之能事，極富騰挪跌宕之妙，而他所引申的道理既大且遠，不管如何引申，總能由原點出發，最後再回到原始的出發點——仁義。

至於荀子說理則善用：

（1）舉證法：

荀子說理時或以「事」為證，或舉「史」為證，或用「物」為證，或引「人」為證，如〈天論〉：

> 治亂天邪？曰：日月星辰瑞曆，是禹桀之所同也；禹以治，桀以亂；治亂非天也。時邪？曰：繁啟蕃長於春夏，畜積收藏於秋冬，是又禹桀之所同也；禹以治，桀以亂；治亂非時也。地邪？曰：得地則生，失地則死，是又禹桀之所同也；禹以治，桀以亂，治亂非地也。詩曰：「天作高山，大王荒之。彼作矣，文王康之。」此之謂也。天不為人之惡寒也輟冬，地不為人之惡遼遠也輟廣，君子不為小人之匈匈也輟行。」

如此多方舉例，為的就是要破除人們「天降禍福」的迷信之說。

（2）歸納法：

荀子說理例證豐富，而且經常運用排比的方式將所有例

證組合在一起，猶如櫛比鱗次，井然有序。他擅常把一事物的各種特性歸納一起用以凸顯某一道理，如〈賦〉篇詠「雲」：

> 此夫大而不塞者與？充盈大宇而不窕，入郤穴而不偪者與？行遠疾速而不可託訊者與？往來惛憊而不可為固塞者與？暴至殺傷而不億忌者與？功被天下而不私置者與？託地而游宇，友風而子雨，冬日作寒，夏日作暑，廣大精神，請歸之「雲」。

荀子觀察入微，其所揭示「雲」的特性其實就像人的個性，由此總歸的「雲」種種特性便可知道荀子所要闡述的是何種事理。

（3）直述法：

荀子說理風格不像孟子般迂迴，而是直截了當地進入主題，不拐彎抹角，如〈解蔽〉：

> 凡人之患，蔽于一曲，而闇于大理。治則復經，兩疑則惑矣。天下無二道，聖人無兩心。今諸侯異政，百家異說，則必或是或非，或治或亂。……故為蔽：欲為蔽，惡為蔽，始為蔽，終為蔽，遠為蔽，近為蔽，博為蔽，淺為蔽，古為蔽，今為蔽。凡萬物異則莫不相為蔽，此心術之公患也。

又如〈正名〉：

性者，天之就也；情者，性之質也；欲者，情之應
也。

這些都是明白剖析事理，直接揭出事物道理的本質，主旨明
確可知。

　　荀子以其淵博的學問作豐富的舉證和比喻，由觀察到的
事理歸納出道理，其言語特色在於組織嚴密、層層剖析，析
理入微且內容充實，這類文章主題鮮明，所有論述都是針對
事先立定的主題來闡發，緊扣題旨，而且古文到了荀子才打
破「無題」的局面，正式進入篇篇有主題的時代，先秦說理
散文也在此時展現出更為成熟的面貌。

三、語言學上的考察

1. 對語言觀察而言，《孟子》見到語言的現象，《荀子》進一步討論語言的本質

　　《孟子‧公孫丑》：「詖辭知其所蔽，淫辭知其所陷，邪
辭知其所離，遁辭知其所窮。」所謂「言為心聲」，「詖辭」
是偏於一曲的言辭，其言遮蔽了事理的全貌；「淫辭」是放
蕩恣肆的言辭，表面上冠冕堂皇，但會使人心陷溺；「邪
辭」是邪僻不正的言論，孟子一聽便知是離經叛道之說；
「遁辭」是文過飾非，逃責任的藉口，孟子一聽便知此語虛
妄不實，理屈而辭窮，這就是孟子的「知言」，他看出當時
思想言論邪亂紛歧的現象，因此而欲撥亂反正。

　　如果說孟子注意到語言的「現象」，看到的是「what」
的事物現象，荀卿則進一步探討語言的「本質」，那就是

「why」的原因探討，如〈正名〉：「所為有名，不可不察」，荀子所關注的課題在何以要制名的原因。荀子重視名實問題，而「『名與實』反映在語言學上就是詞與客觀事物之間的關係，實際上是語言的本質問題」[14]。據荀子主張推論，制名的原因是為了「上以明貴賤，下以辨同異」，發揮正名的精神，使社會各階層「正其不正以歸於正」。

至於語言的本質為何？荀子所注意到的語言本質，歸納起來有以下幾點[15]：

（1）語言是「約定俗成」的：

荀子觀察到語言「能指」和「所指」之間並無必然關係，而只是約定俗成的關係，〈正名〉：

> 名無固宜，約之以命，約定俗成謂之宜，異於約則謂之不宜。名無固實，約之以命實，約定俗成，謂之實名。名有固善，徑易而不拂，謂之善名。

「名」與「物」本無絕對的關係，如初制名時，名馬為馬，固可；名馬曰鹿亦無不可，因為「名無固宜」；但若「約定俗成」後就不可輕易更改，正如命名「馬」後，若再以「鹿」稱之，「指鹿為馬」則會是非不分，所以像「白馬非馬」、「離堅白」等論調皆違反「約定俗成」的原則。

趙元任曾在《語言問題》中提到：「語言和所表達事物

---

14 濮之珍《中國語言學史》（台北：書林出版有限公司，1990 年），頁 44。

15 陳鵬飛〈簡論荀子的語言哲學思想〉，《中州學刊》，2002 年第 4 期。

間的關係完全是任意的，約定俗成的」[16]，「約定俗成」概念的源頭應推到荀子〈正名〉篇，足見荀子獨具先見之明。

（2）語言具有傳承性，又會隨著時代變遷，所以要「循舊作新」：

語言具保守性，特別是一些詞彙的意義亙古未變，如「月、人、馬」等，自甲骨文到現在用詞都沒有太大的改變。然而有些語詞會隨著社會變遷而有興衰現象，〈正名〉篇：

> 今聖王沒，名守慢，奇辭起，名實亂，是非之形不明，則雖守法之吏，誦數之儒，亦皆亂也，若有王者起，必將有循於舊名，有作於新名。

荀子注意到：語言的運用不是一成不變，而是有興衰現象，當名實不符時，就要「循舊名，作新名」，要隨時代變遷而制名，足見荀子認為「名」（相當於語詞）有傳統性，也有創新性。由「循舊作新」的見解可以看出荀子對語言的發展頗具歷史眼光。

（3）語言具有「系統性」、「結構性」：

語言和聲音最大的不同是：語言有意義而且自成系統，〈正名〉篇：

> 萬物雖眾，有時而欲偏舉之，故謂之物，物也者，大

---

16 趙元任《語言問題》第一講（台北：台灣商務印書館，1987 年），頁 2。

共名也；推而共之，至於無共然後止。有時而欲偏舉
之，故謂之鳥獸；鳥獸也者，大別名也，推而別之，
至於無別然後止。

由「共名」到「別名」，對語言作了系統性的「結構」
分析，這正是今日語言學家在分析語言時常用的方法之一，
如詞彙學中先將「詞」分成實詞、虛詞（相當於荀子所說的
「大共名」，實詞下再分名詞、動詞、形容詞等（相當於荀
子的「大別名」），而名詞下再分通名或專名……，又如語義
學中先將同類事物歸納為一大「語義場」，其下再層層分出
各個小的「語義子場」，注意到語言成分具有完整的系統，
這與兩千多年後的現代語言學不謀而合[17]。

可以發現：《荀子》雖然不是語言學專著，但〈正名〉
篇討論語言的本質和發展等問題，與現代語言學理論甚相吻
合，語言學大師王力也說：《荀子‧正名》所述的語言原理
到今天仍是不可動搖的[18]，因此荀子堪稱為「中國語言學之
祖」。

2. 就方言態度而言，《孟子》有鄙夷方言之疑，《荀子》則尊重遠方異俗，但認為需有語言規範

《孟子‧滕文公》說：「吾聞用夏變夷者，未聞用夷變
夏者……，今也南蠻鴃舌之人，非先王之道」，此處把南方

---

17 趙元任曾為「語言」下一定義：「語言是人跟人互通訊息，用發音器官發出
　來的、成系統的行為方式」。見《語言問題》第一講（台北：商務印書館，
　1987 年），頁 2。
18 王力《中國語言學》第一章，第一節〈語言研究的萌芽〉（台北：谷風出版
　社，1987 年），頁 4。

楚國方言視為難聽的「南蠻鴃舌」之語，又〈萬章〉篇有
「齊東野人」一詞，儼然是對方言存有鄙夷的態度。荀子本
是趙人，但足跡曾南至楚國，北到燕國，東達齊國，西到秦
國。齊、楚二地相差兩千里以上，語言上如何溝通是一大問
題。春秋戰國時代，各地方言複雜，荀子對當時各國方言的
差異想必感同身受，因此他重視方言問題，認為各地方言都
應予以尊重，如〈榮辱〉：「越人安越，楚人安楚，君子安
雅」，但畢竟語言是溝通的工具，所以荀子認為也有推行共
同語以利溝通的需要，〈正名〉篇說：

> 散名加之於萬物者，則從諸夏之成俗曲期，遠方異俗
> 之鄉則因之而為通。

　　他進一步指出語言應予以規範化，認為要有超越地域方
言的雅言（夏言）作為語言規範，今日關於方言和標準語的
討論是語言政策上的重要課題，二千年前的荀子真可謂眼光
獨到。

3.就語義、語法而言，《孟子》詞性活用多，且多聲訓；《荀子》已有詞法觀念，且多義訓

　　孟子常活用詞語，文章中詞性「轉品」的情形非常多，
如「惡惡之心」（〈公孫丑〉）、「老吾老以及人之老」（〈梁惠
王〉）……等是同一字詞的詞性活用，孟子具有成熟駕馭文
字的能力。而其他「徹者，徹也」，「助者，藉也」、「庠者，
養也，校者，教也，序者，射也」等則均屬「聲訓」，以同
音或近音詞解釋詞義，這是孟子釋義方式一大特色。

荀子則依整體概念談到詞法發展的問題，〈正名〉篇中說：

> ……然後隨而命之，同則同之，異則異之。單足以喻則單，單不足喻則兼；單與兼無所相避則共；雖共不為害矣。知異實者之異名也，故使異實者莫不異名也，不可亂也，猶使同實者莫不同名也。

「單足以喻則單」，如稱「馬」；「單不足以喻則兼」，如稱「白馬」；「單與兼無所相避則共」，如稱「獸」。荀子的單名、兼名概念就是現代語言學中「單音詞」和「複音詞」的概念，中國「詞法概念」早在荀子時便已萌芽，《荀子·正名》篇可說是中國從事語言研究最早的一篇論文。

至於荀子訓解字詞的方式則偏向義訓，如：

（1）〈正名〉：「生之所以然之謂性」、「性好惡喜怒哀樂謂之情」、「欲者，情之應也。」

（2）〈君道〉：「法者，治之端也；君子者，法之源也。」

這種說解方式是訓詁學上所謂的「義界」，黃季綱先生曾說：「凡以一句解一義者即謂『義界』」[19]，荀子好為事物名詞下一定義，所用的方法正是「義界訓詁」的表現。

---

19 引自林尹《訓詁學概要》（台北：正中書局，1972年），頁71。

4. 就語言教育而言:《孟子》強調教育環境的重要,《荀子》則強調後天努力的重要

《孟子・滕文公》:

> 孟子謂戴不勝曰:「子欲子之王之善與?我明告子。有楚大夫于此,欲其子之齊語也;則使齊人傅諸?使楚人傅諸?」曰:「使齊人傅之。」曰:「一齊人傅之,眾楚人咻之;雖日撻而求其齊也,不可得矣。引而置之莊嶽之間,數年;雖日撻而求其楚,亦不可得矣。」子謂薛居州,善士也,使之居于王所。在于王所者,長幼卑尊皆薛居州也,王誰與為不善?在王所者,長幼卑尊皆非薛居州也,王誰與為善?一薛居州,獨如宋王何?

此「一傅眾咻」的典故雖然本意是說明致使君王施行仁義的方法,但也可由此看到孟子對語言教育中「環境教育」的重視。

至於荀子也重視後天的教育,如〈勸學〉:「蓬生麻中,不扶而直;白沙在涅,與之俱黑」,他也提到環境教育的重要,尤其他認為「人之性惡,其善者偽也」,他更加強調後天人為教育在語言教學上的重要性。〈勸學〉篇:「干、越、夷、貉之子,生而同聲,長而異俗,教使之然也。」其中便是強調後天教育及人為努力的重要影響。

孟、荀二人不管是強調環境教育或強調後天教育,對語言教育的重視倒是非常類似。

參、結語

經由以上比較可見：孟子和荀子不只在思想上有所差異，對語言的觀念和運用語言的方法也各具巧妙，以下再將二書所見的語言表現作一總結：

一、文學語言上的考察

書名	文體性質	表達方式	表現技巧	具體表現	語言風格	影響
孟子	語錄體	語（對話）辯	多激問 多對喻 多引用《詩》、《書》、《禮》	言辭犀利 針鋒相對	重養氣 文氣磅礴 文章美在氣勢之「大」	寓言 小說
荀子	言論集	言（獨白）說	多提問 多排喻 多引用《詩》、《書》、《易》	說理透闢 舉證豐富	重分析 文次井然 文章貴在說理之「透」	賦 駢文

二、哲學語言上的考察

書名	思維態度	發言動機	目的	思想內容	說理方法
孟子	否定好辯	為正人心、息邪說	重在「破」他	重在「理想」面	類推演繹法 引君入彀法 欲擒故縱法
荀子	君子必辯	為正名實、別同異	重在「立」己	重在「現實」面	舉證法 歸納法 直述法

三、語言學上的考察

書名	語言觀察	釋義	語法特色	對方言的態度	語言教育主張
孟子	看到語言的「現象」	多聲訓	詞性的活用	有夷夏之分鄙夷方言	環境教育的重要（「一傅眾咻」）
荀子	看到語言的「本質」	多義訓	詞法的分析	尊重遠方異俗需要有語言規範	後天教育的重要（「生而同聲，長而異俗，教使之然」）

　　如果說《孟子》語言的的成就是影響後代的「思想」和「文學」，《荀子》則在思想之外另外還對中國語言學的發展具有重要的啟發及影響。

　　就文學語言而言：孟子文章的風格氣勢磅然，跌宕多姿，情感豐富且具鼓動性，文章開合自如，因此深得唐宋古文大家所推崇，劉熙載《藝概・文概》[20]就曾說：「韓文出於孟子」，「東坡文亦孟子亦長沙」、「王介甫文取法孟、韓」，韓愈、蘇東坡等人策論風格雄放恣肆多少是自孟子而來。至於荀子文章則體制宏富，結構縝密，析理精微；持之有故而言之成理，外平實而內奇宕，因此劉大杰《中國文學發展史》[21]評論《荀子》，說《荀子》雖文采不足，但質樸縝密，剖析事理非常透闢，儒雅又雄奇，為後代說理文立了楷模。如此看來，孟、荀二人的文章各具特色，陳柱《中國

20　清・劉熙載《藝概》（台北：金楓出版社，1986年），頁43-49。
21　劉大杰《中國文學發展史》（台北：華正書局，1993年）。

散文史》便曾說：孟文犀利，荀文渾厚，孟子為後世古文家之祖，荀子為後世駢文家之祖，「二家各有千秋」。就其他方面而言，荀子是先秦思想的總結者，歷來學者卻因對他的「性惡」篇有所不滿而遮住了《荀子》書中其他部分的光芒，殊不知他的〈正名〉篇是公元前三世紀一部極富價值的「語言論」，它使我們知道中國從先秦起即有自己的「語言學」，而此「語言學」同古希臘的語言學說一樣古老。

此外荀子重客觀、重分析及重組識的風格也呈現出「重智」的特色，哲學家牟宗三曾指出[22]：

> 荀子思路實與西方重智系統相接近，而非中國傳統之重仁系統也。故宋明儒者視之為別支而不甚予尊重也，然在今日而言，中國文化之開展則荀子之思路正不可不予以疏導而融攝之，此亦即疏通中西文化之命脈而有一大融攝中之一例也。

孟子和荀子二人思想學說路徑上有所差異，文章風格取向也不甚相同，但二人在「語言表達」上的表現也是各擅勝場。

---

22 牟宗三《名家與荀子》（台北：台灣學生書局，1982 年），頁 193。

第二章

《荀子》及其〈正名〉篇在語言學上的價值

本文分前言、本論和結語三大部分，本論部份包括：

一、「〈正名〉篇的寫作背景」：

（一）其人：介紹作者生平、時代背景及其思想源流。

（二）其書：介紹《荀子》版本源流、真偽及思想內容。

二、「正名思想的歷史發展」：介紹先秦諸子對「正名」思想的重視情形，比較各家對「名」的不同定義。

三、「〈正名〉篇的思想內容」：

1. 正名的功用　　　　4. 善名的定義

2. 命名的原則　　　　5. 破除「三惑」

3. 制名的樞要　　　　6. 辯說的作用

四、「〈正名〉篇在語言學上的價值」：將〈正名〉篇和現代語言理論作一比較，歸納出《荀子·正名》篇在語言學上的價值及其貢獻所在。

關鍵字：荀子；正名；中國語言學；先秦思想

壹、前言

　　春秋戰國時代，學術上出現前所未有「百家爭鳴」的蓬勃現象，大凡一學說或學派的興盛必有一開創性的「先河」或「初祖」，發展到一定時間後，也往往會出現一能對先前學說作出整理或總結的「集大成」者[1]。能對先秦各家思想作總結，又影響後代學術發展，如此承先又啟後的「集大成者」是誰？戰國末年的荀子可以算是這類人物。荀子是先秦思想的總結者，歷來學者卻膠著於他的「性惡」論而忽略《荀子》書中其他部分的光芒；其實即使是批評荀子頗力的韓愈也曾說：《荀子》一書「大醇而小疵」[2]。《荀子》共計三十二篇，即使不贊成「性惡」學說也不該以偏概全否認其他篇章的價值，應綜觀全書後再下斷語，客觀地掌握學說大體，切莫「因小而失大」。

　　兩千多年前，東方的中國在哲學思想上名家輩出；同一時間長流中，西方也出現「希臘三哲人」，他們的學說各自對東、西兩方世界造成深遠的影響；荀子，馮友蘭許之為「東方的亞理士多德」[3]，把他和希臘哲人相比，他的言論

1　如集漢代經學大成的是東漢鄭玄，集宋代理學大成的是南宋的朱熹。

2　韓愈〈讀荀〉篇。馬其昶校注《韓昌黎文集校注》（台北：華正書局，1986），頁21。

3　廖吉郎《新編荀子校注》導論（台北，鼎文書局，2002 年），頁 1。按此說源自馮友蘭《中國哲學史》第一篇第十二章〈荀子及儒家中的儒學〉（台北：商務印書館）：哲學家可依其氣質，分為「硬心」的及「軟心」的二派，「柏拉圖即軟心派的代表；亞里士多德即硬心派之代表也。孟子乃軟心的哲學家……荀子為硬心

必有其精彩之處才足以與西方哲人並相媲美，他的學說置放在世界舞台上也毫不遜色。

先秦各家學說千差萬別，表面上儒、道、墨、法、名各家似乎「各說各話」，沒有交集相通之處，其實仔細觀察：何以各家學說會在此時紛出而不出現在之前或之後？這是因為有一個共同的時代背景，即「世亂」的緣故；然而「世亂」歷代皆有，何以都不似先秦出現「百家爭鳴」的盛況？推究源頭則是因為「周文疲敝」。周文疲敝，禮崩樂壞後，「名實」漸不相符，「君不君」、「臣不臣」的情況越來越嚴重，各家學說紛紛為解此弊病而來，也就是說：各家學說表面上好像大相逕庭，實則它們的出現有一共同的遠因——即因為「世亂」，也有一共同的努力方向——即為解「周文疲敝」而來，也因此，先秦思想家的終極關懷更是一致——就是要使「天下大治」。

由於「周文疲敝」，各家對「名實」問題特別注重；如何「正名」的問題由孔子發起，而後各家都加入討論「名」、「實」關係的行列。之前多是零星探討，到荀子才特別寫成〈正名〉一篇，從「名」的起源到如何「制名」作一專章討論。綜觀〈正名〉篇可以發現：這篇長達三千五百字的文章不只有「思想」上的傳承和創新，更有「邏輯學」和「語言學」上的價值，是頗具開創性的著作。荀子學問豐富，《荀子》一書內容涉及層面頗為廣泛，有天人思想、禮法思想、人性論、教育論、富國論……等等，包羅萬象，前

的哲學家……」。

人對「性惡」及「禮法」等篇章的討論已不少，本文想從另一個角度來看《荀子》「正名」思想的語言價值，希望能由此凸顯《荀子·正名》篇的光芒所在。

貳、本論

一、〈正名〉篇的寫作背景

（一）其人

1. 生平略述

荀子本名況，字卿[4]，戰國末趙人，約生於公元前三四〇年，卒於公元前二四五年左右[5]。〈議兵〉篇稱他為「孫卿子」，孫、荀同音通用。《史記·孟子荀卿列傳》曾記載[6]：

> 荀卿，趙人。年五十始來游學於齊。騶衍之術，迂大而閎辯；奭也文具而難施；淳于髡久與處，有得善言。故齊人頌曰：「談天衍，雕龍奭，炙轂過髡。」田駢之屬，皆已死齊襄王時，而荀卿最為老師。齊尚脩列大夫之缺，而荀卿三為祭酒焉。齊人或讒荀卿，荀卿乃適楚，而春申君以為蘭陵令。春申君死而荀卿

---

4 劉向《孫卿新書敍錄》說「孫卿，趙人，名況」，又說：「蘭陵人喜字為卿，蓋以法卿也。」

5 關於荀子的生平說法很多，本文依錢穆《先秦諸子繫年》（北京：商務印書館，2005 年），頁 697。

6 瀧川龜太郎《史記會注考證》（台北：學海書局，1982 年），頁 946。

廢，因家蘭陵。李斯嘗為弟子，已而相秦。荀卿嫉濁
世之政，亡國亂君相屬，不遂大道而營於巫祝，信機
祥，鄙儒小拘，如莊周等又滑稽亂俗，於是推儒墨道
德之行事興壞，序列著數萬言而卒，因葬蘭陵。

由《史記》及其他記載可知：荀子本是趙人，五十歲以
後由趙國來到齊國，曾三度為祭酒。因齊人讒謗，荀子便去
齊赴楚，當時居相位的春申君命他為蘭陵縣令。春申君一死
荀子便被廢退，此時荀子年事已高，仍家居蘭陵，講學著述
而終老於此。

2. 時代背景

戰國末年，社會變動劇烈，政治上「君不君、臣不臣、
父不父、子不子」的情況到此更為嚴重，此時強秦併吞已見
端倪，思想上則見各家學說俱出併發，不少似是而非的邪說
也夾雜出現，《史記》指出：「荀卿嫉濁世之政，亡國亂君之
屬，不遂大道」，因憂心變詐邪說盛行而孔門之道從此斷
絕，因而著書立說，成《荀子》一書。

3. 思想特色

荀子是戰國末年大儒，他的思想歸納起來有以下特點：

（1）「宗經」的精神：

《荀子》書中引述儒家五經之處非常多，如：〈正名〉
篇引《詩‧大雅‧卷阿》：「顒顒卬卬，如圭如璋，令聞令
望，豈弟君子，四方為綱」，用以說明辨說得行則天下能正
的道理；〈天論〉篇引《尚書‧洪範》：「無有作好，遵王之
道；無有作惡，遵王之義」，用以批評慎子、老子、墨子及

宋子等人「為道一偏」、使「群眾不化」；又〈大略〉篇引《易》「咸」說卦：「《易》之咸，見夫婦，夫婦之道，不可不正也，君臣父子之本也」說明「咸」是「感」的意思，君臣之道一如夫婦之道，要「以高下下」，親迎禮賢，有「感」才有「應」。足見荀子立說不廢經書，五經是荀卿思想之所本。

荀子又常概括諸經，對諸經做一總評：如〈勸學〉篇：「禮之敬文也，樂之中和也，詩書之博也，春秋之微也，在天地之間畢矣」、「書者政事之紀也，詩者中聲之所止也，禮者，法之大分，類之綱紀也」；〈大略〉篇：「《春秋》善胥命，而《詩》非屢盟，其心一也。善為《詩》者不說，善為《易》者不占，善為《禮》者不相，其心同也」；〈儒效〉篇：「詩言其志也，書言是其事也；禮言是其行也；樂言是其和也；春秋言其微也。」荀子對諸經無所不通，他的學問以儒家經典為依歸，能總括各經，對五經必定非常熟諳，才能如此「一言以蔽之」，切中要點地概括諸經特色。或有人以為荀子是儒家的「歧出」[7]，其實《荀子》書中引儒典五經之處非常多，只是荀子對經文另有疏解，他的基本精神仍是謹守「尊經」、「宗經」的原則，後世以荀子為法家或道家並不正確[8]，清人汪中[9]指出：「荀卿之學出于孔氏，而尤有

7　勞思光：「就荀子之學未能順孟子之路以擴大重仁哲學而言，是為儒學的歧途。」勞思光《新編中國哲學史》(一)（台北：三民書局，1990 年），頁316。

8　有以為荀子重禮法，且學生韓非和李斯皆為法家而以荀子亦是法家，但荀子主張「人治」主義而非「法治」主義，所以不可歸為法家。又有以為荀子以「天」為自然天，近道家，但道家主張「無為」，荀子則積極主張「人為」，又處處引儒家經典以證明自己學說，所以也不應列為道家。

功于諸經。……六藝之傳賴以不絕者，荀卿之功也」，荀子
是道道地地的儒家代表之一。

　　（2）重「智」的特質：

　　荀子師承自子夏，按子夏在孔門四科中屬「文學科」，
荀子重經籍傳承的精神應是承自子夏。由《荀子》書中可知
荀卿學說有明顯「重智」的思想特質，牟宗三〈荀學大略〉
一文就曾說過：「荀子思路實與西方『重智』系統相接近，
而非中國傳統之『重仁』系統也」[10]。〈正名〉一篇尤其可
以看到這種重智、重分析的傾向，這與孟子重「仁」的路向
有很大的不同。

　　（3）集諸家大成：

　　荀子生於戰國末期，由於時代因素，又由於身處自由講
學的稷下，使他得以看到先前各家的得失，所以他的學說除
了以儒家為主，又能兼容並蓄，吸收其他各家學說的精華，
在《荀子》書中可以看到近於道家的自然「天道」思想、墨
家「立名」思想及法家「循名核實」的思想，荀子將各家學
說加以融舊鑄新，堪稱為先秦學術思想的「集大成」者。就
〈正名〉篇來看，本篇也融合了儒家、墨家、法家及名家的
精華而表現出「集大成」的思想色彩。

9　汪中《荀卿子通論》，（王先謙《荀子集解》〈考證下〉，頁18）。

10　牟宗三：「荀子思路實與西方重智系統相接近，而非中國傳統之重仁系統也。故
　　宋明儒者視之為別支而不甚予尊重也，然在今日而言中國文化之開展，則荀子之
　　思路正不可不予以疏導而融攝之。此亦即疏通中西文化之命脈而有一大融攝中之
　　一例也。」見《名家與荀子》（台北：台灣學生書局，1979年再版），頁193。

（二）其書

1. 版本

歷來流傳《荀子》的版本多且複雜，依高正《荀子版本源流考》考證，今日所見《荀子》版本至少一百多種，重要版本便有五十二種。高氏對《荀子》版本作全面考證，脈絡清楚，是研究《荀子》版本很好的參考資料。今依高氏所敘，歸納《荀子》一書流傳脈絡如下[11]：

（1）荀子去世後，他的文章單篇流傳，西漢時有三百二十二篇。劉向去其重複的二百九十篇而校定為三十二篇，稱為《孫卿新書》，是《荀子》成書之始。

（2）其後三十二篇分為十二卷，即新、舊《唐書‧經籍志》及《隋書‧經籍志》所著錄的版本。唐‧楊倞始為作注，並改題為《荀子》，楊氏因《荀》書文字繁多而析十二卷為二十卷，其中篇第亦頗有移易，使之以類相從。此一寫本在流傳中分化為文字有所出入的不同寫本，其一成為北宋熙寧監本的祖本，其二成為南宋及《四子纂圖互注》本的祖本。

（3）北宋熙寧元年，由王子韶及呂夏卿重校楊倞注本而成國子監本，此本原刻至南宋時已闕見。清光緒年間，楊守敬、黎庶昌據日本金澤文庫舊藏本刻為《古逸叢書》影刻台州本。此本刻工精緻，是熙寧本中最為完整，最接近祖本的版本。

---

11 參高正《荀子版本源流考》（北京：中國社會科學出版社，1992 年）。

（4）南宋國子監刊《四子纂圖互注》本[12]，此本在南宋、元、明各代都有不少翻刻本。明世德堂增刊為《六子書》本[13]，文淵閣《四庫全書》本與此本文字較為相近。

（5）清乾隆時嘉善謝墉安雅堂刻本：謝氏自序言此書兼採眾說，並列出校讎所依據的舊本有：影印大字宋本（即摹抄南宋浙北翻刻熙寧監本）、元刻纂圖互注本、明世德堂本、明虞九章、王震亨合校世德堂刊本、明鍾人杰本等。此本通行於當時，清王先謙《荀子集解》即以此本為依據，兼取古逸叢書台州本、明虞、王合校本相校，並輯錄清代各家之說，是當時堪稱最為完備的版本，民國涵芬樓等版本據王氏刊本影印。

2. 真偽

（1）最早對真偽提出疑問的是唐代的楊倞，他的《荀子注》指出《荀子》〈大略〉、〈宥坐〉、〈子道〉、〈法行〉、〈哀公〉、〈堯問〉等都是弟子雜錄之作[14]。

（2）胡適《中國哲學史大綱》則說[15]：

> 今本《荀子》三十二篇，連賦五篇，詩兩篇乃係後人雜湊而成……如〈大略〉、〈宥坐〉、〈子道〉、〈法行〉等全是東拉西扯來湊數的……許多篇如今都在大戴、

---

12 此「四子」指《荀子》、《楊子》、《老子》、《莊子》四部著作。

13 此本是取元刊《纂圖互注六子》，即前四子加上《列子》和《文中子》）校改而成。

14 唐・楊倞《荀子注》（台北：成文書局，1977年。）

15 胡適《中國哲學史大綱》（台北，遠流出版社，2000年），頁342。

小戴書中（如〈禮論〉、〈樂論〉、〈勸學〉諸篇）及
《韓詩外傳》之中，究竟不知誰抄誰。大概〈天
論〉、〈解蔽〉、〈正名〉、〈性惡〉四篇為荀卿的精華所
在。

　　胡適疑偽最力，以為《荀子》書中只有四篇（包括〈正
名〉篇）是荀子真正的作品。

　　（3）梁啟超《要籍解題及其讀法》[16]中指出「〈儒
效〉、〈議兵〉、〈強國〉皆稱「孫卿子」，似出於門弟子之
手。

　　（4）楊筠如《荀子研究》[17]考證各篇，發現《荀子》
與《禮記》、《韓詩外傳》文字多有雷同處。所以主張辨別
《荀子》真偽要考慮：一、體裁差異：如〈樂論〉夾雜韻
文。二、篇章雜亂：如與大小戴《禮記》及《韓詩外傳》相
同的文字要割愛；三、思想矛盾之處最好不採，如〈天論〉
和〈天命〉篇有關天命的思想並不一致。四、其他旁證、凡
稱「孫卿子」的各條為慎重起見也不要用為荀卿學說的資
料。

　　（5）張西堂《荀子真偽考》則主張《荀子》內容應分
組來看[18]，〈勸學〉、〈修身〉、〈不苟〉、〈非十二子〉、〈王
制〉、〈富國〉、〈王霸〉、〈天論〉、〈正論〉、〈禮論〉、〈樂
論〉、〈解蔽〉、〈正名〉、〈性論〉等十四篇為真荀子文章，

16　梁啟超《要籍解題及其讀法》（台北：華正書局，1974 年），頁 77-78。
17　楊筠如《荀子研究》（台北：台灣商務書局，1970 年），頁 14-21。
18　張西堂《荀子真偽考》（台北：明文書局，1994 年）。

〈大略〉以下六篇可能是漢儒所採錄。

以上諸說若細思之：雷同並不代表就是偽作，傳《禮》或《韓詩外傳》的人有可能是荀子的學生，如此引用老師學說篇章是可能的，並不能因此證明篇章內容全是偽作，即《荀子》一書雖不全為荀子親自所撰，但不影響其內容所述為荀子之思想，其價值不可一筆抹煞。而〈正名〉篇在諸家考證之中皆未列入存疑書目，應是荀子所親作無疑且如胡適所言，是全書展現精華思想的重要篇章之一。

3. 思想內容

《荀子》一書內容紛雜，其中「天道論」、「人性論」和「禮法論」三者猶如三角架般穩固架構起荀子的思想基礎，「天道論」是他的宇宙觀，「性惡論」是他的人性觀，而「禮法論」則是他的社會觀，如此看來，荀子也可說是能「究天人之際，通古今之變」的大學者，以下便分別略述他的思想特點：

（1）天道論——天人相分、天生人成

荀子〈天論〉篇：

> 治亂天邪？曰：日月星辰瑞曆，是禹桀之所同也；禹以治，桀以亂，治亂非天也。時邪？曰：繁啟蕃長於春夏，畜積收藏於秋冬，是又禹桀之所同也；禹以治，桀以亂，治亂非時也。地邪？曰：得地則生，失地則死，是又禹桀之所同也；禹以治，桀以亂，治亂非地也。

在荀子以前，人們對「天」認知不同，因應的態度也有所不同：殷商時代視「天」為「神格天」，周人的「天」是「人格天」，孔孟論「天」偏重「道德天」，荀子論天則回歸「自然天」。至於因應的態度殷人是「畏天」，周人「敬天」，孔孟「配天」，而荀子則主張「制天」。孔孟時代尤其強調「道德」天，雖然相信人的力量，但仍要「配天」，至此「天」仍高於人，即有個高高在上的「天命」存在，無法違越，「人為」有其命限；直到荀子才有很大的轉變：荀子認為「天」是客觀存在的規律，天不是意識的主宰，他反對天命論的思想，認為天是天，人是人，「天人相分」，人為的力量大，可以「制天」、「用天」，如〈天論〉篇：「天行有常，不為堯存，不為桀亡，應之以治則吉，應之以亂則凶。」荀子學說最大的轉變是將「人」由第二序提升為第一序，如此「人」是高於「天」的存在，可見荀子比之前的儒者更加強調人為的力量，可說是絕對的人本主義者，他主張人在自然界面前應發揮人本身的力量，要能掌握並運用自然的規律以為人群造福，荀子這一思想頗具開創性。

　　（2）人性論——「人之性惡」、「其善者偽」

〈性惡〉：

　　　人之性惡，其善者偽也。今人之性，生而有好利焉，順是，故爭奪生而辭讓亡焉；生而有疾惡焉，順是，故殘賊生而忠信亡焉；生而有耳目之欲，有好聲色焉，順是，故淫亂生而禮義文理亡焉。然則從人之性，順人之情，必出於爭奪，合於犯分亂理而歸於

暴。故必將有師法之化，禮義之道，然後出於辭讓，合於文理，而歸於治。用此觀之，然則人之性惡明矣，其善者偽也。

　　荀子人性論是「以生言性」，屬於自然之性，〈正名〉篇便曾明確為「性」作一定義，他說：「生之所以然者謂之性，性之和所生，精合感應，不事而自然者，謂之性。」因為人生性是惡的，所以要靠人為的力量「化性」為善，所以荀子很注重後天的學習，重視師法、禮制和教育。按一般把荀子的「性惡論」與孟子的「性善論」相對而看，顯然二人所指的「性」並不相同，荀子所論的「性」是就人的「生性」而言，而孟子是就人的「本性」而言，也就是說孟子的「性」是就人的「本然性」、「人的特殊性」而言，而荀子以「情欲為性」，是就人的「實然性」和「與動物相同的共性」來說「人之性惡」，二者不應等同看待，〈正名〉篇提到：「物有同狀而異所者，有異狀而同所者，可別也。狀同而為異所者，雖可合，謂之二實」，我們應將孟子的性稱做「性之一」，而荀子的「性」稱做「性之二」，二者「同狀而異所」。

　　雖說荀子性惡看到了人群社會的現實層面，卻忽略了人在情欲之外還有一層能使人成聖成賢及制作禮義的善的根源！「善的根源」不能被忽略，因為若「善」無根源，那便代表再怎麼努力也不見得達到善的境界，人若無善性便如焦燎敗種，如何能「化性」？禮法又何能施展？所以善的形上定義非常重要，荀子卻忽略了這重要的一點，這是學說致命

傷所在。

不過若從別的角度仔細觀察，其實荀子也曾討論到人之所以不同於禽獸的「特殊性」，那就是人的心有「辨」、「徵」的功能，「心」有「徵知」（〈正名〉）的能力，這不就等同於孟子四端中的「智」之端？荀子把生來的欲性當作「性」，而所說的「心」才類似於孟子「性善」論中的「智性」，由此也再度見到荀學「重智」的特質。荀子認為「智」性是本有，但「禮義」之性卻以為是外鑠，他不作道德心方面的討論，也不做本質的探索，只為解決現實問題而努力，他的「人性論」看到的是黑暗面、現實面，而孟子的「性善論」看到的是人的「理想面」及「光明面」，一體而兩面，有光明面，努力方有可為；肯面對黑暗面，才能制定制度，解決現實問題，孟荀二人學說可以相輔相成。

（3）禮法論——隆禮重法，以禮化性

荀子〈禮論〉：

> 禮起於何也？曰：人生而有欲，欲而不得，則不能無求，求而無度量分界，則不能不爭。爭則亂，亂則窮。先王惡其亂也，故制禮義以分之，以養人之欲，給人之求。使欲必不窮乎物，物必不屈於欲，兩者相持而長，是禮之所起也。

荀子認為人性是惡，人生而有欲，欲則爭，爭則亂，因此提倡禮義之教化，目的就是要以「偽（人為）」來「化性」。清代王先謙《荀子集解》序文：「荀子論學論治，皆以

禮為宗，反復推詳，務明其旨趣。」「禮」是荀子全體學說
關鍵所在，荀子學問豐富，但特重「禮」的建立，套用《論
語・顏淵》篇的話來說，就是能「博學於文」而「約之以
禮」。荀子認為人性並非生即為善，治天下要教化人民，而
教化要用禮法，他以樹木曲直為例，樹木曲者需矯正才得為
直，今人也需聖王教化才得以為善，所以〈性惡〉篇：「今
人之性固無禮義，故彊學而求有之也；性不知禮義，故思慮
而求知之也。」

　　其實自周公、孔子以來就重視「禮」，《論語》言禮三十
多處，荀子重禮是前有所承；只不過孔子說「克己復禮」，
荀子則重禮的客觀規範，由「禮」而衍生「法」，這是儒家
的另類補充，是儒家禮法思想的轉折開展，也是先秦禮法發
展的重要歷程之一。如果孟子承自孔子的是「道之以德」，
荀子繼承的便是「齊之以禮」，重禮和孔門禮學的傳繼密切
相關，荀子從「性惡論」出發而提出「隆禮重法」的主張，
目的是為防止爭奪和混亂，建立社會制度和社會規範，所以
荀子書中討論的都是具體政治社會制度建構的問題，然而荀
子說聖人制禮，但聖人能制禮義的來源又是什麼？一問到禮
義的來源問題就會把道德性的因素凸顯出來，可惜荀子又戛
然而止，因為荀子一心只想解決現實亂象，對禮義的根源，
對形上的探討不是荀子關注焦點所在，這是荀學美中不足之
處。

　　概括言之，荀學是以「禮論」為經，以「人性論」及
「天道論」為緯：以此三者架構出整個學說體系，而且三者
之間息息相關。此外，荀子學說可貴之處是他不只看到了

「性相近」的部分，也闡釋了「習相遠」的可塑性，希望能建立一個「以禮化成」的世界，他的學說能將理想與現實結合為一，兼顧人治和法治，也兼顧原則和方法。荀學有外在禮憲架構是他的優點，這不唯有歷史意義，且更具現代意義，只是它缺乏內在道德性的依據，只求「應然」遵循禮憲而沒內發力量使人「必然」遵守[19]，如此這一禮憲即使施行後也必成為「空架子」，這是荀子學說的最大缺憾之處。

總而言之，荀子思想促使中國文化繼續開展，學說的人文色彩比孟子強，他重「人本」、重「禮」的精神與孔子是一貫的，又重客觀、重分析、重組織，呈現出「重智」的特色。孟子學說建構在理想面，而荀子則注重現實面，他把儒家傳統推向最大的限度而不悖離孔子學說，亦有功於儒學體系的開展。

二、正名思想的歷史發展

周秦之際，因為當時「周文疲敝」，禮崩樂壞，「名」、「實」不符的情況越來越嚴重，孔子最早注意到「名不正」的深遠影響，《論語‧子路》：「名不正則言不順，言不順則事不成，事不成則禮樂不興，禮樂不興則刑罰不中，刑罰不中則民無所措手足矣。」自孔子提出「正名」之後，各家也紛紛加入「名實」問題討論行列，各家為闡揚自己學說，駁斥他派學說而衍生出各自的名學，胡適在《中國古代哲學

---

19 周文《從「偽」的觀念論荀子的思想》，1985 年，台中：東海大學哲學系碩士論文。

史》中提到[20]：

> 古代本沒有什麼名家，無論那一家的哲學都有一種為
> 學方法，這個方法便是這一家的名學。所以老子要
> 「無名」，孔子要「正名」，墨子說：「言有三表」，楊
> 子說：「實無名，名無實」，公孫龍有「名實論」，荀
> 子有「正名篇」，莊子有「齊物論」，尹文子有「刑
> 名」之論，這都是各家的「名學」，因為家家都有名
> 學，所以沒有什麼名家。不過墨家的後進如公孫龍之
> 說，在這一方面研究的比別家稍為高深一些罷了。

　　按胡氏是就廣義來看，認為家家皆有名學，當時諸子提
及「名實」、「同異」的比比皆是。然而「名」的定義為何？
依今日所理解，「名」的指謂非常多，到底是指「名稱」、
「名分」、「名位」、「名理」、「名詞」還是「名教」？各家對
「名」的意涵看法並不相同：

　　（1）孔子的「名」指「名分」、「名位」：孔子以為「正
名」的最佳表現是「君君，臣臣，父父，子子」（《論語·顏
淵》），可見孔子重視的是倫理名分，牟宗三在〈公孫龍之名
理〉[21]一文中曾說：「孔子言正名，主要目的是在重興禮
樂，重整周文之秩序，其所意指之名實主要是就政教人倫
說，不是純名理的名實……就基本之人倫名實再擴大而求一
切名器之不紊，不僭不濫，一切恰如其分，則『禮樂可興

20　胡適《中國古代哲學史》（台北：商務印書館，1970 年）。

21　牟宗三《名家與荀子》（台北：台灣學生書局，1982 年），頁 95。

矣』」，孔子學說有個正名實的標準，那就是「禮」，以為一切當合於禮，不可僭越。孔子正名乃就政治秩序，就道德倫理而言，正名的目的無非是為了名位、名份之「無相僭濫」，合乎倫理。

（2）墨子的「正名」思想：墨經〈經說上〉將「名」分為「達、類、私」三類[22]：一是「達名」，即普通的名，如「物」；二是「類名」，即物類之名，如馬；三是私名，即一人或一物之名。《墨子·經說下》：「正名者，彼此。彼此可：彼彼止於彼，此此止於此。彼此不可：彼且此也。」正名就是要分清彼此。如墨子主「非攻」，他人質問攻伐若是不義，何以古代湯伐桀，武伐紂卻立為聖王？墨子回答說：「子未察吾言之類，未明其故者也；彼，非所謂『攻』，謂『誅也』。」「攻」和「誅」彼此的「類別」屬性不同。此外《墨子·經說上》曾為名、實作一定義：「所以謂，名也；所謂，實也」，所說的「名」應屬語言規範問題，而「實」屬於社會存在問題[23]。

（3）道家的無「名」思想：《老子》第三十三章：「道常無名」，第一章：「道可道，非常道；名可名，非常名；無名天地之始；有，名萬物之母。」[24]此「名」乃「稱謂」之義，各種不同名稱生於「道」，但任何「名」都無法將「道」的全體表述得清，因此主張「我無為而民自化，我好

---

22 見王冬珍，王讚源校注《新編墨子》（下）（台北：國立編譯館，2001 年），頁647。

23 何九盈《中國古代語言學史》，（廣州：廣東教育出版社，2000 年），頁4。

24 此句斷句諸家版本有所不同，此處依余培林《新譯老子讀本》（台北：三民出版社，1988 年），頁17。

靜而民自正」。莊子則以為文字、符號皆無絕對性，他的
〈齊物論〉是談論語言最為詳細的一篇，此外他說「名者實
之賓」（〈逍遙遊〉）、「毋為名」（〈應帝王〉），又說「言無
言」，這是隨說隨掃。莊子否定「名」的重要有可能是針對
當時名學思想而發，顯示在當時對「名」的追尋已經過度發
展，因此對「名」有所反思。

（4）法家的正名思想：《管子・九守》：「名生於實……
名實當則治，不當則亂……」、「修名而實」，又說：「名者，
聖人之所以紀萬物也。」（《管子・心術》）法家在政治上力
求「循名而劾實」。

（5）名家的正名思想：名家對名實的論述比墨家又更
進一步，《尹文子・大道》[25]：「名者，正形者也；形者，應
名者也。然形非正名也，名非正形也，則形之與名，居然別
矣。」他見到了「形（實）」、「名」各自的獨立性；公孫龍
〈名實論〉則說：「夫名，實謂也，知此之非此也，知此之
不在此也，則不謂也；知彼之非彼也，知彼之不在彼也，則
不謂也。……其正者，正其實也，正其所實者，正其名
也。」說明客觀事物是發展的，語言並非一成不變，此說頗
具時代歷史觀。只是後來名家依據純粹思考探索邏輯問題及
形上學問題，而較少涉及政治和道德等現實問題。

綜而言之，「正名」是先秦時代諸家共同關心的課題，
但是要正的「名」內涵不同，對「名」的闡示各家所說也有
差異：墨子的「正名」講究「以名舉實」，「立辭明類」，屬

---

25 引自蕭登福《公孫龍子與名家》（台北：文津出版社），頁166。

邏輯和語言問題[26]。法家的正名強調「以實覈名」、「循名實而定是非」。名家更以「名」為整個學說的中心，其理論與墨子相近。大致而言所「正名」有出於政治的目的（如法家），有出於邏輯名理的探討（如名家），而儒家提倡「正名」則出於倫理政治，為了天下平治，因此「名」有「名禮、名分、名教」和「名理」兩大路徑。然而就深遠處來看，即使是只重邏輯思考的名家也說：「欲推是辨以正名實而化天下焉。」（《公孫龍子‧跡府》），由此可知：先秦不管哪家的「正名」學說，它的出發點和最終點都是為了治天下。

先秦諸家對「名」的各種討論，荀卿均有所見，因此作《正名》篇，本篇論「正名」最為詳細，荀子的正名思想包含政治上的「名教」，亦有邏輯上的「名理」成分，因此可以說是集「正名」學說之大成。他認為正名的目的有二：一是「明貴賤」，這種思想承自孔子欲以「名」建立政治秩序，因此制名的目的在明貴賤；另一目的是「辨同異」，如此看法則是承自墨家。荀子兼重兩名，認為定名分而後可明分使群，其「正名」論可以說是孔子和墨子正名論的綜合[27]。如果說荀子的正名和孔子正名有何不同？不同處就在於：孔子的正名純在確定當時的道德思想，明善惡正邪之義，即有「倫理的意義」，也就是荀子所謂的「明貴賤」，但荀子除了倫理意義外，還有邏輯的意義，因為荀子生於辯風正盛的時

---

26 何九盈《中國古代語言學史》（廣州：廣東教育出社，2000 年），頁9。

27 張岱年〈中國哲學之名與辨〉，原刊1947年《哲學評論》10卷5期，今錄在《中國邏輯史資料選》（現代卷）（下）（1991年，甘肅人民出版社），頁523。

代，難免受到當時學風影響，因此另外主張「辨同異」，荀子正名所論層面較孔子更為廣泛，是進一步的發展與擴充[28]。

三、荀子〈正名〉[29]篇的思想內容

由荀子〈正名〉一篇來看，荀子探討所有「正名」相關問題：

（1）「名」的定義：

荀子所說的「名」指概念的正確命名，〈正名〉篇處處可見荀子以判斷句為各個名稱概念加以定義，如對「性」之定義為：「生之所以然謂之『性』。性之和所生，精合感應，不事而自然謂之『性』。性之好惡喜怒哀樂謂之『情』。情然而心為之擇謂之『慮』。心慮而能為之動謂之『偽』；慮積焉，能習焉而後成謂之『偽』」。不同範疇的「名」有不同的指涉，〈正名〉：「名有三科，一曰命物之名，方圓黑白是也；二曰毀譽之名，善惡貴賤是也；三曰況謂之名，賢愚愛憎是也。」其中的分類兼顧各方面的定義。

（2）「名」有同異的原因：

何以同一事物而有不同的名稱？又何以不同事物用同一名稱？荀子說：

然則何緣以同異？曰：「緣天官」。凡同類同情者，其

28　梁嘉〈荀子邏輯學說〉，原刊 1943 年《中山文化季刊》1 卷 6 期，今收錄在《中國邏輯史資料選》（現代卷）（下）（1991 年，甘肅人民出版社）。

29　本文版本主要依據王忠林《新譯荀子讀本》（三民書局，2001 年初版十一刷），作者在序中說明「本書文字及句讀依王先謙《集解》為本，其中文字之校勘、句讀之改移，斟酌於前賢諸家。」

天官之意物也同，故比方之疑似而通，是所以共其約
名以相期也。形體色理以目異，聲音清濁調竽奇聲以
耳異；甘苦鹹淡辛酸奇味以口異，香臭芬鬱腥臊洒酸
奇臭以鼻異，疾養凔熱滑鈹輕重以形體異，說故喜怒
哀樂愛惡欲以心異。心有徵知，徵知則緣耳而知聲可
也，緣目而知形可也。然而徵知必將待天官之當薄其
類然後可也；五官薄之而不知，心徵之而無說，則人
莫不然，謂之不知。此所緣而以同異也。

文中討論到同一事物和耳目等感官交接後，人的感覺有
所不同，由此所定的「名」也會有所異同。

（3）「名」的種類：

〈正名〉篇開宗名義指出：「後王之成名，刑名從商，
爵名從周，文名從禮，散名之加於萬物者，則從諸夏之成俗
曲期，遠方異俗之鄉則因之以為通」，「刑名」指刑法之名，
「爵名」指諸侯官名，「文名」指節文威儀，「散名」指一般
雜名[30]，這裡將「名」的類型細分為「刑名」、「爵名」、「文
名」及「散名」四類。

（4）命名的原則：

對如何命名，荀子稱為「制名之樞要」，並提出以下的
觀點：

A.名實不相亂：

〈正名〉：「同則同之，異則異之；……知異實之異名

<hr />

30　熊公哲《荀子今註今譯》（台北：台灣商務印書館，1984年），頁454。

也，故使異實者莫不異名也，不可亂也，猶使同實者莫不同名也。」同實者皆同名，異實者皆異名，如此才不會名實相亂。

B.稽實以定數：

荀子注意到有「一名二實」及「二名一實」的情形，如今日我們稱「小犬」，可能指小狗，也可以指兒子；再如同一人有「少年」和「老年」之分，但實際上仍是同一個人。所以荀子說：「物有同狀而異所者，有異狀而同所者，可別也。狀同而為異所者，雖可合，謂之二實。狀變而實無別而為異者，謂之化。有化而無別，謂之一實。此事之所以稽實定數也。此制名之樞要也。後王之成名，不可不察也。」

C.有單名、有兼名，有共名、有別名：

荀子說：「然後隨而命之，同則同之，異則異之。單足以喻則單，單不足以喻則兼；單與兼無所相避則共；雖共不為害矣。……。故萬物雖眾，有時而欲徧舉之，故謂之物；物也者，大共名也。推而共之，共則有共，至於無共然後止。有時而欲偏舉之，故謂之鳥獸。鳥獸也者，大別名也。推而別之，別則有別，至於無別然後止。」

「單足以喻則單」，如稱「馬」；「單不足以喻則兼」，如稱「白馬」；「單與兼無所相避則共」，如稱為「獸」。當要「徧舉之」則用「共名」，如稱之為「物」；要「偏舉之」則用「別名」，如稱「鳥獸」。「共名」與「別名」一如今日邏輯學中的「上位概念」與「下位概念」，上位概念包含了下位概念。

D.約定俗成：

命名是為眾所共用，〈正名〉：「名無固宜，約之以命，約定俗成謂之宜，異於約則謂之不宜。名無固實，約之以命實，約定俗成，謂之實名。名有固善，徑易而不拂，謂之善名。」名與物本無絕對關係，「名無固宜」、「名無固實」，然而命名一經社會人群「約定俗成」之後便不可輕易亂改，否則會名實相亂，所以荀子說「約定俗成謂之宜，異於約謂之不宜。」舉凡經「約定俗成」所命的名，名即定矣，不宜任意改之。像當時名家「白馬非馬」、「離堅白」論以及其他辯者的「狗非犬」、「白狗黑」、「卵有毛」、「雞三足」、「龜長於蛇」等論調皆違反「約定俗成」的原則，是所謂詭辯之論。

（5）「正名」的精神－破三惑：

楊倞注《荀子》時說：荀子作〈正名〉是因為當時「公孫龍、惠施之徒亂名改作，以是為非，故作〈正名〉篇」，所以荀子在書中發揮正名的精神，要「正其不正以歸於正」，因而有「破三惑」之說，此「三惑」為：

A.用名亂名：〈正名〉：「『見侮不辱』、『聖人不愛己』、『殺盜非殺人』，此惑於用名以亂名者也。」像宋牼的「見侮不辱」，墨子的「聖人不愛己」、「殺盜非殺人」都是「用名亂名」，要如何「破」之？荀子說只要用「所以為有名」去檢驗，看看是否行得通，看看此名是否能「明貴賤，辨同異，使志無不喻，事無困廢」便可制止邪說。

B.用實亂名：荀子說：「『山淵平』、『情欲寡』、『芻豢不加甘，大鍾不加樂』，此惑於用實亂名也」。「山淵平」、「情欲寡」、「芻豢不加甘，大鍾不加樂」分別是惠施、宋子

及墨子所說，這種見解可驗之以「所緣無以同異，而觀以熟調」，即以五官感受是否調適來檢驗它，如果和一般人的感覺不相合，則知為邪說無疑。

C.用名亂實：如公孫龍的「白馬非馬」論是「用名亂實」，可以用「名約」，即構詞的原則來檢驗所代表的「實」和所操的「辭」是否相悖便可知道這種說法是否似是而非。

以上三者惑亂名實，因此〈正名〉篇最後說：「無稽之言，不見之行，不聞之謀，君子慎之。」

（6）「正名」的原因和目的：

荀子說「所為有名，不可不察」，因此他要探討所以要制名的原因。據荀子所推，之所以要制名的原因是：

> 今聖王既沒，名守慢，奇辭起，名實亂，是非之形不明，則雖守法之吏，誦數之儒，亦皆亂也。異形離心交喻，異物名實玄紐，貴賤不明，同異不別，如是則志必有不喻之患，而事必有困廢之禍，故知者為之分別制名以指實，上以明貴賤，下以辨同異，如是則志無不喻之患，事無困廢之禍，此所為有名也。

因為當時名實相亂的問題相當嚴重，因此以為正名的原因及目的一是為辨同異、定名分，二是為以實定名，其正名思想的出發點具明確的政治目的，此乃承繼孔子之正名思想而來[31]。

31　李哲賢《荀子之名學析論》（台北：文津出版社，2005 年），頁 72。

（7）「正名」之功用：

〈正名〉篇提到：

> 故王者之制名，名定而實辨，道行而志通，則慎率民
> 而一焉。……其民莫敢託為奇辭以亂正名，故其民
> 愨；愨則易使，易使則公。其民莫敢託為奇辭以亂正
> 名，故一於道法而謹於循令矣，如是則其跡長矣。跡
> 長功成，治之極也，是謹於守名約之功也。

又說：「故知者為之分別制名以指實，上以明貴賤，下
以別同異」，歸納荀子所言「正名」的作用有二：

A. 為明貴賤：如君臣、父子之類，「名」可以明確尊卑
長幼之別，使社會井然有序而不相亂。孔子「正名」理論便
是著眼於此，君臣、父子之「名分」定，「貴賤」明，則國
家能治。

B. 為別同異：辨別事物間的異同可利於言喻也。試
想，如果一切無名，則人與人言談要如何表達？如何能使大
家「共喻」？如此則是荀子所說的：「如是，則志必有不喻
之患，而事必有困廢之禍。」所以「別同異」乃「正名」的
功效所在。

此外〈正名〉篇後還提到「辯說」，這和「正名」也有
關係，其中觀點以為：

A. 運用辨說的原因：

〈正名〉：

今聖王沒，天下亂，姦言起，君子無埶以臨之，無刑
以禁之，故辨說也。實不喻然後命，命不喻然後期，
期不喻然後說，說不喻然後辨。故期命辨說也者，用
之大文也，而王業之始也。

因為「實」不能曉喻，所以要「命名」，命名不能曉
喻，所以聯合眾多的名來說明，這就是「期」，如此不能明
白，因此需解說，解說又不能明白，所以需要辯論。在荀子
觀念中「（辨）辯」仍是為了「正名」而來，辯說時要能
「不異名實以喻動靜之道」。

B.辨說的功用：

〈正名〉：

期命也者，辨說之用也。辨說也者，心象之用也，說
合於心，辭合於說，正名而期。……以正道而辨姦，
猶引繩以持曲直。是故邪說不能亂，百家無所竄。

荀子指出辯說的目的就是為了正名，為了使邪說不能相
竄。

C.辨說的態度：

〈正名〉篇提到辯說時要：

有兼聽之明，而無奮矜之容；有兼覆之厚，而無伐德
之色。

又說：

> 辭讓之節得矣，長少之理順矣；忌諱不稱，祅辭不
> 出。以仁心說，以學心聽，以公心辨。不動乎眾人之
> 非譽，不治觀者之耳目，不賂貴者之權埶，不利傳辟
> 者之辭，故能處道而不貳，吐而不奪，利而不流，貴
> 公正而賤鄙爭，是士君子之辨說也。……君子之言，
> 涉然而精，俛然而類，差差然而齊。彼正其名，當其
> 辭，以務白其志義者也。

「以仁心說，以學心聽，以公心辯」，這是辯說時所應
抱持的態度。

D.最好的辯說：

> 〈正名〉篇又指出：「故知者之言也，慮之易知也，
> 行之易安也，持之易立也，成則必得其所好而不遇其
> 所惡焉，而愚者反是。」文中指出最好的辯說是經過
> 思熟慮而容易推行的。

以上討論了運用辨說的原因、用途、原則及態度，荀子
在此探討討「言辯」和名實的關係，指出言語是為辨別是非
真偽，所以〈正名〉篇也特別探討「辯說」的相關問題。荀
子身處辯風鼎盛的戰國時代，對先秦各家辯者之說應有一定
程度的理解，知道他們「持之有故，言之成理」，但對辯者
以談辯為能事則不以為然，而斥之為「治怪說，玩琦辭」、

「察而不惠，辯而無用」，以上對「辯說」的討論應是對整個時代風氣的省思。

四、《荀子·正名》篇在語言學上的價值

近年來《荀子》一書的語言思想漸受語言學研究者的重視，〈正名〉篇中有不少新穎的語言觀點，即使兩千年後的今天，這些思想仍有不可磨滅的價值存在，翻開今日各本「語言學」著作便可知道：荀子〈正名〉篇甚至可當作一篇「語言學概論」來看，因為這篇文章討論到語言學範疇內的各種課題：

1. 關於「語言」的定義

語言大師趙元任在他的《語言問題》一書中曾討論何謂「語言」？他為「語言」下一定義，此定義為後來諸家學者所引用，他說：「語言是人跟人互通訊息，用發音器官發出來的、成系統的行為方式」[32]。由趙氏定義來看：

（1）「互通訊息」：荀子〈正名〉篇已提及：「遠方異俗之鄉則因之以為通」、「異形離心交喻」，「道行而志通」等觀念。

（2）「成系統」：荀子說語言是由「單、兼、命、期、說、辯」等方式組成[33]，這些語言成分有完整的語言系統，

---

32 趙元任《語言問題》第一講（台北：台灣商務印書館，1987年五版），頁2。

33 「命」，「單」相當於單純詞，「單不足以喻則兼」，「命不足以喻然後期」，用現代語言來說，就是當一個語素構成的單詞不足以達到交際目的時，就需用詞素構成的「合成詞」──「期」、「兼」，「期不喻然後說，說不喻然後辭」，「說」相當於「句子」，詞只是說話的材料，不足以達交際的目的，所以「期」不能喻喻就靠「說」（句子）把詞組合起來，形成句子而有利於交際溝通。「說」之上還

和現代語言學所定名稱有其相同之處。前文提到，荀子指出
「共名」和「別名」，對語言作系統性的「結構」分析，這
正是今日語言學家在分析語言時常用的方法之一，如先將
「詞」分成實詞、虛詞（相當於「共名」），實詞下再分名
詞、動詞、形容詞……，名詞下再分通名或專名……（相當
於「別名」），這是詞彙方面的探討；語法方面則分析出「句
子」是由「詞」構成，而「詞」又有「單音詞」和「複音
詞」的不同，這不正是〈正名〉篇所說：「單足以喻則單，
單不足以喻則兼」的觀念？所以荀子可說是漢語研究中，
「語言結構分析法」的第一人。

2.關於語言的「特徵」

趙氏提及語言的特徵有五，細審其中三條早在兩千年前
的荀子便已注意到[34]：

（1）「語言和所表達事物間的關係完全是任意的，約定
俗成的」：

〈正名〉篇：「名無固宜，約定俗成謂之宜；異於約則
謂之不宜；名無固實，約之以命實，約俗成謂之實名」，說
語言是「約定俗成」，這源頭應推到荀子〈正名〉篇，在當
時便有這種觀念，可見荀子慧眼獨到。

（2）「語言之所以為語言，是一個人類社會的傳統的機
構」：

有一層較為複雜的概念就是「辯」。
34 趙元任提及語言五大特徵，其他兩項特徵是：一、語言是自主性、有意識的行
　　為；二、任何一語言是由一比較少的音類所組織的有系統的結構。同註32，頁
　　3。

荀子說：「今聖王沒，名守慢，奇辭起，名實亂，是非之形不明，則雖守法之吏，誦數之儒，亦皆亂也，若有王者起，必將有循於舊名，有作於新名。」語言隨社會變遷而有興衰現象，語言並非一成不變。可知荀子善觀察，對語言的發展頗具歷史眼光。

　　（3）「語言是傳統機構，所以它同時富保守性，又是跟著時代變遷的」：

　　荀子說：「後王之成名，刑名從商，爵名從周，文名從禮，散名之加於萬物者，則從諸夏之成俗曲期」，為何「刑名」要從商？楊倞注：「康誥曰：『殷罰有倫』，是亦言殷法之允當也。」此所以「刑名」要從商代。又為何「爵名」要從周？楊倞注：「周謂五等諸侯及三百六十官也。」而「文名從禮」則是因為「文名節文威儀，禮，即周之儀禮也。」而當名實不相副時就要「循舊名，作新名」，要隨時代而變遷，由此可見荀子認為「名」有傳統性，也有創新性。

　　綜觀荀子〈正名〉篇可以發現：荀子雖然不是有意著作語言學的專論，然而此篇討論到語言的本質和發展問題，與現代語言學理論甚相吻合[35]，如謝國平《語言學概論》一書章節，從「人類的語言」、「語言的起源」、「語音學」[36]、「構詞學」、「語義學」、「語用學」、「語言的變化」、「社會語言學」、「心理語言學」、到「語言規劃」等，十五個章節中

---

[35] 姚正武〈論荀子現代語言觀〉，《社會科學家》，1999 年增刊，頁 74。

[36] 荀子所言也涉及語音學：「聲音清濁調竽奇聲以耳異」，古代的清、濁是人們發音的兩種主要方法，今日聲母仍有清濁聲母的存在，依今日所說就是清聲字、濁聲字發音不同，意義也有別，憑聽覺器官——耳朵就可分別出音和義的不同。

便有十個章節都是荀子〈正名〉篇所曾涉及的[37]，因此荀卿真可謂為「語言學概論之祖」。

再歸納荀子〈正名〉篇，可以看到本篇文章中荀子對語言有深刻的認識，其價值在於本篇文章展現成熟的「語言論」，而其理論主要表現在以下幾個方面[38]：

1.語言本質論——約定俗成

名實問題反映在詞語和現實的關係問題上，這涉及語言的本質問題：荀子批判老子「名生於道」，管子「名生於實」，而指出：「名無固宜，約定俗成謂之宜」，認為能指和所指之間是約定俗成的，一如語言大師趙元任說：「語言跟語言所表達的事物關係完全是任意的，完全是約定俗成的關係，這是已然的事實，而沒有天然的或必然的聯繫。」荀子說明語音和事物間沒有必然關係，是為交流思想需要而約定俗成。「約定俗成」論在中國語言學史上具有重大意義，因為它第一次闡明語言的社會本質，正確說明了詞的意義和客觀事物間的關係。

2.語言發展觀——循舊作新

語言具繼承性，「後之制名，刑名從商，爵名從周，文名從禮」，商代刑名大盛，周代爵名齊備，名承前代使前人文化得以保留下來，由於語言文字有其繼承性，我們才能讀

---

37 其他五章：「動物的傳訊能力」、「語言學定義」、「句法學」及「語言障礙」等則與〈正名〉篇關係較遠。參謝國平《語言學概論》（台北：三民書局，1998 年增訂新版），目次。

38 參陳鵬飛〈簡論荀子的語言哲學思想〉，《中州學刊》，2002 年第 4 期。

懂幾千年前的書籍。但語言又是不斷發展變化的，它會隨著社會進展和人類的認識而深化，有些舊詞不再使用而自然被淘汰；有些新詞隨新發明而衍生，如「汽車，電腦」等，文中「名守慢」就是指語言跟不上時代的狀況。「若王者起，必將有循於舊名，有作於新名」，語言隨著社會的發展而變化，語言要繼承也要創新，這是進化的語言觀，由此所認知的語言是具有生命力的。

3. 語言功能觀——明貴賤，別同異

　　荀子重視語言的功效，他強調語言在風俗教化及王道統治上的重要作用，重視語言的規範功能，認為「名定而實辨，道行而志通」；認為王者制名的目的是為防止「析辭擅作以亂正名，使民疑惑，人多辯訟」，這是基於特定的歷史時代而提出，因為當時「名實亂，是非之形不明」，面對這樣的事實，荀子認為只有做到「貴賤明，同異別」，才算是「跡長功成，治之極也」。按語言有維繫國家和維持社會穩定的作用，由秦代「書同文」，清代八旗子弟「通漢語，習漢文」，可知共同語言是國家統一的基礎之一。「別同異」是語言的基本功能，但「明貴賤」卻有鮮明的時代色彩，古代中西方都有上流社會及下層社會用語之分，但現今是民主社會，用語言區分身分貴賤的觀念應被淘汰。不過荀子所言「明貴賤」並不是為了維護權貴者的地位而說，其發言目的完全是為了使「名」、「實」兩相符合，其所繼承的是孔子的「正名」思想，與法家維護君王權貴的思想並不相同，這點是要特別留意的。

4.語言結構觀——共名和別名

　　荀子的語言結構觀主要表現在概念（詞）的分類和詞語組合特徵的認識上，他認為「徧舉」和「偏舉」不同，這與墨子「達」、「類」、「私」的分法一樣，在現代語言學則指「集體名詞」和「專有名詞」的關係。荀子又提到：「單不足以喻然後兼」，「單」是單音節詞，「兼」是複音詞，是合成詞，即詞組，這論及詞的組合特徵，是屬於構詞法的問題；荀子可以說是中國第一位明確區分「詞」和「詞組」的人，他能將「詞」分成「單詞」、「兼詞」。荀子的語言結構觀具有清晰的種、屬觀念，而這種種、屬觀念是建立在科學邏輯的基礎上。

5.語言規範觀

　　荀子是趙人，曾南到楚國，北到燕國，東到齊國，西到秦國，春秋戰國方言複雜，主要有南北二系，南系有楚語、越語，北系有夏語，他對當時方言的差異想必感同身受，所以認為有推行共同語以利溝通的需要，他提出語言應予以規範化，因此主張「詞」要以諸夏雅言為標準：「散名加之於萬物者，則從諸夏之成俗曲期」，且認為當由「王者制名」。荀子可說是推廣共同語的第一人。

　　歸納以上所見可知，《荀子‧正名》篇是一部極有價值的「語言論」，其價值主要表現在：一、探討語言的本質；二、點出語言的特徵及結構；三、洞晰語言的發展；四、揭示語言的功能；五、提出語言規範的問題。荀子所提及的語言問題面面俱到，對後代語言學理論也有深遠的啟發。

參、結語

　　綜合以上所見，可以知道：荀子〈正名〉篇不止有政治上的貢獻，有哲學上的價值，還具語言學上的開創之功：在政治上它試圖承繼孔子正名思想，建立明確的政治制度，在哲學上它涉及邏輯思維的分析，而在語言學上則建立了一套有系統的語言理論，使我們知道：中國從先秦起就有自己的「語言學」，此「語言學」同古希臘一樣，對語言的分析是從哲學出發，尤其是從邏輯學出發的[39]。

　　語言學界泰斗王力先生曾說[40]：

> 當我們敘述中國語言研究的萌芽時，我們不應該忘記先秦的哲學家們……他們在哲學著作中涉及一些語言概論，……這些語言理論，特別是荀子〈正名〉篇中所闡述的語言理論，直到今天還是不可動搖的。

　　至此我們可以做個總結：荀子的〈正名〉篇是公元前三世紀一部極富價值的「語言論」[41]，而荀子是「我國語言學理論的奠基者」[42]，在語言理論的闡述上是一開拓者，我們

---

39 參邢公畹《語言學論文集》（北京：商務印書館，2000 年），頁 3。

40 見王力《中國語言學》（台北：谷風出版社）第一章，第一節〈語言研究的萌芽〉，頁 4。

41 同上註，頁 4。

42 劉緒湖〈荀子──我國語言學理論的奠基者〉，《烏魯木齊教育學院學報》，2002 年第 2 期。

不可因《荀子》一書所謂的「小疵」而忽略荀書的「大醇」，《荀子·正名》篇是中國古代語言學穿透古今的光芒所在！

第三章

智慧的結晶

──《孟子》、《莊子》成語特色比較

摘　要

　　「成語」是漢語語彙中一個重要範疇，其中展現豐富的歷史文化特色。先秦時期即已形成大量成語，出自《孟子》和《莊子》的成語非常多，這些成語歷經時代錘鍊，其中有社會生活的縮影、文學優美的形式，更有深奧的人生哲理隱涵於字裡行間。

　　孟子和莊子為同期思想大家，其精妙哲思日後濃縮成數百則經典成語，這些成語可以說是作者思想中綻放出的瑰麗花果，高深涵養下所凝煉出的智慧結晶。為呈顯《孟》、《莊》語言特色，本文將探討有關二書成語的研究概況、取材內容、思想特色、語法結構以及修辭技巧等。

　　《孟》、《莊》二書皆數萬言，教學時要學生全盤讀過似非易事，若能以成語為入徑，如此將可使學子掌握思想核心，對經典也可有一概括性的瞭解。

關鍵字：孟子；莊子；成語；漢語；語言特色

壹、前言

戰國時期是一百家爭鳴、言辯風氣極盛的時代。諸子極力騁其辭辯，為創鑄新詞而絞盡腦汁。於是這一時期新的思想紛起並陳，連帶新的語彙迅速增長，由此推動漢語語彙的發展。

孟子為齊人，莊子為宋人，二人時代相近，前者為儒家發揚人，後者為道家承繼者，且同屬百家之中較為晚出的人物，思想更臻成熟。二人皆擅長言辯立論，所著《孟子》和《莊子》對後來中國哲學、文學以及語言表現的拓展均具深遠影響。細檢《孟》、《莊》二書，可以發現由其書中文字所形成的成語各有二、三百則之多，例如出自《孟子》的成語有：「深耕易耨、簞食壺漿、己飢己溺、揠苗助長、浩然之氣……」等，出自《莊子》的成語如：「鵬程萬里、越俎代庖、白駒過隙、每況愈下、捉襟見肘……」等，書中所衍生的大量語彙不只具有很強的思想性及文學性，更大大地豐富了漢語詞彙語料庫，這些生動的成語在長期傳誦中成了膾炙人口的語詞，至今尚為後人所頻繁引用。何以這些成語能歷經時代的千錘百鍊而恆久不墜？其中必有某些特色與價值值得吾人作一深入探討。

何謂「成語」？成語是人們所習用的語彙類型之一，它屬「熟語」的下位範疇[1]，按熟語又有「雅」、「俗」之分，

---

1 熟語包括慣用語、成語、諺語、俗語及歇後語等。周荐《詞匯學詞典學研究》（北京：商務印書館，2006年），頁249。。

成語多有典故出處[2]，因此屬於「雅言」一類[3]。即使今日不少成語已被應用於口語之中，但其中仍保留古語要素。此外成語多以四字結構為基本形式，一些原本不是四字組者也被後人濃縮為四字格，因此成語往往結構勻稱，具有節奏韻律的美感。歸納來看，漢語成語大致具有以下特徵：

一、結構定型化

成語是固定詞組，不可再分割，多數成語以四音節格式出現，形式簡潔而整齊。成語運用在句子當中，有時如詞，有時如詞組，有時作短語，有時又如單句，在語法上具有句子成分的作用，可以擔任句中的各種語法角色。

二、語義完整化

成語是形式簡短而意義精闢的定型性詞組，表達一完整概念，其中或用本義，或用喻義，或寓褒貶之義；有些雖取字面義，卻另有色彩義附諸其上，如「能者多勞」一語表示「勞累」，但另有否定意味；「臨危不懼」除「不畏懼」以外另具褒揚色彩；即使採用字面義的成語也往往另寓或褒或貶的感情色彩，其語義更為形象化，意涵更為豐富[4]。

2　周荐：「成語多出自權威性著作」，同上註，頁 282。

3　武占坤：「成語語體風格，屬於書面的詞彙性質……從而和諺語、歇後語、慣用語等區別開來。」見武占坤《詞匯》（上海：上海教育出版社，1983 年），頁 104。

4　邊馨《《莊子》的成語研究》（河北師範大學碩士論文，2007 年）：「不管是隱含義或特定義，成語在字面意義以外還有一層整體性意義是為大多數語言學家所公認的。」

三、來源典故化

　　成語需經漫長的歷史過程才能「成」其為「成語」，許多成語都有典故出處可循：或源自神話傳說（如《山海經》：「夸父追日」），或出自寓言故事（如《韓非子》：「守株待兔」），或為哲理古諺（如《左傳》：「脣亡齒寒」），或由詩文名句而來（如〈醉翁亭記〉：「水落石出」）……，因此成語往往語義典雅，具經典性及書面語色彩。

四、社會習用化

　　成語流行於社會人群之中，一般無地域性，也打破時間性，它是古今通用的習慣用語[5]，不少成語千百年來便已流傳至今。

　　以上是成語的基本特徵，因此可以劉潔修[6]所言為成語做出完整的定義：「成語是人們長期以來習用的、形式簡潔而意義精闢的，定型的詞組或短句，其意義非組成成分的簡單相加，結構上往往具穩固性，語義上往往有雙層性。」

　　漢語成語非常多，初步估計至少有兩萬多則[7]以上，可以說成語是漢語語彙一大特色，這些成語是歷史的「遺跡」，社會生活的「濃縮」表現，更是古典文化的「活化石」。成語結合思想，語言、文學與藝術各方面，是一多面

5　同註 1，頁 298。

6　劉潔修《成語》（北京：商務印書館，2000 年）。

7　教育部〈成語典〉網站，本網站參考三十本成語詞典，列出兩萬多則成語。網址：http://dict.idioms.moe.edu.tw/。

綜合的載體，言簡而意賅，尺幅而千里，是古代文化所凝煉出的智慧結晶，同時也是當今語文教學的重要項目之一。

　　前文提到：成語多有古書或古詩文以為出處源頭。一部典籍的思想、觀念或主張往往積澱在語言，特別是成語之上[8]，如出自《周易》的「月滿則虧」、「滿損謙益」反映的正是此書「變易」的思想大旨；出自《論語》的「三省吾身」、「兼善天下」則多與「修身」有關。成語可說是從作者思想中開出的智慧花果，所謂「一花一世界」，一則成語往往蘊含一則深刻的道理。《孟子》和《莊子》同為是中國學術上的重要典籍，其中創造不少漢語語彙，由書中所衍生的「成語」更是豐富，然而至今為止討論《孟子》和《莊子》的文章仍以思想為主，探討語言，尤其是成語，或是比較二書語言表現的篇章卻不多見。本文希望藉由《孟》、《莊》成語比較尋繹出其中所傳遞的「文學」、「哲思」及「語言」之美，分析這些成語也將有助於語文教學之應用。

貳、研究概況及成果

　　《孟》、《莊》二書成語比較方面的文章至今尚未看到，不過對此二書成語的個別表現早已引起學者的注意，以下羅列所見篇目以對近人研究作一概括了解：

8　劉青晼〈周易思想和成語〉，《石家莊職業技術學院學報》，2003 年 1 期。

(一)孟子成語相關研究

章備福（1985）〈《論語》《孟子》成語札記〉，《徐州師範大學學報（哲學社會科學版）》2 期

澹臺惠敏（1994）〈「孟子」成語研究〉，《中國文化月刊》8 期

鄭　濤（1994）〈《孟子》的成語研究〉，《古漢語研究》4 期

牛振南（2001）〈《孟子》在語言學方面的貢獻——《孟子》中的成語和名言警句〉，《山西廣播電視大學學報》3 期

劉青琬（2002）〈《孟子》成語解讀〉，《河北師範大學學報（哲學社會科學版）》1 期

陳琳琳（2005）〈析論理雅各對《孟子》中些許成語典故的翻譯〉，《江西科技師範學院學報》3 期

侯德雲（2006）〈源于《孟子》的成語古今詞義差異〉，《語文學刊》8 期

郭慶林（2006）〈《孟子》成語淺議〉，《新鄉師範高等專科學校學報》4 期

朱紅梅（2006）〈試談《孟子》中的成語〉，《當代經理人(中旬刊)》21 期

張傳良（2008）〈《孟子》中的成語及其特色〉，《文學教育（上）》3 期

高　靜（2008）〈談《孟子》中成語內部結構的修辭特點〉，《科教文匯（中旬刊）》7 期

（二）莊子成語相關研究

王淩青（1991）〈論《莊子》成語的審美價值〉，《湖州師範學院學報》1 期

王淩青（1991）〈《莊子》成語釋文商兌〉，《湖州師範學院學報》3 期

蔣書紅（2002）〈《莊子》詞滙研究〉，廣州大學碩士論文

龔鄭勇（2004）〈《莊子》成語典故趣談〉，《語文知識》2 期

黃得蓮（2004）〈源于老莊作品中成語的古今詞義差異〉，《古漢語研究》3 期

馬啟俊（2004）〈《莊子》詞匯研究〉，安徽大學博士論文

顧銀喬（2006）〈《莊子》成語語義演變例析〉，《語文知識》3 期

華麗萍（2006）〈《莊子》成語的修辭特點〉，《社會科學家》S1 期

馬秀恰、劉青琬（1998）〈《莊子》成語淺析〉，《河北大學學報（哲學社會科學版）》4 期

邊　　馨（2007）《《莊子》的成語研究》，河北師範大學碩士論文

　　可以看到探討《孟》、《莊》成語之作並不多，尤其台灣學者著墨於此的學術性著作更是少見。而就以上所列可以看到：一來所見均是分別討論，未見能將二者作一綜合比較，二來所述成語多約略舉例而已，很少看到完整列出每則成語，對二書成語作全盤性探討；三來有些研究僅依成語辭典

來說明，既屬二手資料，也不夠全面，由此所知都是片面而不完整的訊息，這對想瞭解二書實際內容的人來說不啻是一大遺憾。近年來，學者們已注意到《孟子》與《莊子》二書的比較研究，但多偏重在思想或文學方面的比較，語言方面的比較則較少見[9]，能將二書成語作一比較者更是未見，不過這也顯示：《孟》、《莊》二書語言比較是一待開發的園地。

本文實際進入文本，一一檢閱二書全文，找出出自書中的相關成語，從語言研究角度予以分類、闡釋，進一步比較其取材、思想、結構及修辭方面等特色，由此或可一窺二書成語表現的通盤面貌。

參、《孟》、《莊》成語取材內容

出自《孟》、《莊》的成語有些直引自原書，如「獨善其身」、「躊躇滿志」；有些是後人將二句濃縮為一語，如「面譽背毀、批隙導窾、槁木死灰」；有些語序已經後人改動：如「一毛不拔」；有些省略虛字，如《孟子》：「無敵天下、困心衡慮、橫行天下、拒人千里」，《莊子》：「得魚忘筌，官止神行、綆短汲深、安時處順」。有時又增添字詞，如「風

---

9 本文目前蒐集僅得二篇文章涉及《孟》、《莊》語言比較：燕鳳春（2005）有〈《孟子》、《莊子》、《韓非子》語言比較〉，《語文教學與研究》17 期。李海霞（2006）〈《論語》《孟子》《老子》《莊子》的全稱和特稱量限表〉，《重慶社會科學》10 期，二者皆大陸文章，台灣方面則未見到能比較《孟》、《莊》二書語言表現者。

姿綽約，不肖子孫」；或改換次序，如「每下愈況」變成
「每況愈下」；或交錯語次，如「手足胼胝」變成「胼手胝
足」，或「抽換字詞，如「大有逕庭」變成「大相逕庭」。或
合併二語，如「樗櫟之材」、「虛舟飄瓦」；或將寓言神話加
以概括，如「齊人之福」、「揠苗助長」、「探驪得珠」、「邯鄲
學步」……等。不管後世如何改動，其中源自二書的重要語
素仍能保留，所欲傳達的主題思想也一脈相承。孟、莊二人
原不刻意鑄造成語，許多成語都是後人改造而成，不管由
孟、莊二人原創，或後世以其書中文字為源頭所衍生的成
語，本文統稱為《孟》、《莊》成語，這些都是本文所要探討
的範疇。

　　歸納實際所見，出自二書的成語在內容取材上出現了以
下的類別：

（一）取材於「人物」

　　綜觀出自《孟子》成語所涉及的人物有：
1. 家人：八口之家、刑於寡妻、如喪考妣、孝子順孫、私
　　淑弟子、妾婦之道、嫂溺叔援、御於兄弟、為長折枝
2. 人民：民貴君輕、匹夫匹婦、天生蒸民、市井之徒、鰥
　　寡孤獨、饑者易食、怨女曠夫、敬老慈幼、煢獨之人
3. 國君：獨夫民賊、保民而王、寡人有疾
4. 大臣：孤臣孽子、亂臣賊子、法家拂士
5. 富人：豪門巨室、為富不仁
6. 軍人：執戟之士、寡不敵眾
7. 敵人：天下無敵、視如寇讎

8. 鄰人：以鄰為壑

9. 師徒：一傅眾咻

10. 百工之人：梓匠輪輿

11. 有德之人：仁者如射、貴德尊士、堯舜之道、先知先覺

12. 其他特殊人物：始作俑者、南蠻鴃舌、尚友古人、重作馮婦

　　出自《莊子》成語所涉及的人物則有：

1. 家人：不肖子孫、婦姑勃谿

2. 人民：倒置之民

3. 讀書人：一曲之士

4. 為官之人：縉紳之士

5. 百工之人：尸祝代庖、斲輪老手、郢匠輪輿、庖丁解牛、久病成醫

6. 指名之人：毛嬙驪姬、西施捧心、尾生之信、姑射神人、東施效顰、臧穀亡羊、邯鄲學步、離朱之明、莊周夢蝶、華封三祝

7. 有道之人：道人不聞、大方之家、內聖外王

8. 神仙之人：神之又神、鬼斧神工

9. 其他特殊人物：跳樑小丑、盜亦有道、綽約處子、能者多勞、特異之人

　　對照來看：孟子成語多出現社會人倫中的平常人物：有家之親人，國之軍臣，富人，平民，這些人物多為泛指，而且其中以寫「民」為最多，足見孟子最關心的是人民生活，這與孟子「民貴君輕」思想正相呼應。至於莊子則少寫國君

及人民，莊子關注個人超脫，成語中出現不少個別的特殊人物，這些人物都直書名姓，如「尾生、離朱、庖丁、毛嬙、驪姬、邯鄲」等，由此所形成的成語或褒或貶，或諷或喻，塑造個別人物的鮮明形象。而莊子除了著寫現實人物，還虛擬現實世界並不存在的人物，如：「姑射神人」；莊子較具想像色彩。

（二）取材於「動物、植物」

　　《孟子》書中所見動物成語如：

1. 獸類：以羊易牛、狗食人食、魚與熊掌、洪水猛獸、豕交獸畜、率獸食人

2. 禽類：南蠻鴃舌、為叢驅雀、雞鳴而起

3. 水族類：魚與熊掌、緣木求魚、為淵驅魚

　　《莊子》所見動物成語則有：

1. 獸類：白駒過隙、目無全牛、庖丁解牛、初生之犢、呼牛喚馬、求馬唐肆、害群之馬、虎口餘生、偃鼠飲河、鼠肝蟲臂、鴟梟嗜鼠、狗非善吠為良

2. 禽類：呆若木雞、沉魚落雁、雀躍三百、黃雀在後、鳩笑大鵬、鵬程萬里、澤雉飲啄、斷鶴續鳧、鷦鷯一枝

3. 水族類：吞舟之魚、知魚之樂、枯魚之肆、得魚忘筌、曳（龜）尾途中、涸轍之鮒

4. 「蟲蛇類」：井底之蛙、如蚊負山、如蟻附羶、屠龍之技、莊周夢蝶、朝菌惠蛄、螳螂捕蟬、虛與委蛇、蝸角之爭、螳臂當車

5. 「神話動物」：尸居龍現、探驪得珠

　　莊子成語以動物為喻者較孟子為多，這可能和莊子喜好大自然有關：莊子曾為漆園吏，在此園林生活場域中，隨處可見挺立的草木及活躍的動物，對此情景時加觀察，體悟日深，自然形諸筆端。此外《莊子》中還出現的「蟲類」及「傳說中的動物」，這是孟子所沒有的。

　　再看《孟子》成語，其中出現的動物多為泛稱，如「洪水猛獸、豕交獸畜、率獸食人」等，莊子成語中的動物類別則較多樣，禽鳥類成語中就出現了「鶴、雞、雁、雀、鵬、鳩、雉、梟、鷦鷯」等不同類別的動物，而且不管是「斷鶴續梟、鵬程萬里」或「尸居龍現、探驪得珠」等，都可看到莊子更富於想像力。

　　植物方面，《孟子》成語有：「三年之艾、寸木岑樓、不見輿薪、出谷遷喬、杯水車薪、采薪之憂、茅塞頓開、發棠之請、視如土芥、飯糗茹草、揠苗助長、簞食豆羹」等，《莊子》植物類成語則有：「山木自寇、直木先伐、桑樞甕牖、枅楊相望、巢林一枝、椿萱並茂、樗櫟之材」等。孟子取各式植物為喻者稍多，莊子則多作樹林的描寫而少見其他植物類別，莊子既為漆園吏，所見多為林木，因此常取樹木以為比方，「直木先伐、膏火自煎」等皆為莊子所熟悉的自然景象。

（三）取材於「時空」

1. 時間類成語

《孟子》：三年之艾、不違農時、未雨綢繆、斧斤以時

殀壽不二

《莊子》：終其天年、朝生暮死、朝三暮四、安時處順
　　　　與古為徒、渾沌未開、澤及萬世、無始無
　　　　終、一日千里

2. 空間類成語

《孟子》：不遠千里、天時地利、地醜德齊、倉廩府庫
　　　　挾山超海、具體而微

《莊子》：天地並生、吾生有涯、扶搖直上、支離破碎
　　　　每下愈況、以管窺天、上漏下濕、批隙導窾
　　　　虛室生白、肝膽楚越、滿坑滿谷、一日千里

　　時間成語中孟子以「不違農時、斧斤以時、未雨綢繆」
等現在時及未來時為關注焦點，以實際人群可感的時空說明
道理；莊子則關注整體宇宙時空，其中所表現的時間或極
久，如「渾沌未開、與古為徒、澤及萬世、無始無終」，或
極短，如「朝生暮死、一日千里」等。

　　以上可見空間上二人都有極大與極小的誇飾寫法，如
《孟子》「不遠千里、挾山超海、具體而微」，《莊子》有
「天地並生、肝膽楚越、滿坑滿谷」等；莊子還喜歡打破時
空差別而等齊視之，如「天地並生、無始無終」等，莊子
「齊物」思想由空間成語中展現無遺。

（四）取材於「動作狀態」

　　這類成語中，「動作」類多摹繪人物、動物的動作行
為，「狀態」類則多描摹事物呈顯的樣態，前者語義中心指
向動詞，後者語義多落在形容詞上，動詞和形容詞皆可擔任
句中的謂語。二書中這類成語不少，例如：

1. 動作類成語

《孟子》中有：

手舞足蹈、引領而望、坐以待旦、脅肩諂笑、深耕易耨、短兵相接、揠苗助長、鳴鼓攻之、摩頂放踵、撫劍疾視、運於掌上

《莊子》中有：

亦步亦趨、衣敝履穿、奔逸絕塵、抱甕灌園、知出手爭、相濡以沫、延頸舉踵、捉襟見肘、納履踵絕、舐痔舐癰、強聒不舍、御風而行、探囊取物、掉頭不顧

2. 狀態類成語

《孟子》中有：

心有戚戚、至大至剛、沛然而雨、怫然不悅、油然作雲、勃然大怒、流連忘返、浩然之氣、悠然而逝、習焉不察、幡然改之、閹然媚世

《莊子》中有：

足音跫然、昏昏默默、奏刀騞然、昭然若揭、美成在久、栩栩如生、酌焉不絕、無用之用、運斤成風、躊躇滿志、附贅懸疣

　　「一傅眾咻、流連忘返」，「舐痔舐癰、栩栩如生」……，《孟》、《莊》二書描繪動作或狀態的成語都生動如繪，歷歷如在目前。細部來看，描繪狀態時孟子喜用「一然」或「一焉」等表示狀態性的詞尾，像「沛然而雨、怫然不悅、油然作雲、勃然大怒、浩然之氣、習焉不察、幡然改之」等皆屬之，這是《孟子》狀態類成語較為特殊的地方。

以上成語取材歸類可以看到：《孟》、《莊》二書成語中出現了各式各樣的人物、動物及植物，但二者取材略有不同：孟子往往自社會人群中取材，孟子重人事，說理時多取材於現實生活，尤其刻畫人民生活的成語甚多，如「民有飢色、解民倒懸、鰥寡孤獨、野有餓莩、煢獨之人」等，對人民生活有深刻體察，揭示人民生活苦況，目的是希望在位者能「救民於水火」。莊子則常取個別及虛幻人物為喻，其中出現各色職業人物的眾生相，如「庖丁、輪扁」；有虛構人物如「駢拇枝指、姑射神人」，有社會下層「繩樞甕牖、踵絕肘見、窮閻陋巷、上漏下濕」等景況描述，也有對上位者「竊鉤竊國、搖唇鼓舌、舐痔舔癰」的深刻諷刺，他和孟子不同，孟子以「一毛不拔、率獸食人、不見輿薪」等直接描述社會人民生活，透澈地揭露社會的黑暗面，對上位者的不義行為做直接而尖銳的斥責。

　　此外莊子還多用自然景物以為比喻人事現象：取材於自然現象者如「冰消瓦解，膚若冰雪」；取象於植物如「駢拇枝指、言隱榮華、天地稊米」；取象於動物如「呆若木雞、雀躍三百、井底之蛙、鵬程萬里」……，莊子成語多來自自然事物，能予人鮮明意象，取材範圍較孟子為廣。

肆、《孟》、《莊》成語思想特色

　　孟、莊二人思維角度不同，由書中文句所形成的成語也可窺知一二：

（一）孟子成語思想主題

1.「政治」思想

《孟子》中「施政於民、明其政刑」的政治思想處處可見，如「省刑薄斂」屬財政，「不違農時、深耕易耨」屬農政，「以德服人」屬德政，「庠序之教、願安承教、明以教我、逸居無教、教以人倫、易子而教、教亦多術、不屑之教、一傅眾咻、私淑之教」則可看到孟子重視教育的思想。孟子關心百姓生活，他希望人民「飽食暖衣」，社會理想是「敬老慈幼」，要求國君「與民同樂」，也有「民貴君輕」的先進思想，鼓勵國君施行「流風善政」、「發政施仁」，相對地，對那些「食前方丈、為富不仁、肥甘輕暖、率獸食人、無父無君、殺人盈野」，只顧自己私慾享受的君臣則予以嚴厲地指斥，對「亂臣賊子」更是予以強烈而直接的譴責。

2.「民本」思想

《孟子》帶「民」的成語非常多，諸如：「民貴君輕、仁民愛物、與民同樂、民心所歸、保民而王、勿奪民時、解民倒懸、誅君弔民、救民水火、膏澤下民、視民如傷、天視民視、施澤於民、廣土眾民」等。孟子重視人民生活，因此又有「鰥寡孤獨、曠夫怨女、飽食暖衣、不飢不寒、慈老慈幼」等成語，可以看到孟子念茲在茲皆是以民為重。

3.「仁義」思想

孟子思想以「仁義」為中心，證諸語彙所見，《孟子》書中帶「仁」字的成語也非常多，如「里仁為美、仁人無敵、以德行仁、發政施仁、仁心仁術、嚮道志仁、仁民愛

物」等；帶「義」的成語也不少，如「居仁由義、仁義禮智、仁義充塞、窮不失義、後義先利、配義與道、仁內義內、舍生取義」等，其他雖無「仁義」二字，但暗含其義的成語還如「惻隱之心、羞惡之心、己飢己溺、得道多助」等，這些成語處處與孟子中心思想遙相呼應。

4.「道德」思想

儒家重修養，《孟子》中有關道德修養方面的成語也隨處可見，如「得道多助、堯舜之道、尊德樂道、先王之道、獨行其道、君子之道、世衰道微、天下有道、道邇求遠、以道殉身、身行其道」等，其中所言的「道」是儒家的「王道」。至於「反求諸己、聞過則喜、與人為善、富貴不淫、威武不屈、貧賤不移、浩然之氣、雞鳴而起、獨善其身」等則屬君子個人修身及品德實踐方面的成語。

5.「言語」思想

孟子曾說：「予豈好辯哉？予不得已也」，雖說「不得已」，但他為捍衛儒家正道時展現能言善辯的才華，《孟子》書中也可發掘許多關於「言語論辯」方面的成語，例如：「知言養氣、言距楊墨、位卑言高、以言餂之、言行相顧、齊東野語、楊墨之辯、以文害辭，以辭害志、南蠻鴃舌」等，孟子雖自言「予豈好辯」，但他重視語言效用的思想早已隱現在字裡行間。

（二）莊子成語思想主題

1.「道」的思想

莊子屬道家，學說中心就是「道」，書中有不少言及

「道」的成語，如「天地之道、大道不稱、妙道之行、小行傷道、有道之士、道不可聞、道物之極、盜亦有道、道人不聞」等，需注意的是孟子也有不少論「道」的成語，但二者所言之「道」大不相同：孟子所說的「道」是求能內聖外王的「王道」，屬「人道」，莊子所言「道」乃指「宇宙運行之道」，是指「道」抽象的本質，屬自然萬物的「天道」，二者「字源」相同，都指所應遵循的「道路」，但之後衍生的喻義有所差別，由二書帶「道」字的成語比較可以明顯看出其中的不同：莊子以為「道」「洋洋大觀」，且如老子主張「道不可說」、「為道日損」，因此而說「大道不稱、道不可聞、不道之道」，雖不可用言語直指，但約略可知此「道」「無始無終」、「變化無常」，且「不譴是非」，能無為而「無所不為」。此外莊子還用「鼠肝蟲臂、槁木死灰」等說明「道」存在於自然萬物之中，而「道在屎尿、每況愈下、滿坑滿谷」等也說明了「道」無所不在的存在本質。刁成虎[10]指出：老莊從不說「道」「是」什麼，而只說「道」「像」什麼，常借助隱喻。這說明「道」不可由字面來理解。「道」是莊子思想中最高的存在，是世界的根源，其書諸多隱喻及轉喻即針對「道」而發[11]，依此而作更為形象化的描述。

比較而言，可以說孟子關心人民的「生活」，莊子則探索個人「生命」及宇宙「生存」的本質問題。

---

10 刁成虎〈莊子的語言哲學及表意方式〉，《東吳哲學學報》第 12 期，2005 年，頁 49。

11 許芃《《莊子》隱喻轉喻造詞的認知解析》，山東大學碩士論文，2005 年，頁 53。

2.「齊物」思想

孟子言論多為君民而發，莊子的終極關懷則是每個人自身，這其中包括形體和精神的自由。莊子最終理想是人與自然、與萬物合而為一的和諧境界，由「變化齊一、天地稊米、毫末丘山、天地並生，物我為一」等詞語可以看到莊子成語是莊子思想的高度概括，後人將《莊子》抽象深奧的哲理淬煉為意象鮮明的成語，在成語中我們可以尋繹作者思想的精髓。

3.「情」與「忘」的思想

《莊子‧德充符》記載：

> 惠子謂莊子曰：「人故無情乎？」莊子曰：「然。」惠子曰：「人而無情，何以謂之人？」莊子曰：「道與之貌，天與之形，惡得不謂之人？」惠子曰：「既謂之人，惡得無情？」莊子曰：「是非吾所謂情也。吾所謂無情者，言人之不以好惡內傷其身，常因自然而不益生也。」惠子曰：「不益生，何以有其身？」莊子曰：「道與之貌，天與之形，無以好惡內傷其身。今子外乎子之神，勞乎子之精，倚樹而吟，據槁梧而瞑。天選子之形，子以堅白鳴！」

一般人見莊子喪妻鼓盆而歌便以為莊子「無情」，其實莊子時常反思人「情」表現而有「厚貌深情、不近人情、性命之情、傳其常情、有情有信、達生之情、逆物之情、離性滅情、天地之情、求得其情」等諸多帶「情」字的成語。莊

子關心人心的超脫，內心亦具深情，只是他「內熱」而「外冷」，能從深情圈中跳出，不溺於世情而達到「忘情」的超脫境界，因此書中關於「忘」的成語也不少，諸如：「得魚忘筌、心齋坐忘、終身不忘、不忘天下、忘年忘義」等，「無情之情」可算作一種「道情」，這種至大至高的情感境地並非常人之情所可比擬。

4.「高超境界」思想

莊子思想展現超脫高遠的境地，「目無全牛、技進於道、至人無夢、扶搖直上、官止神行、恢恢有餘、神之又神、得心應手、御風而行、運斤成風、斲輪老手」等成語皆是高超境界的展現。

5.「言語」思想

《莊子》言辯文辭方面的駕馭功力非常人所能企及，書中關於「言辯」的成語非常多，諸如「繩墨之言、孟浪之言、荒唐之言、溢美之言、大美不言、非言非默、卮言日出、矯言偽行、言隱榮華、姑妄言之、巧言偏辭、得意忘言、辯雕萬物、作言造語、強聒不舍、不可言傳、濠梁之辯」等，此外還有「上說下教、大人之教、不言之教、束於所教、以身教之」等「教訓」類成語也是言語表現之一，對言語的各種面相觀察細微。

以上可見出自《孟》、《莊》二書的成語，或刻劃人物情態，或摹寫事物狀貌，或展現社會百態，或暗寓人生哲理，其中反映時代與文化特色，同時也凸顯二書同中有異的個人風格與價值取向。

由《孟》、《莊》二書成語，我們看到孟子走向社會人

群，莊子則捨離社會，邁向更為廣闊的自然天地，超越現實而追求精神自由，其中有更多超脫世界的理想訴求。可以說孟子重「理」，莊子重「情」，孟子情寓於理，莊子理隱於情，成語展示二子內心的思維世界。

伍、《孟》、《莊》成語結構特色

前文提及：出自《孟》、《莊》的成語不少是後來才形成，其中已經後人濃縮、改次、省略、增添、抽換字詞等改造工作。本節探討成語詞語結構乃以成語典中較為常出現的成語形式為例，由此可找出自《孟》、《莊》成語形成哪些固定的語彙結構而為後人所習用。

歸納《孟》、《莊》成語構詞上的表現，發現出自二書的成語具備漢語構詞上的各種形式，如：

（一）主謂式

分為「單主謂式」和「雙主謂式」[12]，「雙主謂式」其實是「並列式」的一種，下文再談，這裡先列「單主謂式」成語：

《孟子》中「單主謂式」成語如：

富貴不淫、鴻鵠將至、兵刃相接、上有所好、失道寡助、上下交征、洪水橫流、一介不取、貧賤不移、威武不屈

12　鄭濤〈《孟子》的成語研究〉，《古漢語研究》1994 年 4 期，頁 79。

《莊子》中「單主謂式」成語如：

十日並出、大道不稱、時命大謬、大辯不言、能者多勞、婦姑勃谿、師心自用、大惑不解、鵬程萬里、膏火自煎、華封三祝、每況愈下、殷鑒不遠、白玉微瑕

以上主語為動作或狀態的主體，謂語表示動作或狀態，整個短語表示一種「陳述」關係。

（二）述賓式

述賓結構表示「支配」關係，《孟》、《莊》述賓式成語一樣可分「單動賓」與「雙述賓」式，在此先列「單述賓式」，《孟子》「單述賓式」成語如：

不遠千里、不違農時、獨善其身、不忘溝壑、重作馮婦、明察秋毫、曾經滄海、平治天下

《莊子》的「單述賓式」成語則有：

巢林一枝、澤及萬世、終其天年、不分畛域、不近人情、投其所好

以上可見出自《孟子》成語「述賓式」較多，《莊子》「述賓式」成語反而較少，不過莊子多「主述賓」式成語，動作主語同時出現，如下所示。

（三）主述賓式

《孟子》「主述賓」式成語如：

寡不敵眾、天下無敵、怒髮衝冠、聲聞過情、五十笑百、心有鴻鵠、罪不容誅

《莊子》「主述賓」式成語則如：

進退中繩、東施效顰、槁木成灰、邯鄲學步、欬唾成珠、煬者避灶、尸祝代庖、偃鼠飲河、莊周夢蝶、道在屎溺、心懷魏闕、隋珠彈雀、辯雕萬物

表示支配關係時，孟子成語多以「述賓」結構呈現，主語省略；莊子成語則多以「主述賓」的結構方式呈現，動作主語同時出現。

（四）述補式

「述補」式表達的是一種「補充」關係，也有「單述補」與「雙述補」式，「雙述補」式屬「並列式」，下文再討論，在此先列「單述補式」：

《孟子》中「述補」式成語如：

橫行天下、易於反掌、轉死溝壑、運於掌上、坐於塗炭、棄若敝屣、生於憂患、視如草芥、死於非命

《莊子》「述補」式成語如：

瞠乎其後、拙於用大、揮斥如意、新發於硎、強聒不舍、呆若木雞、相濡以沫、息隱林泉、鑑於止水

二書皆有「述補」式成語，且多以「於（于）、乎」作介詞，如《孟子》的「易於反掌、運於掌上、生於憂患、死於非命」，《莊子》的「瞠乎其後、拙於用大、鑑於止水、新發於硎」等；也有不少表面沒有介詞，其實依文意可知介詞「於」被省略，例如「橫行（於）天下、轉死（於）溝壑」或「見笑（於）大方、息隱（於）林泉」……，省略介詞是為了合乎成語四字格形式而作調整，省略介詞並不影響文意，卻更為精簡。

（五）述賓補式

《孟子》「述賓補」式成語如：「救民水火、濯纓滄浪、習焉不察、拒人千里、無敵天下、殺人以挺、解民倒懸、充類至盡、守身如玉」。

《莊子》成語中的「述賓補」式如：「遊刃有餘、失之交臂、求馬唐肆、奏刀騞然、酌焉不絕、用志不紛、曳尾塗中」等，這類成語較少。

（六）偏正式

其中也可分「單偏正」式與「雙偏正」式兩種，在此先列「單偏正式」；「偏正式」表示「修飾」關係，其中修飾動詞的是「狀中」偏正式，修飾名詞的是「定中」偏正式，其例如下：

1. 定中式

《孟子》中「定中式」成語如：

惻隱之心、匹夫之勇、倒懸之急、庠序之教、市井之徒、秋毫之末、采薪之憂、不虞之譽、三年之艾、發棠之請、當務之急、浩然正氣、始作俑者

《莊子》「定中式」成語如：

樗櫟之材、無用之用、不言之教、跳樑小丑、倒置之民、秋毫之末、吞舟之魚、莫逆之交、大方之家、害群之馬、井底之蛙、儻來之物、初生之犢、滿腹牢騷

《莊子》書中有大量的「定中式」，比《孟子》多出許多，且二書「定中式」成語中許多是以「之」為結構助詞所

形成的偏正式結構。

2. 狀中式

《孟子》「狀中式」成語如：

雞鳴而起、盡力而為、掩鼻而過、源源而來、大而化之、沛然而雨、幡然而改、勃然作色、鳴鼓攻之、大有作為

《莊子》「狀中式」成語如：

御風而行、不翼而飛、鼓盆而歌、數米而炊、迎刃而解、相視而笑、仰天而嘆、含哺而熙、鼓腹而遊、廢然而返、善刀而藏、相輔而行、存而不論、大而無當、扶搖而上

二書中這類成語多以連詞「而」連接狀語和中心語。

（七）並列式

「並列式」結構是將語義值相同的兩個詞語作一連結，其結構呈現相互並列的形式；《孟》、《莊》二書「並列式」成語最為多見，細分來看其中還有以下各種不同形式：

結構形式	出處	並列式成語
聯合並列式	孟子	鰥寡孤獨、紀綱人倫、規矩準繩、聲音笑貌
	莊子	鹵莽滅裂、逍遙自在
主謂並列式	孟子	水深火熱、妻離子散、地利人和、薪盡火傳、一傅眾咻、地醜德齊、頑廉懦立
	莊子	官止神行、目擊道存、綆短汲深、冰解凍釋
述賓並列式	孟子	同流合污、苦心勞形、棄甲曳兵、養生喪死、衣帛食肉、挾山超海、安富尊榮、存心養性、取長補短、弔民伐罪、出爾反爾、櫛風沐雨
	莊子	超逸絕塵、得意忘言、得魚忘筌、斷鶴續鳧、附贅懸疣、含哺鼓腹、批隙導窾、畏影避跡、捉襟見肘、搖唇鼓舌、越俎代庖
述補並列式	孟子	進銳退速、出類拔萃
	莊子	得心應手、閎中肆外
偏正並列式	孟子	堅甲利兵、簞食壺漿、凶年饑歲、曠夫怨女、幼學壯行、仰事俯畜、孤臣孽子、飽食暖衣、仁心仁術
	莊子	冰肌玉骨、大同小異、槁項黃馘、鬼斧神工、流金焦土、窮閭陋巷、繩樞甕牖、沉魚落雁
連謂結構	孟子	過門不入、守望相助、飢不擇食、久假不歸、流連忘返、強而後可、窮不失意、久病成醫、揠苗助長
	莊子	獨來獨往、躊躇滿志、臨危不懼、變化無常、無病自灸

「聯合並列式」成語中，《孟子》多為「1＋1＋1＋1」的結構形式，如「鰥、寡、孤、獨」、「紀、綱、人、倫」、

「規、矩、準、繩」、「聲、音、笑、貌」等，《莊子》則多「2＋2」結構，如「鹵莽＋滅裂、逍遙＋自在」等。

其他並列結構式成語多為「2＋2」結構，如主謂結構：「水深火熱、官止神行」，述賓結構：「同流合污、得意忘言」，述補結構：「進銳退速、閎中肆外」，偏正結構：「堅甲利兵、冰肌玉骨」等，這些並列結構形式整齊，富有節奏感，今日所見成語多為四字格固定語，按四字格本以「2＋2」節奏為多，這種結構典雅平穩，中國文學中如《詩經》、駢文等也是以四字格的形式來呈現，並列結構的四字成語也特別多。當然也有一些並非平穩對稱的「並列結構」，如《孟子》「飢不擇食」是「1＋3」結構，「引而不發、強而後可」是「1＋1＋2」結構，「聞過則喜」則是「2＋1＋1」結構，不對稱結構可歸為連謂式結構，這種結構較多見於《孟子》。

（八）兼語式

孟子成語中還有「視民如傷、率獸食人、助紂為虐」等，其中「民、獸、紂」既是前句的賓語，也是後句的主語，因此屬兼結構；莊子成語中也有「欬唾成珠、使蚊負山」等兼語式成語，不過這類成語並不多。

（九）其他

有些成語結構難以歸類，如孟子的「食前方丈」，莊子的「蒿目時艱」，二者或可視為「食前（有）方丈」、「蒿目（見）時艱」的省略。其他還有類似句子的結構，如《孟

子》「為淵驅魚」是敘述句,「舍我其誰」是疑問句。而《莊子》「見笑大方、直木先伐、大惑不解」屬被動句,這些結構單獨看似句子,但也可短語化為句子成分之一。

以上《孟子》和《莊子》的成語至少有九種構詞形式,形式完整而多樣,在語句中可以充當各種句子成分:

1. 充當主語:如《孟子》的「<u>始作俑者</u>,無後乎」、《莊子》的「<u>君子之交淡若水</u>」。

2. 充當謂語:如《孟子》:「君子<u>創業垂統</u>」、《莊子》:「魚相與處於陸,相呴以溼,<u>相濡以沫</u>」。

3. 作賓語:如《孟子》「明足以察<u>秋毫之末</u>」、《莊子》「子孫無置<u>錐之地</u>」。

4. 作定語:如《孟子》「<u>南蠻鴃舌</u>之人」、《孟子》的「搏<u>扶搖而上</u>者九萬里。」

5. 做狀語:如《孟子》「<u>簞食壺漿</u>以迎王師」、《莊子》的「<u>不越尊俎</u>而代之。」

6. 做補語:如《孟子》「舜發於<u>畎畝之間</u>」、《莊子》「惠子遊於<u>濠梁之上</u>。」

以上可見成語包含現代漢語幾乎所有構詞類型,呈現出結構的多樣化。而成語可以作為詞、詞組或句中短語,可以擔任各種不同的句子成分,甚至當短句使用,用法靈活多樣。

陸、《孟》、《莊》成語修辭手法

　　修辭技巧可以幫助文辭語義作有效傳達，言而有「文」才能傳之久遠，修辭也可使語義內容達到美化的效果[13]。一些成語並非表面意義而是另具比喻義，如「冰消瓦解」表面上雖是直述式，但重點不在指冰雪而是喻指其他事物的消亡，形成成語後不復使用表面義，而是取其比喻義，在修辭目的下，成語往往具有雙層語義。

　　成語結構雖精簡，但其中運用了各種修辭手法，由此而收生動達意的美化效果。從成語形式可以探討文學的修辭技巧。出自《孟》、《莊》二書的成語修辭表現如下：

一、譬喻

　　《墨子‧小取》：「辟（譬）也者，舉也（他）物而以明之也」，東漢王符《潛夫論》：「譬喻也者，生於直告之不明，故假物之然否以彰之」，「譬喻」是說理常用方式之一，事理抽象難解，如果能以具有相似性的實象事物或事件來作比方，那麼雖然語意不能完全表達，但經由比喻也可十分趨近於本意，自古至今，文學家或哲學家都非常喜歡用譬喻來說理抒情。本文依黃慶萱[14]所分來看《孟》、《莊》二書中的成語：

13　安秉均〈關於《孟子》的修辭方法〉，《南陽師範學院學報（社會科學版）》2005年2期），頁63。

14　黃慶萱《修辭學》（台北：三民書局，2008年增訂三版），頁327-337。

　　文句中有「若、如、猶」等「喻詞」，要比喻的「喻體」及比喻的「喻依」都完整出現者為明喻。《孟子》中這類成語如「易如反掌、棄如敝屣、視如草芥、守身如玉、視如寇仇」，《莊子》中有「如土委地、心如膏火、昭然若揭、呆若木雞、齒如編貝、浮生若夢、心如膏火、如蟻附羶、用心若鏡、如膠似漆」等，《莊子》運用明喻的成語比《孟子》還要多。

　　其次是隱喻，隱喻中喻詞「像」不出現，表面上僅出現「是、為」等詞語，《孟子》「以鄰為壑」屬隱喻，《莊子》則沒有找到這類成語。

　　第三類是略喻，略喻省去喻詞而只出現喻體和喻依，《孟子》中這類成語如「南蠻鴃舌、秋毫之末、倒懸之急」，《莊子》中這類成語如：

　　天地稊米、繩墨之言、置錐之地、淡水之交、拘虛之見、歡呼雀躍、蝸角之爭、蠅頭小利、冰肌玉骨、有蓬之心、倒置之民

　　《莊子》「略喻」式成語比《孟子》多出許多，而且多以「喻依＋之＋喻體」的形式出現。

　　再來也有借喻，喻詞、本體皆未出現，而只出現喻依，《孟子》中這類成語如：

　　緣木求魚、五十笑百、明察秋毫、不見輿薪、為長折枝、金聲玉振、杯水車薪、一曝十寒、茅塞頓開、惡醉強酒、三年之艾、春風時雨、率獸食人、揠苗助長

　　《莊子》成語如：

　　膏火自煎、庖可解牛、鵬程萬里、甘井先竭、直木先

伐、跳樑小丑、空谷跫音、駢拇枝指、鬼斧神工、探驪
得珠、螳臂當車

《莊子》成語比喻多方,「儀態萬端」,其中所展現的比
喻有兩種類型[15]:一是「全喻型」:這類成語在《莊子》中
較多;二是「半喻型」,屬偏正式詞語。「全喻型」即指本文
的借喻,「半喻型」則包括明喻、隱喻及略喻,《孟子》或
《莊子》都以「全喻」型「借喻」為多,尤其莊子對事物常
作直覺式、整體性的思維,全喻式成語自然較多。不過二人
作喻著眼點不同,取象選擇各有殊異,由此也可瞥見二位造
詞者看待世界的獨特視角。

若由認知語言學來看,「譬喻(matpher)」的形成是基
於概念的「相似性[16]」,觀察以上比喻式成語有些基於事物
形貌之相似,如「易如反掌、呆若木雞」;有些是特徵相
似、如「秋毫之末、白玉微瑕」;有些性質相似,如「坐於
塗炭、竊鉤竊國」;有些狀態相似,如「揠苗助長、扶搖而
上」;有些是結果相似,如「緣木求魚、膏火自煎」;有些是
功用相似,如「鑑於止水」;有些則是過程相似,如「薪盡
火傳」……,由種種譬喻式成語的形式可以窺見孟、莊子造
詞特色以及他們認知世界獨特又細微的觀點。

再就整體而言,《孟子》成語多以生活中可見的常規性
事物作喻,如「一毛不拔、明察秋毫、杯水車薪、一曝十
寒、茅塞頓開、揠苗助長」等。《莊子》則以非常規性的
「詩性比喻」為多,如「用心若鏡、鵬程萬里、天地稊米、

15　同註 11。頁 155。
16　束定芳《認知語義學》(上海:上海外語教育出版社,2008 年),頁 168-173。

「尸居龍現」等，孟子比喻乃取生活所見，因此親切實際，淺顯易懂；莊子則自鑄新詞，有不同意象的大跨步錯接，有距離遙遠的高超想像，比喻形象生動，奇巧新穎，甚至是怪誕荒唐之言[17]。

上述借喻式成語有些屬意象之辭，有些是寓託之言，也有些比喻另含諷喻意味，如《孟子》「一毛不拔、五十笑百、不見輿薪、揠苗助長、率獸食人」，《莊子》「吮癰舐痔、尾生之信、邯鄲學步、東施效顰、見彈求炙、跳樑小丑」等都對某種人物或事態予以深刻的諷刺。

總之，「譬喻」使抽象事理更為形象化，使詞語不拘泥表於層語意，透過語言深入探索才能體會到作者在比喻詞語下所隱藏的真知灼見。

二、誇飾

《孟子》成語也常運用誇飾手法，誇其大者如「挾山超海、食前方丈」，其小者如「一毛不拔」；《莊子》運用誇飾比孟子還要多：誇小者如「一不可待、鼠肝蟲臂、蝸角之爭、蠅頭小利、太倉稊米、數米而炊」等，誇大其辭者更是多見，如：

> 一日千里、吞舟之魚、流金焦土、迫在眉睫、雀躍三百、喙長三尺、肝膽楚越、萬鍾之祿、運斤成風、怒髮衝冠、學富五車、澤及萬世、鵬程萬里

以上不少是以「三、五、百、千」等數字作誇飾者。按

---

17 華麗萍〈《莊子成語修辭特點》〉，《社會科學家》2006年增刊，頁235。

莊子曾自言所述是「荒唐之言，無端涯之辭」，大量運用誇飾，語出驚人，這是莊子言語風格特色之一。

三、借代

「借代」是以事物的部分或特徵指代事物全體，《孟子》借代式成語有「五十笑百、敬老慈幼、堅甲利兵、斧斤以時、坐於塗炭」等，《莊子》借代式成語更多，如：

> 心懷魏闕、俯仰之間、搖唇鼓舌、附贅懸疣、郢匠揮斤、西子捧心、血化為碧、竊鉤竊國、披堅執銳

以認知語言學來看：如果說「譬喻」是基於事物的「相似性」，「借代」則是為了凸顯事物的「相關性」，其相關性表現在以下各方面：

1. 特徵全體相代：豪門巨室、心居魏闕
2. 部分整體相代：八口之家、槁項黃馘、迫在眉睫
3. 原因結果相代：奔逸絕塵、播糠眯目、百舍重趼
4. 行為與情態相代：延頸舉踵
5. 行為與方式相代：搖唇鼓舌、苞苴竿牘
6. 質料和事物相代：濯纓濯足、夏葛冬裘、搢紳之士
7. 工具和行為相代：執戟之士、苞苴竿牘
8. 有限和無限相代：千仞之高

以上借代式成語因特徵相關而相互借代，這種借代式成語使表達內容更具生動形象。

四、摹寫

「摹寫」是對所見、所聞作直接的描寫，最常見的有聽

覺及視覺摹寫兩方面：

聽覺摹寫如《孟子》「填然鼓之」，《莊子》「奏刀騞然、謋然已解、嗑然而笑」，不管是鼓聲，進刀之聲或笑聲都如響在耳。

而視覺摹寫方面比較多，《孟子》所見有：

油然而生、勃然不悅、綽然有餘、孳孳為利、幡然而改、浩然之氣、沛然而雨

《莊子》所見有：

蹴然而起、勃然而動、漠然不應、愀然變容、無病呻吟、曳尾塗中、強聒不舍、納履踵絕、亦步亦趨、以管窺天、目瞪口呆、含哺鼓腹、衣敝履穿

對事物的性質或狀態作直接描繪，繪聲繪影，維妙維肖，形象活潑而生動。此外，摹寫式成語多出現「然」字結構以描繪狀態，是二書成語特殊之處。而莊子不只摹寫實象，也虛寫想像的景況，如「沉魚落雁、迫在眉睫」等，並非真有其事，其景卻真實如在目前。

五、排偶

先前所列語法上的「並列」結構在修辭上都可視為排偶法的運用，《孟子》排偶式成語如：

言近旨遠、寸木岑樓、枉尺直尋、棄甲曳兵、位卑言高、緣木求魚、惡濕居下、舍生取義、進銳退速

《莊子》所見則如：

上漏下濕、吐故納新、衣敝履穿、畏形避跡、捉襟見肘、真知灼見、朝三暮四、朝生暮死、圓鑿方枘、櫛風

沐雨、安時處順、吸風飲露、批郤導窾、延頸舉踵、附
贅懸疣、綆短汲深、斷鶴續鳧

綜合來看，《孟子》和《莊子》排偶式成語中有「空
間」對比，如「捨近求遠、上漏下濕」；有「時間」對比，
如「養生喪死、厚古薄今」；有「人事」對比，如「怨女曠
夫、夏葛冬裘」；有「狀態」對比，如「出爾反爾、大同小
異」。二書排偶式成語最多，這一來和成語一般為四字結構
有關，四字格易於形成排偶句，二來可以看到孟子和莊子都
擅長利用「對比」、「映襯」等方式揭露事物矛盾之所在。

六、擬人

《孟子》運用擬人法較少見，《莊子》中則出現「罔兩
問影、東海波臣、夏蟲疑冰」等，《莊子》自言其書「寓言
十九」，寓言故事多將非人事物加以擬人化，莊子出現擬人
化成語與其書為「寓言體」大有關係。

七、類疊

類疊修辭可分「類字」和「疊字」兩類，《孟子》「疊
字」成語如「心有戚戚、牛山濯濯、源源而來」；「類字」成
語如「出爾反爾、良知良能、匹夫匹婦、百戰百勝、中規中
矩、自暴自棄、先知先覺」等，類字成語佔多數。《莊子》
「疊字」成語如「栩栩如生、渾渾沌沌、洋洋大觀、惴惴不
安、恢恢有餘、膠膠擾擾、昏昏默默」等；「類字」成語則
有「亦步亦趨、無用之用、滿坑滿谷、竊鉤竊國、方生方
死、一飲一啄、無始無邊、善始善終、獨往獨來、不急不

徐」等，也是類字成語為多，這些類疊式成語多具描摹動態或強調語意的作用。

八、轉品

「轉品」即詞性活用，《孟》、《莊》二書中也有這類成語：

1. 名詞活用為動詞：如《孟子》「金聲玉振、一傅眾咻」，《莊子》「巢林一枝、繩樞甕牖、山木自寇、白玉微瑕」等。

2. 動詞活用為名詞：如《孟子》「采薪之憂」，《莊子》「辯雕萬物、送往迎來」等。

3. 形容詞活用為名詞：如《孟子》「敬老慈幼、捨近求遠」，莊子「吐故納新、披堅執銳、安時處順、離朱之明」等」

4. 形容詞活用為動詞：如《孟子》的「不遠千里、私淑弟子、獨善其身、仁民愛物、富國強兵」，《莊子》的「學富五車、滿坑滿谷、虎口餘生」等。

九、委婉

《孟子》有「采薪之憂、不忘溝壑」，前者是「生病」，後者是「死亡」的委婉表達。《莊子》有「終其天年、鼓盆之戚」，前者是指「生命結束」，後者則是「妻喪」的委婉語，二書這類委婉式成語並不多見。

十、層遞

層遞法表達文意的「遞升」或「遞降」，《孟子》中這類

成語有「（盡信書）不如無書」，屬「遞降」格；《莊子》「技進於道、夢中占夢」是「遞升格」，而「每況愈下」則屬「遞降」格，這類成語也少見。

十一、倒裝

倒裝是指語素次序倒置，《孟子》「無敵天下」，今日多作「天下無敵」；《莊子》中這類成語較多，如「夜以繼日、相濡以沫、唯命是從、每況愈下」等補語在後的成語不少屬倒裝式成語。

以上可見《孟子》和《莊子》成語表現多樣的修辭手法，其中運用最多的修辭技巧是「排偶」及「比喻」法。按孟子重養氣，藉由文章鋪排可以增加文章氣勢及感染力，因此排偶句多；莊子則多想像，「比喻」、「擬人」及「誇飾」等手法便特別凸出。孟子文字如江河之奔流，莊子則如大海之汪洋，出自二書的成語在修辭風格上展現了靈活多變的一面。

柒、結語

成語是漢語詞彙中特殊的一類，其中積澱歷史文化特色，反映民族價值取向。出自《孟子》和《莊子》的成語非常多，它們豐富了漢語辭彙，增強了漢語的表達力。先秦是成語大量形成的時代，本文秉持「以孟解孟，以莊解莊」的精神，實際出入《孟》、《莊》二書，收錄可見的成語，對二書成語的形成及表現方式作一語言學上的梳理。

比較後看到其中反映二人思想、文學及語言表達上的異

同之處：

一、思想方面

　　出自二書的成語反映先秦社會面貌、政治情況、生活方式、風俗習慣及思想觀念等。其中孟子重「社會性」、重「理」而寓情於理，他看到的事物偏向「對立」的角度，如「君」與「民」，「人」與「獸」等對比。莊子則重「自然性」、重「情」，情中寓理，他看到萬物「互通」的部分，成語中多少也傳達他的「齊物」思想。二家成語展現人生百態，傳承知識及智慧，思想精華積澱在語言上，出自二書的成語就是二人哲思的高度濃縮，藉此成語或可作為開啟二家思想門庭的寶貴鎖鑰。

二、文學方面

　　《孟子》一書若以文學作品來看，其風格特色是重寫實，重文勢，用語循序漸進，脈絡分明，結構縝密，由其中所形成的成語也多是直接說理，平實犀利，切中事物要點。《莊子》成語則橫空而來，倏然而逝，寫景狀物，取材廣而體物入微，跳躍超脫而變化靈活，慣以間接方式說理抒情，大開大闔，文字華彩，儀態萬端。

三、語言方面

　　出自《孟子》和《莊子》的成語流傳至今，其中保留古語的用法，堪稱語言的「活化石」。此書面語的雅言形式不只保留了古漢語特色，同時還傳承言語技巧，對古語保存助

益頗大。

　　張昌虎[18]曾指出，孟子文章的語言特質是：一、平實性語言、二、邏輯性語言、三、描繪性語言；莊子語言特質是：一、寓言性語言、二、象徵性語言、三、宇宙性語言，張氏說法揭示出二家言語的整體特色。

　　此外孟子能言善辯，莊子卻主張「得魚忘筌，得意忘言」，因為他深深體悟「能指」並非「所指」，語言符號與概念之間一實一虛，其間還有很大的張力，尤其《莊子》的整體系統是善用語言而不拘於語言，其書以語言展現文學形象，以文學形象寄寓哲學義理，書中成語更是語言、文學、哲理高度和諧的綜合體。

　　成語是思想的載體，是語言的精華，更是時代文化的「反射鏡」，它猶如一扇窗牖，在這方小小視窗中我們可以經由它瞭解時代特點，追溯文化遺跡，探尋作者的思想內涵。成語的價值是多元的，不管在對語言，思想或文學等方面都具有「以斑窺豹」的作用，漢語中的成語是古人高深智慧所凝煉出的粒粒結晶，將這些結晶稀釋還原後可使我們一窺古書要旨。

　　現今學子國語文程度大不如前，許多典故古今用法也大異其趣，此時國語文教學若能由大家所熟知的簡短成語入手，由此追溯詞語本源及發展，以成語故事深入淺出來介紹各家思想，相信對閱讀古書會有莫大助益，文章創作可收畫龍點睛之效，學子的語文程度及人文素養也將有所提升。

18　張昌虎《孟子與莊子文論之比較研究》，台北：文化大學中國文學研究所博士論文，2002 年。

本文以《孟子》、《莊子》二書所見的成語為出發點，由此讓讀者看到二書語言背後所閃爍的文學之美及哲學之奧。孟子和莊子成語流傳千古而歷久不衰，它們融合思想性及文學性於真實具象之中，是作者思想的中開出的奇葩，同時又保留大量古漢語的特徵；成語在歷史融爐中定型，是凝結思想智慧的簡潔形式，能以形象為媒介，連結俗雅，多角度、多側面、多層次的展現古人思想，頃刻再現先秦典籍內蘊。孟子和莊子同為語言大師，出自二書的成語讓我們看見二家在語言風格上的不同，這些流傳千古的珠璣名言更為浩瀚辭海增添不少言語色彩。

　　成語字少而意豐，言簡而意賅，所謂「納須彌於芥子，收尺幅於千里」，它是「千錘百鍊」後的語言結晶，具有形象性、簡潔性、穩定性、靈活性及準確性，其中展現語言的精巧美，文學的形象美，藝術的音樂美及結構美，可惜現代人常不知成語源頭，甚至經常誤用成語，如莊子成語中「朝三暮四、呆若木雞、變化無常、大同小異、沉魚落雁、每況愈下」等原本都屬中性義，然而久經使用後，這些成語都沾染了貶義色彩。不過成語一直是充滿著生命力的，言近而旨遠，內涵深刻，宜古宜今，宜雅宜俗，在浩瀚的漢語語彙中，成語比普通口語擁有更大的信息量，我們要能披沙撿金，瞭解成語中有哪些已經「量變」（如經過增減或改字），哪些已經「質變」（如褒貶之意的互換），將不合時宜的成語淘汰，將充滿哲理的千古名言靈活運用於各種語境之中，讓成語與時俱進，歷久而彌新，如此將可為言語文采綴上珍珠，並能深刻啟迪人心。

第四章

《六祖壇經》及其語言研究考述

摘要

　　禪宗自唐代盛行至今，歷千年而不衰。《六祖壇經》為禪門重要典籍，欲知中國禪宗思想之開展當由此書看起。本文回歸文本，考論《壇經》之書名、作者、編撰者及版本源流，比較諸家異同，並論述此經之思想內涵及表現形式，冀能由此闡明禪宗南宗的法門特色。

　　禪門深奧哲理如何藉言語表達？歷來《壇經》研究多集中於思想層面，本文揭示另一研究方向——即「禪宗語言」研究之路徑，此類研究尚少，是一待開發園地。本文以為：所謂「禪宗語言研究」自廣義而言，其範圍可包括：（一）語言語法學；（二）語言風格學；及（三）語言哲學三方面。本文也由這三方面作一初探。

　　禪宗主張「不立文字」，然而《壇經》上萬言之著作卻是以文字形式傳下，如此與「不立文字」是否相互矛盾？本文以為「不立文字」非「不要文字」而是「不住於文字」；由《壇經》語言研究可以照見禪門說理特色之所在。

關鍵字：禪宗典籍；六祖壇經；慧能；禪宗語言；不立文字

壹、前言

　　佛教本是梵教，自漢代傳入中國，流傳六百餘年後，至唐代可謂極盛；唐代佛教之盛，由開立出的八宗[1]可知，其後因種種因素，他宗薪火漸弱，唯禪宗至今仍歷久彌新，對後世影響的層面也最深廣。禪宗所以獨盛，其原因何在？

　　「禪」的思想傳至中國，至六祖而宗風大顯，《六祖壇經》一書即為中國禪宗的開宗代表作。《壇經》乃慧能大師思想的記錄，此書為中國佛教典籍中，唯一非佛所說而稱為「經」者。按佛教典籍分「經」、「律」、「論」三類，所謂「經」者，常也，萬世不變之真理方可為「經」，佛教中唯佛陀親自所說者始可稱為「經」，且文首必作「如是我聞」以示尊崇，此部《壇經》乃由不識字之樵夫（慧能）所說，卻亦稱「經」，然而後世並不視為「偽經」，甚且愈至後代其地位愈顯重要，箇中道理何在？

　　1978 年，香港中文大學新亞書院設「錢賓四先生學術文化講座」，錢穆先生於座中指示學子：古籍中七部書籍為「中國人人必讀之書」[2]──《壇經》便是其一。二十年後，1998 年，北京大學校內外 50 餘位著名教授共同推薦北大學生「應讀書目」三十種──《壇經》亦在其列。試想中

1　此八宗依成立先後看，分別是法華（天台）、三論、唯識（法相）、淨土、律、華嚴、禪及密宗等八宗。

2　此七部書：一為《論語》，二為《孟子》，三為《老子》，四為《莊子》，五即《六祖壇經》，六為朱熹作、呂祖謙所輯《近思錄》，七為王守仁《傳習錄》。

國典籍何等浩瀚，濃縮而言不外儒、道、釋三家，佛家典籍
又何其多，何以不選列其他經書而於諸本佛教著作中唯以
《壇經》為代表？其特色到底如何？本文將一窺究竟。

　　此外，「不立文字」為禪宗宗風特色，然而既言「不
立」文字，何以又有《壇經》、各本《傳燈錄》以及上千則
公案等「文字之作」？所謂「不立文字」真義為何？是一般
以為之「摒棄文字」？抑或是後人有所誤解？經中如何看待
文字？禪宗之「語言文字觀」如何？本文均擬作一探討。

貳、《六祖壇經》考述

　　禪宗是今日的顯學，近年來學術上興起一股談禪之風，
不唯國內，即如韓、日、歐、美，研究禪宗者亦不在少數。
禪宗中國化的關鍵在於《壇經》，研究禪宗不可不由源頭看
起，歷來研究此書版本及內容的人甚多[3]，然而其中卻仍存
在許多問題，以下對《壇經》相關課題作一考述：

一、考其書名

　　今日所見最早的敦煌本《壇經》曾記載慧能寂滅前的言
語：

> 　　十弟子，已後傳法，遞相教授一卷《壇經》，不失本
> 宗，不稟受《壇經》，非我宗旨。

3　張曼濤編《六祖壇經研究論集》（台北：大乘文化出版社，1976 年）將近年來有
　關《壇經》討論之重要篇章結集成冊，可參看。

　　《壇經》之名並非後起，早期版本之中便已如此自稱。若依諸家版本觀之，此書名稱至少有以下四種：

1. 稱《南宗頓教最上乘摩訶般若波羅密經六祖慧能大師於韶州大梵寺施法壇經》：此本經名最長，共三十二字，是目前所見最早版本——敦煌本所列，長串名稱中說明此經之說者（六祖慧能）、說經處所（韶州大梵寺）、正名（施法壇經）、法門（最上乘摩訶般若波羅密經）及宗派尊稱（南宗頓教）等，如此完整之經名應是仿照佛教經典正式名稱而立[4]。

2. 稱《六祖壇經》：此一稱名最為精簡，日本興聖寺所藏宋代惠昕本《壇經》最早作此名，今人亦多用此簡稱。

3. 稱《韶州曹溪山六祖師壇經》：日本金山天寧寺、大乘寺本皆如此作，是點明說法地點及說法之人。

4. 稱《六祖法寶壇經》：是流行本——宗寶本所稱，今日所見諸本亦多用此為稱[5]。佛教中有所謂「三寶」佛寶、法寶及僧寶，三者皆佛教所尊崇供養，禪宗傳承漸由當初的重「傳衣」轉為後來的重「傳法」，如此命名乃在尊崇此經所說之法為「法寶」。

　　以上經名大同中有小異，諸名之中皆有「壇」字，稱「壇」者，表土築高臺，設壇說法之意，與「壇場」、「壇戒」的「壇」相同，因此稱「壇經」以示慎重說法之所在；

4　如佛經中有《最上根本大樂金剛不空三昧大教王經》、《瑜珈集要救難陀羅尼焰口儀軌經》等皆是長串之經名。

5　如日本柳田聖山主編《六祖壇經諸本集成》（京都：中文出版社，1976 年）中，明版正統本，清代真重梓本及曹溪原本等皆如此稱名。

且據書中所載，此書乃慧能於廣東大梵寺設壇說法時的記錄，因此稱「壇」經；至於稱之為「經」乃因傳書者視慧能業已成佛[6]，認為他所說的法可與佛相當，因此以「經」為名以示崇高。

二、考其作者──「惠能」當作「慧能」

一般以為《六祖壇經》作者為慧能，然而胡適另持異說，見書中有部分文字與《神會語錄》相同，因此以為此書是後世弟子神會為傳宗付法所作[7]。由諸家版本與早期敦煌本比較可見：各本《壇經》前半部分差異較少，諸本內容異同主要表現在此書後半部，即「與弟子問答」部分，本文以為神會等弟子只是對原本內容加以刪改補充，作者仍應為慧能為是，此書為慧能思想言行的記錄，作者仍應為慧能才是。

按慧能名「慧」者，乃「以法慧施眾生」之意，名「能」者，「能做佛事」也。「慧能」又作「惠能」，何者方是正名？按敦煌本、惠昕本、契嵩本及明本皆作「惠能」，而曹溪原本、德異本作「慧能」，本文考釋後以為：較早的敦煌本雖作「惠能」，但此版本為手抄本，抄錄本中誤字、俗字及簡寫字甚多，如「定惠不二」、「智惠常名」等皆以「惠」代「慧」，故六祖本名應為「慧能」而非「惠能」，「惠能」之稱乃因手抄時求簡所致。

---

6 《六祖壇經》三十七節：「嶺南有福，生佛在此」，是當時已視慧能為佛，其說自然被稱為「經」。

7 胡適《荷澤大師神會傳》（台北：胡適紀念館，1968 年），頁 77。

三、考其編撰者

敦煌本標明此書乃「弘法弟子法海集記」，實則今日所見《壇經》已經多次刪改，早非原來樣貌，且全書明顯分為兩大部分：前半部為慧能平日說法的記錄，後半部為慧能圓寂後弟子所補[8]，尤其今日流行的版本增添〈機緣品〉一章，這並不是早期版本（如敦煌本）所有，因此本書應是慧能平日公開說法，門人分別記錄，法海等弟子依慧能說法，加以平日言行及臨終咐囑而成。其後又經多次增刪，先是神會及弟子為立南宗地位而增訂，並以此書為傳宗之依據[9]。到了五代、南宋時，仍有禪門弟子續加以修訂，此書於流傳過程中經歷不少修訂與補充，慧能弟子及再傳弟子均可說是編撰者之一，不過即使諸家所編不同，「記錄慧能禪法思想之重點」仍是各本共通的部分。

四、考其興盛之因

慧能生於唐初，其時佛教發展已臻成熟，又分立出許多不同宗派，各派皆具特色，禪宗「不立文字，教外別傳」的宗風明顯異於其他宗派。何以禪宗獨盛而傳世不衰？歸究其原因有以下幾點：

---

8 印順大師以為《壇經》可分「主體」與「附錄」兩部分，前者為六祖說法的實錄，後者乃門下及後人所增衍編附。參印順《中國禪學史》第六章（新竹：正聞出版社，1988 年）。

9 洪修平《禪宗思想的形成與發展》（高雄：佛光教育出版社，1991 年），頁 302。

1.平民化

近代學者劉堅以為：佛教至隋唐形成許多宗派，當時一般教派皆注重背誦及解釋浩瀚佛典，修行則著重於繁複的宗教儀式及漸修之功夫，且在寺院經濟發達下產生一批顯貴僧人，他們出入宮廷，參與政治鬥爭，成為佛教界的「貴族派」；佛教至此宗派森立，經卷浩繁，經義繁瑣使大眾漸失興趣，這是佛教發展必須面對的危機，禪宗以革新派的面貌出現，示教不重經義，不講繁文縟節，這種精簡的風格深得庶士寒門的支持[10]。

2.修行簡便

唐代譯經事業發達，魏晉至唐譯出的佛經不知凡幾，一般大眾面對深奧繁典籍嘆為觀止，卻是「初忻而後厭」。典籍龐雜反而不利佛教傳播，而「由繁約簡」，「由博反約」本為歷史必然的擺盪。禪宗「不立文字」的觀點應時而出，「不立文字」乃對當時專執文字的反動，除此之外，南宗修行主頓悟而不主漸悟，只要向內求索，一念頓悟便可成佛，如此的修行方法簡單明白，因此不分在家出家，不分貧富貴賤，人人皆能欣然受之。

3.生活化

《壇經‧行由品》記錄慧能的言行，其言行舉措中體現禪門風格所在，如慧能答五祖弘忍：「人雖有南北，佛性無南北」，出此驚人之語後，弘忍大師卻仍令其「隨眾作務」，退至後院破柴、踏碓八月餘。此事暗示所謂「禪」並非殿上

10　劉堅〈古代白話簡述〉，《語文研究》，1982 年第 1 期。

枯坐之「坐禪」，「搬柴運水無非是禪」，若能於「煩惱塵勞中常不能染，即是見性」（〈般若品〉），《壇經》將高深的佛法落實於平常生活之中，使「禪法」隨時、隨地、而可得——「禪即生活」在《壇經》中早已示現。

4. 得免於法難

佛教流傳過程並非一路順利，如唐代有敬宗毀佛事件，又有安史、黃巢等動亂不斷，佛教遭受法難時，其他宗派浩繁卷帙隨之而毀者不知凡幾，唯有禪宗「不立文字」反成優勢，「不立文字」所重不在文字，便無經文被毀之虞，禪宗得免於法難，其傳播過程相較而言亦較順遂。

以上可見：禪風獨盛自有其時代背景，流傳過程中表現出對繁文縟節之摒棄及對貴族宗教之反動，它的文字也因欲接引大眾而質樸無華，明白易懂，上及公卿，下及普羅大眾，深及各個階層，這些都是為禪宗能傳揚不絕的原因所在。

五、考其版本

《壇經》廣為流行後衍生出不少版本：1976 年，日本柳田聖山《六祖壇經諸本集成》所搜集的版本有十一種之多，日本宇井伯壽《禪宗史研究》考察《壇經》版本近二十種，之後大陸學者楊增文搜羅所見版本更多達近三十種[11]，版本雖多，其實多有傳承，其傳承關係學者推論如下[12]：

---

11 轉引自洪修平《禪宗思想的形成與發展》（高雄：佛光教育出版社。1991 年），頁295。

12 同上註，頁310。

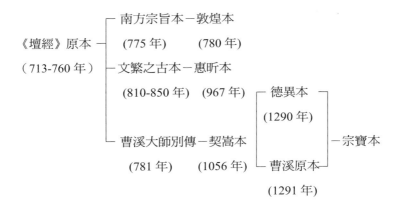

  《壇經》版本雖複雜，歸納而言僅敦煌本、惠昕本及契嵩本而已，其餘各本皆可歸在三本系統之下，其後源自契嵩本的宗寶本是今日通行的版本[13]，因此郭朋指出：「真正獨立的《壇經》本子，仍不外乎敦煌本（法海本）、惠昕本、契嵩本和宗寶本這四種本子；其餘的都不過是這四種本子中一些不同的翻刻本或傳抄本而已。」[14]四種版本的特色分別如下：

---

13 見印順大師《中國禪宗史》第 6 章（新竹：正聞出版社，1969 年），洪修平〈關於壇經的若干問題研究〉，《世界宗教研究》，（1999 年，2 期）等諸家所考證。

14 郭朋《壇經導讀》（巴蜀書社，1987 年），頁 39。

版本	時代	1.經名／2.分卷／3.字數／4.特色	編者	改版動機	存佚
敦煌本（法海本）	唐末五代[15]（西元780年）	1.「南宗頓教最上大乘摩訶般若波羅密經六祖惠能大師於韶州大梵寺施法壇經」 2.不分卷，不分篇章品節 3.一萬二千字 4.今日所見最古本，文字質樸，假借字及訛誤字甚多。	弟子法海集記		大英博物館 S5475號，《大正藏》第四十八卷
惠昕本（興聖寺本）	北宋太祖乾德5年（西元967年）	1.「六祖壇經」 2.分上下卷，共分十一門，分章始見於此 3.一萬四千字 4.比〈敦煌本〉多一千多字 5.慧能得法偈第三句「佛性常清淨」一句此本作「本來無一物」[16]。	宋代惠昕序	古本文繁初忻後厭	存日本興聖寺中

---

15 年代依洪修平《禪宗思想的形成與發展》（高雄：佛光教育出版社，1991年），頁310。

16 郭朋《中國佛教史》（台北：文津出版社，1993年），頁198。

版本	時代	1. 經名／2. 分卷／ 3. 字數／4. 特色	編者	改版動機	存佚
契嵩本 （曹溪本）	宋仁宗 至和 3 年 （西元 1054 年）	1.「六祖大師法寶 壇經曹溪原本」 2. 分三卷，十品 3. 二萬餘字	宋・契 嵩編	俗所增損， 文字鄙俚繁 雜，得曹溪 古本，校之 ，集成三卷	
宗寶本 （明藏本）	元世祖 至元 28 年 （西元 1291 年）	1「六祖大師法寶 壇經」 2. 分一卷，十品 3. 二萬餘字 4. 增〈弟子請益機 緣品〉，為今日 之通行本，得 《壇經》諸本大 全 5. 文字通暢，今日 坊間流傳的版本 17	至元二 十八年 宗寶改 編	各本不同， 互有得失， 且版已漫滅	《大正 藏》四十 八冊，

（一）版本比較

由上文所列可知：

1. 敦煌本

是目前所見之最古版本，然非最古原本。雖說是所見最
早的版本，但其中文字傳鈔錯謬甚多，且所誤往往是音同假
借而造成的誤字，如「姓」作「性」、「慧」作「惠」、「聞」

----

17 同註 16，頁 199。

作「問」、「迷」作「名」、「境」作「鏡」……等[18]，錯字連篇累牘應是傳抄者文字水準不高所致，因此有學者甚且視敦煌本為「惡本」[19]。潘重規教授則以為：同音互用正是民間俗字常見的現象，此為當時抄寫本有的習慣，並非傳抄粗疏所致[20]。想必抄寫之時必另有一作為依據的原本，可惜今日已不得見。若依時代推算，六祖歿後 120 年敦煌本便已補成，此本特色是不分品目，近代日本禪學大師－鈴木大拙將之分為五十七節以便察考之用。此外，此本文中有「南能北秀」之語，此等文字應是慧能弟子神會等為爭取法統地位而添加。由以上可知，今日的敦煌本是經後人修飾而成，研究思想時應分主要部分與後人添附部分分別觀之。

2. 興聖寺本

此本前有惠昕序，序言：「古本文繁，披覽之徒，初忻後厭。」足見惠昕曾予以刪削過，但此書仍較敦煌本多出二千多字，可見刪削所據必非敦煌本，因為既嫌其「文繁」，照理應刪削成更少字數，此書文字反而比敦煌本多，應是另有更古、更繁的版本存在。

3. 宗寶本

與敦煌本、惠昕本相較，此本於文章編排形式上有諸多不同：

---

18 松本文三郎列誤字共四十個，同上註，頁 265。

19 如大陸學者任繼愈、日本學者柳田聖山、鈴木大拙等。

20 參潘重規〈敦煌六祖壇經讀後之管見〉一文，刊《敦煌壇經新書附冊》，台北：台灣佛陀教育基金會，2001 年，頁 16。

（1）順序不同[21]：如品名的順序，惠昕本「定慧」品在「般若」品之前，宗寶本則反之。

（2）增加文字：如惠昕本〈緣起說法門〉中段文字較敦煌本增三十餘字。

（3）減文改字：如「得法偈」，敦煌本本有二偈，但自興聖寺本後便皆融合成一偈；且敦煌本「莫使『有』塵埃」，興聖寺本改「有」作「染」，而明藏宗寶本改「有」做「惹」。又如敦煌本有達摩以來六祖各祖師之偈語，興聖寺本完全略去二祖至五祖之偈頌；且慧能本有三首偈頌，此本刪去後二頌。宗寶本則於達摩及六祖後新增大段長文[22]，《壇經》已雜入後人添附部分，由此亦可見。

（4）全缺而後人新添：如「風動、幡動、心動」之事，如〈機緣品〉等皆是早期版本所無而屬後人新增之部分。

　　由以上版本討論可見，《壇經》在流傳過程中已經後人不斷增刪，以至衍生出許多不同樣貌的版本、通過版本比較或可還原《壇經》初始樣貌，進而了解整個禪宗思想的來龍去脈。

（二）異同優劣

　　敦煌本誤字俗字甚夥，後人患其「為俗所增損，而文字

----

21 關於《壇經》主要版本的異同比較可參看松本松太郎〈六祖壇經之研究〉，《佛光學報》第一期（高雄：佛光山，1991 年），頁 232-267。

22 此二段長文亦見於《景德傳燈錄》，同註 16，頁 253。

鄙雜，殆不可考」，因此加以修改，以後人耳熟能知的得法
偈為例：

敦煌本	菩提本無樹，明鏡亦非台；佛性常清淨，何處有塵埃？ 心是菩提樹，身為明鏡台；明鏡常清淨，何處染塵埃？
惠昕本	菩提本無樹，明鏡亦非台；本來無一物，何處有塵埃？
契嵩本	菩提本無樹，明鏡亦非台；本來無一物，何處惹塵埃？
宗寶本	菩提本無樹，明鏡亦非台；本來無一物，何處惹塵埃？

上表可見敦煌本作二偈而惠昕本、契嵩本及宗寶本併為
一句，且第三句明顯不同：敦煌本作「佛性常清淨」而惠昕
本等作「本來無一物」，二者所顯示的立場大不相同：「佛性
常清淨」表明慧能「佛性論」的立場，而「本來無一物」卻
可說是「本無論」的見解，按禪宗思想主張「非有非無」，
不落兩邊，「本來無一物」則有偏「空」、偏「無」之嫌，唯
「佛性常清淨」能不執不異，不落邊見方可謂得其中道，此
句為得法偈中最為關鍵的字句，後人妄改，如此已不合六祖
原意[23]，推其刪改的原因可能是不同人依不同需要，不同立
場而改。

除此之外，如弘忍大師以顛倒迦裟遮圍一事，惠昕本有
之而敦煌本無，這可能是後世弟子為添加傳奇性而加，由此
更凸顯《壇經》廣傳之後後人不斷改纂之事實[24]。

---

23 見郭朋《中國佛教史》（台北：文津出版社），1993 年。

24 《景德傳燈錄》卷二十八記載：南陽慧忠（卒於代宗大曆十年）已經感嘆當時
　　「把壇經改換，添揉鄙譚，削除聖意，惑亂後徒，豈成言教？」此時距惠能逝世
　　僅六十年尚且如此，後世刪改則更不必說。

至於神秀偈語則各本皆同，〈神會錄〉[25]曾評論神秀偈語：

> 「身如菩提樹」，以肉身無常喻菩提樹不凋，不妥；「鏡」者物來即應，物去即無，不若心之「能生萬法」；「時時勤拂拭」則顯執相，未見本性。

　　按神秀主張「息心看靜」，此為「漸法」而非頓法，「本來無一物」亦失之執空，因此弘忍大師以為並未見性，不若慧能「識自本心，見自本性」為佳。

六、考其內容

　　今本《壇經》內容可分前後二大部分：前文敘述慧能身世及得法傳宗的事蹟，為「大梵寺施法」部分，後文記載慧能啟導門人的言教，是「參請機緣」部分，全書反映慧能的思想，也可以看到禪宗思想流傳的縮影。以下便分項敘述其形式及內容要旨：

1. 就形式結構言

　　今本《壇經》分以下十品：

（1）行由品：本節敘述六祖慧能求法的因緣，慧能一生求法過程頗具戲劇性，依敦煌本記載：慧能為南海人，生於唐太宗貞觀十二年（西元 638 年），而於玄宗先天二年（西元 713 年）滅度，春秋七十六[26]。文中記

---

25 胡適《神會和尚遺集》（台北：胡適紀念館），1968 年。

26 此據〈法海六祖壇經法寶壇經略序〉之說，然有異說：依柳宗元〈曹溪第六祖賜

錄六祖自賣柴聽聞《金剛經》而得悟起，到得到弘忍印可，由小悟而大悟，其後敘述六祖如何得傳衣缽，如何寄身獵人行伍之中達十五年之久[27]，如何由風動、幡動而點出心動，如何為人所識，終而剃度出家，又如何於廣州法性寺、韶州大梵寺及曹溪寶林寺弘法四十餘年的過程。

（2）般若品：本節敘般若之體用，如：「菩提般若之智，世人本自有之，只緣心迷不能自悟。……一切般若智，皆從自性生」，按文中言「自性」乃就「體」而言，言「般若」乃就「用」而言，「一切即一，一即一切，心體無滯，即為般若」。

（3）疑問品：敘述韋刺史問法，慧能為釋「布施有無功德？」「在家出家有無分別？」等疑惑，進而拈出「悟者自淨其心……隨其心淨即佛土淨」的見解。

（4）定慧品：言「定慧一體，不是二，定是慧體，慧是定用」，定慧猶如燈之與光，有體方能有用。於此揭示頓教法門乃是以「無念為宗，無相為體，無住為本」，「無相者，於相而離相；無念者，於念而無念；無住者，人之本性」，又言「頓」、「漸」乃假名，若見本性，則頓、漸本無差別。

（5）坐禪品：論坐禪與禪定之不同，「外離一切善惡境不起名為『坐』，內見自性不動名為『禪』」，「外離相即

證大鑒禪師碑序〉所述慧能則卒年睿宗景雲元年（西元 710 年）。二文皆見於《全唐文》。

27 印順法師考證應為五年，見印順《中國禪宗史》，（新竹：正聞出版社），頁186。

禪，內不亂即定」，足見真正的「坐禪」非限於趺坐蒲團之形式，而是於行、住、坐、臥任一時中皆不攀緣——「不住著於相」方是「坐禪」的真義，如此為「坐禪」做一新解。

（6）懺無邊悔品：本節傳授「無相懺悔」，「三歸依」及「四弘誓願」：「自心眾生無邊誓願度，自心煩惱誓願斷，自性法門無邊誓願學，自性無邊佛道誓願成」，又言：「心中有眾生，邪迷心、誑妄心、不善心、嫉妬心、惡毒心，如是等心盡是眾生」，為「眾生」一詞作新解，由此又可見慧能不執著於文字之常解，能靈活運用以解說文字的真義。

（7）機緣品：此乃慧能平日答諸弟子請益所問，匯錄則成「機緣品」，文中有無盡藏尼、法海、法達、行思、懷讓等十二位弟子來問，「諸佛妙理，非關文字」、「即心即佛」、「三身四智」[28]等語皆見於此一章節之中。

（8）頓漸品：禪宗自弘忍後分途弘化，因此有「南頓北漸」之說，本章論頓、漸二宗教法之不同，提醒佛子當知「法無頓漸，人有利鈍，故名頓漸」。文中有評論北宗「住心看淨，是病非禪」之語，亦有北宗門人行刺慧能之記載。按此段批評北宗之語於敦煌本並未見到，應是神會等後世弟子為爭取正宗地位而貶抑北

---

28 「三身者，清淨法身，汝之性也；圓滿報身，汝之智也；千百億化身，汝之行也」。「四智」者：「大圓鏡智」，「平等性智」，「妙觀察智」及「成所作智」，三身四智皆從自性生，與自性有關。

宗之語，是為後人所添，並非原本所有。

（9）護法品：本節敘述當時朝廷尊崇六祖及護法的情形，六祖為內侍說「道無明暗，明暗是代謝義」、「煩惱即菩提」及「不生不滅」等禪學義理。

（10）付囑品：記載六祖涅槃前對門下高徒的最後付囑，並記載他遷化後的情形。慧能滅度前教弟子：說法不可失本宗，不可離自性。

全文最末則敘述禪宗自摩訶迦葉以來傳承法統的世代次序，共記二十八世祖師之名，此種重視譜系正統的作法應與六朝當時重門第的風氣有關。

2. 就內涵思想言

《壇經》思想散見各品之中，本文歸納要旨列為三大綱領，即：一、「自性」，二、「般若」，三、「以無念為宗、無相為體、無住為本」，以下分別敘述之：

（1）自性[29]：

慧能初參弘忍時出語驚人：「人有南北，佛性無南北」，悟法後讚嘆：「何期自性本自清淨，何期自性本不生滅，何期自性本自具足，何期自性本無動搖，何期自性能生萬法。」慧能思想中心最大要旨即在此「自性」二字，「自性」即覺性、佛性，《壇經》自始至終卷卷提及「本性」、「自性」、「佛性」或「本心」，總計書中言及「自性」者便有百餘處，可見「自性」對禪門修行之重要。自性人人皆

---

29 此「自性」不同於龍樹中觀派所欲破斥的自性，中觀主張「緣起性空，緣起則無自性」，其中「自性」指事物真實不假的「體性」，此處「自性」則指人之本性、佛性或覺性而言。

有，自性本不生滅，本自具足，且能生萬法，唯人因一時煩惱繫縛而不得見性，因此說「一念悟時煩惱即菩提」，煩惱與菩提乃一體兩面。

（2）般若[30]：

按敦煌本經名中有「摩訶般若波羅密經」數字，是於經名中開宗明義點出慧能所說之法是「摩訶般若波羅密」之般若法，按「摩訶般若波羅密」即「大智慧到彼岸」之意，般若即「智慧」，慧能說明般若之智「皆從自性生，不由外入」（〈般若品〉），如何見性，如何破除煩惱塵勞亦緣於此般若智慧。

（3）無念、無相、無住：

自性人人本有，但清淨的佛性常為妄念所掩蓋，欲彰顯此佛性須有功夫，即所謂「三無」──無念、無住、無相的功夫。所謂「無念」即「念法者，見一切法，而不著一切法」，「於念而無念」，「無念」並非一念不起，而是於一切境上「不染著」，〈機緣品〉曾載：

> 一臥輪禪師偈云：「臥輪有伎倆，能斷百思想，對境心不起，菩提日日長」，慧能聞之卻曰：「此偈未明心地。若仿行之，是加繫縛」，因示一偈曰：「慧能沒伎倆，不斷百思想，對境心數起，菩提作麼長。」

人非木石人，豈能全無念頭，「全無一念起」是「斷

---

30 釋濟群〈六祖壇經的般若思想〉，《慈光禪學學報》創刊號，（台中：慈光禪學學院，1999 年），頁 27。

念」，是死寂，一念斷即是死，又何來菩提可言？菩提必就
煩惱、生死而言，唯於百思想中「無執無著」，思而不思，
念而無念方可得自在解脫[31]。因此念念「不斷」是常，但萬
不可念念「不忘」，若「欲」斷念，即此想要斷念之心亦是
虛妄。而所謂「無相」是「於相而離相」，「無住」者，念念
不住著；心不染萬境，外離一切相，本體自然清淨而無繫
縛，因此《壇經》自言「以無念為宗，無相為體，無住為
本」為法門所在。

綜觀以上三點可知：《壇經》內容基本上反映慧能以空
融有、直了心性、頓悟成佛的禪學思想，而此禪宗思想一言
以蔽之，其實只有「見性」二字：如何見性？頓悟見性；如
何頓悟？有待般若智慧；而如何是見性功夫？即所謂「三
無」：無念、無相、無住的功夫，因此綜歸《壇經》思想可
說是：以「自性」為體，以「般若」為用，以「三無」為工
夫的圓融思想。

七、考其法門特色

《壇經》是頗具特色的一部佛教典籍，歸納其顯見的特
色有以下數點：

（1）頓悟法門：晉朝道生言：「不悟則佛是眾生，一念悟
時眾生是佛」，慧能則進一步指出：「一念迷即眾生，
一念悟即成佛」，只要世界觀當下改過便可與真理相
契。慧能立教主張頓悟成佛，如此一掃依傍而直揭主

---

31 參胡順萍《六祖壇經思想之承傳與影響》，（台北：國立台灣師範大學國文所碩士
論文，1988 年），頁 123。

體自由之真義。

（2）不離世間：禪宗至慧能大顯原因之一，是因他能將玄理落實於生活之中，有偈為證：「佛法在世間，不離世間覺，離世覓菩提，恰如覓兔角」（〈般若品〉），淨土不在西方，「心淨則國土淨」，但識本性，不分在家、出家皆可成佛。如此成佛不再高高在上，而是化玄理為智愚人人可行之宗教，普及於大眾，如此已將佛法「人間化」。

（3）重實踐：〈行由品〉細述慧能事蹟，其中亦有深意：慧能現「不識字」相，其意在表明不可執著於文字學問；慧能搬柴、踏碓，隨眾作務等事相則顯示禪宗不重口說而重心行，影響後代禪宗而有所謂「挑水搬柴無非是禪」、「一日不做，一日不食」等生活方式，如此在在說明「禪」的修行要能於生活中實踐。

（4）活潑不滯：周裕鍇《中國禪宗與詩歌》中指出：「『活』是南宗禪最重要的特徵之一，其含意大旨是指無拘無束的生活態度或自由靈活的思維方式，不執著，不凝滯，通達透脫，活潑無礙。」禪宗不滯解於文字經句，不滯坐於枯禪苦行，同一禪法於不同場合、不同對象可有不同的闡釋和運用，日後禪宗以各種不同形式表達，或棒喝，或說或不說，種種皆可說是這種不滯精神的傳承表現。

（5）繼承與創新：自靈山會上佛陀拈花微笑，與迦葉尊者以心印心開始，禪宗經二十八代傳至達摩，達摩為中國禪宗初祖，其後傳慧可，慧可傳僧璨，再經道信、

弘忍而至神秀、慧能。至慧能時，其思想與之前的師
承不盡相同，自達摩至弘忍之禪法稱為「如來禪」，
慧能的禪法則另立為「祖師禪」，二者可作一比較：

法門別稱	創始人	根據	法門特色	禪坐之義	悟道方式	目的
如來禪	達摩	《楞伽經》	住心看淨	禪定	漸悟、苦行	為息心
祖師禪	慧能	《金剛經》	無所住而生其心 蕩相遣執	禪悟	頓悟	為見性

　　印度禪與中國禪不同，尤其至慧能時於教理上融合「起
信論」及「維摩經」等，風格上亦融合中國的老莊與儒教思
想[32]。其實中國早有「禪」的思想，即莊子的「心齋」「坐
忘」，慧能雖承自先前五祖的教法，但其「不住」、「頓悟」
之思想多少有道家的身影，因此至祖師禪時，禪法的表現比
先前更具開創性，且更加中國化。

　　慧能思想前有所承，其中受《金剛經》影響尤大，雖說
慧能不識文字，但《壇經》所引用的經典原文並不少，如引
《般若經》如來藏觀點，用般若空慧實證真如佛性；又如頓
悟、直心、行住坐臥即修行、動靜一體及不二等觀念皆承自
《維摩詰經》[33]，此外還引《大涅槃經》、《菩薩戒經》、《法
華經》、《華嚴經》、《觀無量慧經》，《乘本生心地觀經》等，

---

32 見釋印海〈佛學思想譯〉，摘譯自《日本宗教思潮》）67 期（洛杉磯：佛教正信會
　法印寺），頁 407。
33 參釋聖嚴〈六祖壇經的思想〉，《中華佛學學報》第 3 期，1990 年，頁 149-159。

可見其思想非憑空而來，而是有其根源，其中可尋繹得知源
頭者即有：

（1）自性思想——來自《涅槃經經》（言佛性自性如來
　　　藏）。

（2）般若思想——來《金剛般若般羅密經》。

（3）無念、無相、無住思想——《壇經》將「無念」、「無
　　　相」、「無住」三者結合為一，提倡「無念為宗，無相
　　　為體，無住為本」的宗教實修方法，以「無念」、「無
　　　相」、「無住」為一體三面而不可分，其實這種三無思
　　　想分別來自《楞枷經》、《起信論》[34]、《維摩詰經》、
　　　《文殊說般若經》等經書。

　　由上述得知：《壇經》思想並非憑空而來，處處皆見前
有經典以為依據，由此更見慧能「不立文字」絕非棄絕文
字，而僅是「不執文字」之意。

　　除了繼承前人之外，壇經思想還能創新，其「不重坐
禪」，「行住坐臥皆是禪定」、「時時刻刻皆可修行」，「不必出
世」，「不重執經」，「平常心是道」等主張，在當時都屬新穎
的觀點，並影響後來禪風發展，因此聖嚴法師以為：禪宗特
色即中國文化特色之一[35]。

34　《起信論》（《大正藏》三十二・五七六下）：「若得無念者，則知心相生住異
　　滅，以無念等故，而實無有始覺之異」，是為「無念」思想。《金剛經》：「凡所
　　有相皆虛妄，若見諸相非相，即見如來」、「無我相，無人相，無眾生相，無受
　　者相」，又云「應無所住而生其心」，是為「無相」、「無住」思想之根源。詳見
　　胡順萍（1992年）《禪宗思想之承傳及其影響》一書所考證。

35　同註33。

參、禪宗研究新方向
── 禪宗語言研究

　　《壇經》流傳至今一千三百餘年，影響中國文化甚鉅。今日對禪宗的研究多集中於思想之闡發，或史學之紹述，或談社會現象，或在版本考釋，然而今人面對浩瀚佛典之餘，常有嘆為觀止，卻不知如何入手之感。按佛家以文字為「指月」，不由指，何以知月？不由文字語言，何以傳達禪宗的甚深妙法？然而能為「禪宗語言」專闢一門研究者甚少，何以如此？究其原因，恐怕是受禪宗「不立文字，教外別傳」思想所影響，以為不能執著文字，以免落入「文字相」。殊不知「不立文字」非「不用文字」，若必捨棄文字便又落入「執空」，執「空」、執「有」皆落入「邊見」，這不是禪宗的本旨。

　　語言為思想文化的載體，佛學中亦有「五明」[36]之學以為修習佛法的基礎；五明中又以「聲明」為第一，聲明者，即語言文典之學，因此禪家亦主張「不離文字而得解脫密也」。鄭樵《通志七音略》中提及：「釋氏以參禪為大悟，通音為小悟」，足見欲渡群迷，當習佛典，研習佛典當先明語言文字以為渡津之筏。

　　禪宗語言風格與一般典籍迥然不同，其文字獨具時代特

---

36 「五明」者，古印度的五種學術，即語文學之「聲明」、工藝學之「工巧明」、醫藥學之「醫方明」、論理學之「因明」及宗教學之「內明」五者。

色，瞭解禪宗語言特色對禪宗典籍可起「還原」的作用，對排除「文字障」以得文字解脫亦有正面意義，若文字語意未先釐清則容易闡釋訛誤而致貽笑方家，語言文字是基礎之學，可惜禪宗語言層面的研究相較於思想方面的著作實在少之又少[37]。建立「禪宗語言學」作專門研究有其必要性。

《壇經》語言特色如何？以下列分別討論：

1.《壇經》的語言文字觀——「不立文字」非「不用文字」

《壇經》中有不少有關語言文字的敘述，如：

（1）〈行由品〉：慧能「不識文字」；

（2）〈機緣品〉：「一尼執卷問字，師曰：『字即不識，義即請問』。尼曰：『字尚不識，焉能會義？』師曰：『諸佛妙理，非關文字』。

（3）〈頓漸品〉：「秀之徒眾，往往譏南宗祖師不識一字，有何所長？秀曰：『他是無師之智，深悟上乘』」。由以上可見慧能本人不識文字，雖不識文字，但對文字之態度又是如何？〈付囑品〉云：「執空之人有謗經，直言不用文字，既云不用文字，人亦不合語言。只此語言，便是文字之相。」又云：「直道不立文字，即此不立文字亦是文字。」，足見慧能之「不立文字」並非「不用文字」，執著於「不立文字」四字亦是有立於文字。應知「不立文字」並非不立一字一語，否則又落於執空的地步，不立文字乃「不執文

---

37 如藍吉富主編的《當代中國人的佛教研究》（台北:商鼎文化，1993年）一書將佛教研究分為各大主要領域：1.佛教思想哲學，2.佛教史，3.佛教美術，4.其他，卻未分出「佛經語言」這一領域。

字」[38]之意，警惕人勿執著於文字外在的名相，此亦呼應《壇經》中「無相、無住」的思想，後人譏禪宗主張「不立文字」卻又立論經典、公案等各類文字為非，此種觀點是對「不立文字」有所誤解；就事實而言，禪宗最善於運用語言文字，因為禪宗能運用語言文字至於無滯無礙、來去自如的境地，因此「不立文字」應正解為「能用文字而不執著於文字」。

2.《壇經》的語言特點

陳榮波以為，《壇經》語言有以下六種特性[39]：

（1）機鋒性：〈行由品〉記五祖潛至碓坊：「乃問曰『米熟也未？』慧能曰：『米熟久矣，猶欠篩在』，祖以杖擊碓三下而去，慧能即會其意。」此「米熟也未，猶欠篩在」有其言外之意：是暗寓領悟已久，唯欠老師心印之意。在此一問一答之中顯現禪宗的「機鋒性」，所謂「機鋒」乃指禪師與弟子應機對答迅若機弩，其他禪宗公案中更多見問答不假思量，機鋒敏捷的情景，一般人的思維速度望塵莫及。

（2）否定性：如「菩提本非樹」、「無念、無住、無相」等文句。《壇經》常用否定詞以突破概念的束縛，否定是為去執掃著，使心靈自由無礙，但萬萬不可因此否定而又掉入空無之境。

（3）實踐性：《壇經》要旨不在口說而在心行，他人「說食不飽」，「如人飲水，冷暖自知」，「自性」尚須「自

---

38 參胡順萍《六祖壇經之承傳與影響》，頁75。

39 陳榮波〈六祖壇經的語言哲學〉，《佛光山禪學會議論文集》，1989年，頁130。

度」。

（4）生活性：要知道「禪」並非「口頭禪」，而是「生活禪」，行住坐臥之生活無一不是禪。

（5）詩喻性：禪門佛理難說破，因此文字多用譬喻手法，如以「燈與光」喻定慧不二，以「日處虛空」比喻自性，喻煩惱如「火宅」，喻不可能之事如「覓兔角」……等皆是以譬喻語言呈顯事理。

（6）行動性：如後來臨宗之棒、喝法，這類方式可視做肢體語言的行動表現。

除此之外，本文遍觀《壇經》文字，以為尚有以下幾點特色，即：

（7）邏輯思維性：語言學家王力認為[40]：唐代為漢語句法嚴密化的新階段，這主要受「佛教傳入」影響，而此種影響表現在「聲明」與「因明」方面，且以後者為著；「聲明學」的影響僅在漢語體系的說明上（如等韻學），「因明學」則影響邏輯思維的發展。唐代為佛教成熟期，知識分子邏輯思維的方式或多或少受過佛教影響。

（8）白話質樸：《壇經》是慧能語錄，以語錄為文體，一因說者不識字，二乃為接引各階層大眾，因此《壇經》中方言俚語甚多，用語明白如話，使禪宗得以廣為普遍流傳。

（9）活潑性：禪宗不執，說一物便不中，非有非無，參活

40　王力：《漢語史稿》（北京：中華書局，1980 年），頁 479。

句勿參死句，這些都是禪風靈活的一面。

3.《壇經》語言表達方式[41]

慧能既以為「諸佛妙理，非關文字」，卻又不得不借助文字表義，所用的表達方式自然與一般說理形式有所不同：語言表達中有所謂「表詮」和「遮詮」兩種方式，「表詮」即作正面表達，「遮詮」則為反面否定，禪宗原則上默然無說，但為應機說法又不能完全離開語言文字，不得已之下，只好以否定的「遮詮」方式來表義，展讀《壇經》可以發現其中表達哲理的方式具有以下幾點特色[42]：

（1）即破即立，雙遣雙照：如言「佛性非常非無常，是故不斷，名為不二」等，所謂「不二法門」即在破斥兩邊的執著，非此亦非彼，這正如修辭學中「烘雲托月」的手法，不直接點明而以「排他」的方式剝顯要旨，因此可以見到禪門典籍中常出現否定形式的字句，此乃因法本不可說，一物便不中，不得已之下只好隨說隨掃，即立即破，以掃除人心執著。

（2）出語盡雙，皆取對法：慧能在〈付囑品〉告示弟子說法之要：「若有人問汝義，問有將無對，問無將有對，問凡以聖對，問聖以凡對，二道相因，生中道義……」文中傳授說法要訣，有所謂「舉三科法門」及「動用三十六對」[43]，此「三十六對」乃以對法相

---

41 參陳榮波〈六祖壇經的語言哲學〉，頁128。

42 同上註。

43 「三科法門」者，「陰、界、入」也，陰是五陰，入是十二入，界是十八界；「三十六對法」是無情五對（如天與地對、明與暗對）、法相語言十二對（如有與無

互映襯，正反相因，使二法盡除，用意仍是為了避免執著之蔽，因此近人唐一玄[44]居士以為：此「三十六對法」歸結而言只是一個「破執法」，是「出沒即離兩邊」、「二道相因生中道義」的應對方法，因事物相互對立，彼此可相因互破，以此破彼，以此破此，甚至連「中」也不能執著成立。

4. 禪宗語言研究的方向

《壇經》語言影響後來禪宗語錄及公案，本文以為禪門語錄及其他公案研究可以另外形成一門「禪宗語言學」。近年已有不少學者注意到禪宗語言方面問題，但因切入點不同而又形成不同的研究領域：一是語言語法學，二是語言風格學，三是語言哲學，以下分別述之：

（1）語言語法學：

佛典中有豐富的語彙及語法形式，藉此表現出佛教的深奧哲理[45]，其中語法特點甚多，舉其犖犖大者：

A. 疑問句多：如「佛性有何差別？」是提問句，「自性若迷，福何得救？」是詰問句，以上是用問句來刺激聽話人自我省思。

B. 正反對句多：如「一念愚即般若絕，一念智則般若生。」，以並列的正反對句做正面、反面立說，面面俱到。

C. 否定詞多：如「不二法門、無漏、不動、無相、沒意智」等否定式詞語非常多，目的在使人不執著於名相。

對、凡與聖對）及自性起用對十九對（如長與短對、邪與正對）。

44　見唐一玄校，釋心印編改《六祖壇經》（彰化：三慧學處，1994 年），頁 279。

45　朱慶之《佛典與中古漢語詞彙研究》，（台北：文津出版社，1992 年），頁 5。

D.疊字多：如「兀兀、念念、如如、上上智、下下人」等重疊詞皆有強調意味。

E.喜用對話，如「何謂般若？般若者，唐言智慧也。」

至於詞彙方面的特點則有：A.有大量的口語詞、俗語詞，B.複音詞漸多、C.語氣詞不少。種種表現皆可作為研究唐代語言的最佳素材。今見研究禪宗語言者有張美蘭《禪宗語言概論》（1998 年，台北：五南書局），王文杰《六祖壇經的語言研究》（嘉義：中正大學碩士論文，2000 年），及單篇論文如高錦平〈六祖壇經中所見的語法成分〉（《語文研究》1990 年 4 期）……等。研究禪宗語錄於漢語史上有其重要價值，由此研究可以推知中古白話文發展的歷史，即使如敦煌本《壇經》，訛字雖多，但在文字學上也具「俗文學」研究的珍貴價值，因此本文以為：《壇經》除有思想層面之價值以外，此書更是一部語言研究重要寶藏，我們既入寶山，又豈可空手而歸？

（2）語言風格學：

所謂「語言風格」乃指文章文體及語體兩方面所展現的語言特色。《壇經》所見語言風格是：

A.淺白質樸的語言風格：有大量的口語、俗語詞：如「阿誰、恁麼、獦獠」等皆是方言俗語。

B.駢散並行的文體風格：文中多附詩偈，詩偈卻不求押韻，語言似散非散，似駢非駢，駢散靈活運用。

C.文白相間的語體風格：《壇經》用語似口語化又非純粹口語，似文言又是特殊語言變體，可稱為「佛教混合漢

語」的特殊語體[46]。

　　D.多用譬喻的修辭風格：文中多譬喻及象徵象徵式的隱語，譬喻詞如「火宅、福田、法船、身如菩提樹、心如明鏡台」……；象徵詞語如「米熟也未？」「米熟久矣，猶久篩在。」，是將深奧禪理做生動喻說，深入而淺出。

　　E.隨說隨掃的解說風格：《壇經》採繞路說禪：說解禪理常是非有非無，不執著外物，「說一物便不中」，這與後來禪門「參活句，勿參死句」一樣樣於文義上有不可思議性，是為禪宗語言的特色之一。

　　于谷《禪宗語言和文獻》一書以為禪宗語言的風格表現有[47]：奇特怪誕、淳樸、問答違反邏輯、修辭豐富、用活句、動作語、棒喝語、口頭色彩濃厚等，這些表現在《壇經》中皆時有所見。

　　以上種種風格顯現禪門典籍不管在「語」或「文」上均有別於漢語傳統之文獻語言，然而歷來有關禪典「語言風格」的研究卻少之又少，殊為可惜，「佛典語言風格研究」是一可行途徑，目前亦有人著手為之（如劉芳薇《維摩詰經語言風格研究》，嘉義：中正大學碩士論文，1984 年），此一待發掘園地，尚需後起學者予以更多之澆灌。

　　（3）語言哲學：

　　陳榮波有〈六祖壇經的語言哲學〉一文[48]，文中以為

46　同上註，頁 15。

47　于谷《禪宗語言和文獻》，（南昌：江西人民出版社，1996 年），頁 16。

48　同註 39。

《壇經》語言哲學的理論基礎是「自性」，表達此哲學的方式是一種不直接定義的遮詮不二法，其用意在顯示禪法「不可說」，當由心領神會。方式之一是經中常用「無」、「非」、「不」等否定詞，方法之二是多用疑問句，如最有名的「菩提本『無』樹，明鏡亦『非』臺，本來『無』一物，『何處』惹塵埃？」在否定、疑問中破邪顯正，雙遣雙照。

此外，陳氏文章尚揭示《壇經》語言哲學的要義[49]：

（1）語言經典貴在體悟：《壇經》言：誦法華經三千遍，若不能體驗，仍是迷人，所謂「心迷法華轉，心悟轉法華」（〈機緣品〉），當由文字啟悟文字般若。

（2）一切經書文字因人而立：〈般若品〉：「一切修多羅及諸文字大小乘皆因人置，因智慧性方能建立。若無世人，一切萬法本不自有，故知萬法本自人興，一切經書，因人說有。」

（3）活用語言文字以明心見性：〈付囑品〉：「執空之人有謗經，直言不用文字，既云不用文字，人亦不合語言，語言便是文字相……直道不立文字，亦是文字，見人所說，便謗他言者著文字，汝等須知自迷猶可，又謗經，不要謗經，罪障無數」，足見「不立文字」非不用文字，只說不執於文字，能活用文字。語言是權直之具，如指月之指，捕魚之筌，以文字為「方便」以明自性佛性，不必執語言文字，執空、執有皆非是。

---

49 同上註，頁129。

（4）以無念、無相、無住顯示見性功夫：《壇經》語言哲
　　學要義並非否定文字，而是用而「不執」，能活用語
　　言，不死於字下。明心見性非靠理性思維，文字是方
　　便而非究竟，這近於《莊子·外物篇》所云：「筌者
　　所以在魚，得魚而忘筌；蹄者所以在兔，得兔而忘
　　蹄；言者所以在意，得意而忘言也」。

　　以上「語言語法學」屬語言學範疇，「語言風格學」與
文學有關，而「語言哲學」則屬哲學範疇，由《壇經》語言
各方面的研究可以讓我們看到語言的功能面貌及限度所在。

肆、結語

　　禪宗大顯於中國，慧能是關鍵者，禪門至慧能始能言其
成「宗」，於中國禪形成過程中具有重要地位，其後「一花
開五葉」[50]，開出千樹萬花。《壇經》是慧能所說，而慧能
是中國禪宗的真正創始人[51]，此宗獨樹一幟，其意義在使本
為外來的佛教思想「內化」為中國文化的重要部分，即由
「印度佛學」轉化成為具有一己特色的「中國佛學」，在此
轉化過程中《壇經》思想便是關鍵所在，此書完成佛教中國
化的本土性格，此書之成立正如一面旗幟，標誌著中國禪宗

---

50 指禪宗五宗：溈仰、臨濟、曹洞、雲門及法眼宗，其中臨濟宗是「看話禪」，曹
　　洞宗是「默照禪」。
51 「慧能以前，只有禪學，沒有禪宗。禪宗是由慧能創始的。」語見郭朋《中國佛
　　教史》，（台北：文津出版社，1993年），頁194。

真正形成。季羨林[52]說：「若不研究佛教對中國文化的影響就無法寫出真正的中國文化史」，中國文化史當中受佛教，尤其是佛教中的禪學思想影響更是深遠，禪宗本為佛教流派之一，如今「禪」的思想早已超出宗教領域，「禪」的形式多樣活潑、生機蓬勃，其中「不立文字」之說影響語言及文藝美學的表現，除了宗教層面以外，我們還可將《六祖壇經》視為研究中國語言、文學、美學、思想及文化的一道「活水源頭」！

---

52 季羨林《季羨林學術論文自選集》（北京：北京師範學院出版社，1991 年）。

第五章

王維〈山居秋暝〉中的
禪理與融合

摘要

　　王維素有「詩佛」之稱，何以被稱為「詩佛」？一般論詩者多是一語帶過，未有詳細討論。清人王漁洋讚賞王維絕句「字字入禪」，是否果真如此？本文擬以〈山居秋暝〉一詩為例，實際深入詩境來探討作者詩歌的表現技巧。探討後發現：王維晚年詩歌用字處處可與佛理相呼應，充分展現出「字字禪理」的思想美，寫作技巧方面也表現了禪學「融合無礙」的精神。這種融合之美若就各聯來看包括了：（一）時空交錯之美、（二）動靜相形之美、（三）人我相諧之美及（四）情理相生之美；若就全詩來看則融合了（一）詩境、（二）畫意、（三）樂理及（四）禪趣之美。作者擅長將禪學佛理渾化於詩歌當中，使一首詩展現出多層次、多色彩的風格樣貌，既有「聲」又有「色」，由此再一次證知：王維學佛能得其三昧，所作之詩已臻高遠境界，「詩佛」之稱當之無愧。

關鍵字：王維；詩佛；山居秋暝；詩；禪；融合；詩歌美學

壹、前言

　　盛唐詩壇上最能與李、杜鼎足而三的重要人物就是王維。王維流傳下來的詩歌作品約有四百首[1]，面貌多樣，其中最能代表他創作特色的是描繪自然及歌詠隱居的詩篇，這類詩篇約有一百首，這些詩在盛唐詩壇上獨樹一幟，也展現作者鮮明個性與獨特風格[2]。〈山居秋暝〉一詩是他眾多代表名作中的一首，全詩原文如下：

　　　　空山新雨後，天氣晚來秋。明月松間照，清泉石上流。
　　　　竹喧歸浣女，蓮動下漁舟。隨意春芳歇，王孫自可留。

　　這首詩不僅讓我們見識到作者在文學、繪畫、音樂及佛學各方面的造詣，也展現了思想美及藝術美；用字上似無跡可求，卻又字字禪理，這首詩就如一畝方塘，映照出「詩佛」整個人物形象的身影，本文想藉此詩「以斑窺豹」，由此詩為入徑來一探王維山水詩的風格與成就。

1　《舊唐書》記載王維去世後，其弟王縉為其編《王右丞集》，其中集得的詩約四百首。

2　劉大杰《中國文學發達史》（台北：華正書局，1977年），頁427。

貳、知人論世

　　王維，字摩詰，太原祁（今山西太原祈縣）人。生於唐武后長安元年，卒於肅宗上元二年（西元 701-761 年），官至尚書右丞，世稱「王右丞」。右丞出身於官宦家庭，高祖、曾祖及父親三代皆做過司馬，弟弟王縉更曾為代宗朝上的宰相。

　　右丞一生新、舊《唐書》均有記載，由所載可知他能詩、能文、能樂亦能畫：在詩方面，他是盛唐山水田園詩人的代表名家；文的方面，他的〈與山中裴迪書〉寫景如畫，而〈能禪師碑〉則是後人研究六祖慧能的重要依據；音樂方面，在他詩名未就之前早已因善彈琵琶而見聞於宮中；至於畫的方面，他是南宗畫派之祖，對後來文人畫有深遠的啟發。綜上所見可知：右丞兼具文人、詩人、畫家及音樂家等素養，加上晚年好佛參禪，種種因素都影響他的詩歌風格和境界。

　　右丞詩歌成就是多方面的，無論邊塞或山水，無論律詩或絕句都有膾炙人口的佳篇。他的詩可以四十歲為界分為前、後兩期：前期得志，也歷經開元的太平盛世，因而歸心於儒家，有用世之心，曾寫下了〈少年行〉、〈觀獵〉等意氣風發的作品；但到後期，由於官場上受到當權派排擠，用世之心遂逐漸冷卻，「自顧無長策，空知返舊林」（〈酬張少府〉），可見他的心境已由欲「仕」轉為欲「隱」；再加上他曾經歷安史之亂的顛沛流離，思想上也逐漸由「儒」轉

「佛」，他說自己：「晚年惟好靜，萬事不關心」（〈酬張少府〉），「終歲頗好道，晚家南山陲」（〈終南別業〉），之後他便過著半官半隱的「吏隱」[3]生活，心之所嚮唯在優游林泉，也因此創作出不少淡泊閑適的作品來。

右丞一生受佛學的影響甚深，詩壇上王維素有「詩佛」之稱，這樣的稱呼其來有自：

1. 時代上：作者所處時代為盛唐佛教盛行時期，而中國化的佛教──禪宗也在此時日漸興盛起來。右丞中晚年後，更是禪宗慧能弟子──神會座下的虔誠信徒。

2. 政治上：曾提拔右丞的張九齡罷相之後由李林甫執政，政治由此日趨黑暗，右丞自此亦官亦隱，淡出政壇。天寶十五載（西元 756 年），安史亂軍攻陷長安，玄宗入蜀，右丞隨扈不及為賊人所得而迫以偽署。賊平後玄宗本欲定其罪，但君上念他在〈凝碧池〉一詩中有「百官何日再朝天」一句表明自己一直是「心向唐朝」，因此僅遭降職。然而這段時間心靈多少受到創傷：「一生幾許傷心事，不向空門何處銷」（〈嘆白髮〉），政治風波應是詩人轉向佛教尋求心靈寄託的原因之一。

3. 家庭上：右丞母親篤信佛教，歸心禪宗有年，他事母至孝，並因家風影響，與弟、兄皆信奉佛教；雖然他說自己是「中歲頗好道，晚家南山陲」，似乎晚年才學佛好道，其實早在出生時便受佛教薰染，因為他連名和字都是出自佛教經典──《維摩詰經》。三十餘歲時詩人的妻子亡

---

3 劉維崇《王維評傳》（台北：正中書局，1972 年），頁 46。

故，但他始終未再續娶，僅過著長齋蔬食，不衣文綵的日子。《舊唐書》特別描述他的晚年是：「齋中無所有，唯茶鐺、藥臼、經案、繩床而已。退朝後焚香默坐，以禪誦為事。」王維晚年生活重心「以禪誦為事」，其篤信佛教之深，一至於此。

4. 交游上：作者交游之中不少是僧友和居士；僧友中以詩文聞名的就有：道光禪師、璿上人、道一禪師、瑗公上人及北上傳法的神會禪師等十餘僧[4]。右丞居京師時更曾「日飯十數名僧，以玄談為樂」。與他往來密切的居士也都以禪法自娛，這些交往情形及思想觀點都一一反映在詩篇當中。

上述可見右丞生活氛圍都是佛，交游所談皆是禪，思想上當然是日趨佛家，所謂「誠於中，形於外」，可以看到詩人將所得禪悟一寓諸詩中，將宗教情感轉化為詩情，因而創造出空靈、幽遠的詩歌作品，意境上別有一番韻味。也就是說：王維的禪悟境界越深，詩歌方面的表現也越發不同凡響。

參、〈山居秋暝〉一詩探析

本詩屬五言律詩，是作者後期的作品，約是開元二十年（西元 732 年）閒居輞川時所作[5]。題名「山居」說明此詩

---

4 孫大知〈詩為禪客添花錦，禪是詩家切玉刀——談王維詩中的禪理〉，《玉溪師專學報》1994 年第 6 期，頁 58。

5 鄧安生等人譯注《王維詩》（台北：錦繡出版社，1993 年），頁 164。

所寫是「居」而有感，絕非暫「遊」的一時興起而已。

律詩八句四聯，一聯一意。分看此詩四聯，就如四面屏風直立眼前，展現同中有異的山容水意。而各聯又非全然獨立，彼此之間有文意上的承轉關係，探析一首詩時還要籠照全詩來看聯與聯間的聯絡照應，意即：律詩除了分看各聯外也要合而觀之，如此才可掌握詩歌的整體意境。以下先以各聯作法為切入點，再由全詩意境來探討整首詩的創作特色：

一、作法上的融合之美

微觀賞析〈山居秋暝〉，可以發現這首詩八句四聯正如四立的屏風，每幅屏風都展現出不同面貌的禪境之美：

1. 首幅——時、空交錯之美

「空山新雨後，天氣晚來秋」，詩一開篇便予人一股清新之感：薄暮冥冥中，山雨初霽，萬物因雨水洗翠而為之一新，正是「一番暮雨洗清秋」。整片山巒因雨後而更顯空曠，一種幽靜氣氛隨之而生。開頭一句便點出時間和空間。按「時空美學」是中國詩歌美學審美型態之一[6]，詩人往往對時間和空間表現出獨特敏銳的情感，若以時間為橫軸、以空間為縱軸，在時、空雙線交織下，「情感」和「美感」暗生於其中。本詩的「空山」正展現空間之美，而「雨後」、「晚來」則是時間之美。為何詩一起始便能予人清新幽靜之感？本文以為：是因山「空」所以才有幽靜感生出；因為

---

6 中國文學美學和西方美學有很大的差異，吳功正以為：時空、悲怨、模糊、頓挫及氣韻五項子題共同構成了中國文學美學的型態框架。參林師文欽《文學美學研究資料選集》（高雄，春暉出版社，2003 年），頁 80。

「雨後」才使人感到清新，這「清新幽靜」的意境便是由「時間之美」（「新雨後」）和「空間之美」（「空山」）交錯而生。以下再細部剖析其中用字所隱涵的深意：

（1）「空山」的真義：

「空山」一般理解作「空寂」的山，但就下二聯來看可知：山中尚有其他的人（至少有浣女和漁人），說此山「空寂無人」似乎矛盾。其實「空山」並非「空蕩蕩」全無一物，而是遼闊「空曠」：當新雨洗淨塵埃之後，山頭更顯青翠；塵勞洗盡，也使人心靈上感到一塵不染，因此「空山」就外在而言是「遼闊空曠」，就心境而言則是「空無塵雜」，這「空」字不只寫景，也是此時詩人面對雨後青山所感受到的心靈境界。

仔細玩味這一「空」字方知深具佛理：正因山之空曠，才能廣大如虛空，包涵萬有：有明月、有清泉、有浣女也有漁舟，這「空」絕對不是「空無所有」，反而是佛家的「空中妙有」。因此此處不作「青山」而用「空山」，義涵上更勝一籌。

按右丞詩中喜用「空」一字，考查《全唐詩》中作者詩句，句中有「空」字的便有八十五首，九十句之多[7]，有名詩句如：

> 「空山」不見人，但聞人語響。　〈鹿砦〉
> 人閒桂花落，夜靜春「山空」。　〈鳥鳴澗〉

7 　依元智大學〈全唐詩檢索系統〉所統計，網址：http：//cls.admin.yzu.edu.tw/QTS/HOME.HTM。

山路原無雨，「空翠」濕人衣。　　〈山中〉

鵲巢結「空林」，雉雊響幽谷。　　〈晦日遊大理韋卿城南別業〉

芳草「空隱處」，白雲餘古岑。　　〈送權二〉

「空谷」歸人少，青山背日寒。　　〈酬比部楊員外暮宿琴臺〉

寂寞柴門人不到，「空林」獨與白雲期。　　〈早秋山中〉

峽裡誰知有人事，世中遙望「空雲山」。　　〈桃源行〉

不管是「空山」、「空林」或「空谷」，這些「空」字都不是「空寂一無所有」，而都寓有大、多、虛、深等意涵，因此應理解為「虛空而含萬有」。作者如此好用「空」字也是受到佛教影響，禪宗裡有「空觀」思想[8]。

由此歸納本詩「空」字含意可有以下諸多層次：

A.就客觀事物來看，「空」乃指山的「空曠」。

B.就主觀心境來看，「空」乃指作者的「空無塵念」。

C.就形上境界來看，「空」更暗寓禪理的「空中妙有」。

只一「空」字而含豐富意蘊，也唯有王維這種深具佛學素養的居士才能寫出這「空」字的真諦。

（2）「新雨」的含義：

空山「新雨後」，「新」字用字淺近，卻也是意蘊豐富：

A.一般翻譯「新」為剛剛、「新近」之意。

B.本文以為「新」可以是「由舊返新」：因為久日未雨，一

8　劉敏〈論王維山水田園詩空靈的意境追求〉，《黔南民族師範學院學報》2002 年第5 期，頁 28。。

場及時雨令人有「回復當初新貌」的感受。

C.「新」還寓有「以前從未有過，現在全然新生」的「全新」、「新奇」之意，而這「全新」境界與佛家頓悟境界甚為相近。

此處不作「小雨」、「暮雨」而用「新雨」，表意更為豐富。

（3）「晚來秋」的心境探討：

雨後天涼，暮色漸濃，「晚來」二字呼應題目的「暝」，也予人秋意漸晚漸濃的遞進感。秋天最易勾起詩人感懷，自戰國宋玉以來寫秋者以「悲秋」為多，「秋主蕭殺」，看到秋日凋零景象容易使人心生悲感。在此作者卻有截然不同的觀點，他深愛秋天：秋有明月，有清泉，雨後更為秋景注入盎然生機，秋日何嘗不美？〈輞川閒居贈裴秀才迪〉詩中寫道：「寒山轉蒼翠，秋水日潺湲」，讚秋、頌秋的意味與此正相似。

若就人生境界來引申：此時作者正處晚年，一如人生也走到了秋天，秋天草木雖已搖落，卻可有另番新境，這新境是什麼？想來是作者一心追求的理想境界，此時此刻終於達到，因此字裡行間隱然有種禪悅之喜。然而雖悟得了道卻已時至晚年，這「秋」就如同《詩經》的秋水「伊人」、如同東坡「望美人兮天一方」的「美人」，代表著——「所追求的理想境界」。「晚來」二字寄寓了「人生悟道已晚年」的感慨，而「晚來秋」一句透露出詩人的嚮往：正因對此高遠的理想境界期待已久，才會在心理上覺得它是「晚來」，如此將秋日比為美人「姍姍晚來」，作法上還多了一層擬人的效

果。此聯表面上是寫景，實際上還有言外之意隱於字裡行間。

2. 次幅——動、靜相形之美

「明月松間照，清泉石上流」，此聯與上聯也息息相關：正由於是「新雨後」，才使得水量能更豐沛地流瀉於山石之上；也正因「新雨後」天上長煙一空，月光才能更顯皎潔。此聯上句呈現松與月的疏密明暗感，詩中有畫，是作家的畫家筆法；下句水流石上則呈現音色及響度，是作家的樂家筆法。此聯初看平常，出現景物只是尋常的明月、松林、清泉和白石，而月也只用「明」，泉只用「清」字來修飾，但這裡用字淺顯卻是天然不假雕飾，能給人一種簡單的美感感受，名家、大家寫作時似隨意揮灑，毫不著力，但寫成卻是如此生動自然。

此外本聯還展現了：

（1）靜在動中的「無理而妙」：

此聯看似單純寫景，其實進一步渲染出「山居」的幽靜：皓月當空的夜晚，青松如蓋，清冽山泉流瀉於石上，清幽明淨的自然美景開展在我們的眼前、心中。松間灑下月光，地上松影斑駁，如此謐靜月色下，泉水激石似乎成了唯一聲響。當萬籟俱寂，任何一點聲響都會顯得嘈雜，而這泉水不斷淙淙流著，水聲有相同的規律，聽久以後，似乎連水聲也融入靜境之中，使全詩意境越發顯得寧靜。

表面上看：「明月普照」寫的是靜景，「清泉流石」寫的是動景，但幽靜月色卻又如此「不同凡響」：月光在松間移影，是「靜中有動」；泉水流動而水下的石頭並未流動，是

「動中有靜」，靜極而思動，動中能顯靜，動、靜交錯中營造出更加幽靜的氣氛。右丞作詩善用熱鬧字眼，但寫出的不是熱鬧而是更深的寧靜，這似乎不合常理，可以說是一種「無理而妙」，這種「寓靜於動」，寫「動」態以顯更深的「靜」是「王維式」的詩風特色，這也似乎暗喻我們：學「禪」不是修到「空寂一片」，而是要「靜而知動」，「動而思靜」，動、靜相互烘托，事理也可相反而相成，因此本聯呈現的一月與一泉是一靜與一動，一有光、一有聲的互相映襯，藉由映襯透顯出大自然生生不息的活力，也再一次印證首聯──山中雖空曠，但絕非空寂一片，「幽靜」並不等於「枯寂」。

（2）動詞先後的運用之妙：

再從用字來看：「照」、「流」兩個動詞看似平常，細察後又可見作者用字之妙：月色本是靜景，但一「照」字便使月亮更增靈動；石頭本是固定不移，一「流」字立刻化靜為動，這「照」、「流」二字如同點鐵成金的魔棒，輕點一下便化靜為動，使如畫的山景頓時活潑起來。這兩句若按常規語法應是「明月『照於』松間，清泉『流於』石上」，本詩卻把動詞「照」、「流」放在句末，凸顯動詞的結果是賦予了全詩「持續不已」的動態感，使人感覺那月光似乎至今仍傾瀉普照著，而泉水也仍在那兒流動不息。

（3）月和松的象徵意義：

本聯也極富禪理：所謂「溪山盡是廣長舌，山色無非清淨身」，明月普照，清泉長流，這不正是大自然在說法？「道」無所不在。「千江有水千江月，萬里無雲萬里天」，詩

中的「空山」就如悟後的「無雲萬里天」，而詩中的「明月」正如照映千江的「月」，代表著永恆與光明。詩中的「明月」和「清泉」，就佛家而言是「禪」、是「道」，就儒家思想來看則可象徵人品的「高潔」，不管那一種，月下青松和石上清泉都代表「最高的理想境界」。右丞體物精微，能在平凡事物中體悟出不平凡的道理，能充分掌握虛空中萬象變化及瞬間永恆光明的感受[9]，景物描繪中透顯道理禪趣，蘊涵「韻外之致」，「味外之旨」，正如司空圖《二十四詩品》所說，是「不著一字，得盡風流」，全詩未有一「禪」字，然而筆墨下的禪意早已淋漓在字裡行間。

3.三幅——人、物相諧之美

「竹喧歸浣女，蓮動下漁舟」，此聯和之前的頷聯各自對仗工整，三、四句和五、六句之間有種對稱之美：

（1）頷聯：側重著寫自然的景象、寫無人的靜景、寫眼前「所見」，是實寫。

（2）頸聯：側重著寫人類的活動，寫有人的動景、寫耳中「所聞」，只聞其聲，未見其人，是虛寫。

這裡每一處的景物也都與首聯「新雨後」遙相呼應：正因雨後水清，浣女到河邊擣洗衣服；也因雨後放晴，漁船才能出航捕魚。按夜晚洗衣在唐代是可能的，如李白〈子夜吳歌〉便有：「長安一片月，萬戶擣衣聲」；漁舟夜晚出航也是可能的，如古箏名曲——「漁舟唱晚」四字便是出自唐代王勃〈滕王閣序〉中的「漁舟唱晚，響徹彭蠡之濱」。夜晚人

---

9 蕭麗華《唐代詩歌與禪學》（台北：東大書局，1977年），頁138。

聲初靜時，許多細微聲音反而能聽得更加清楚，「空而顯
有」、「靜而顯動」，浣女、漁舟的動態再次呼應了開頭的
「空山」，作者有一首名詩：「空山不見人，但聞人語響」
（〈鹿砦〉），都是用「動」烘托出「靜」，用「有」烘托出
「空」，二詩之間有異曲同工之妙。本聯值得注意的是詩中
展現了：

（1）距離的美感：

此聯著重描寫聲音：竹林後何以有喧聲？原來是洗衣女
子回來了；蓮塘外何以有聲？原來是漁人放下小舟惹動了蓮
葉，才發現原來這「空山」其實並不空。一般以為浣女和漁
舟是作者所「見到」，筆者則以為：詩人是先聽到「竹喧」
之聲，尋聲聽去，才發現原來是浣女隱身林後，浣女與作者
之間有段距離的間隔。作者的詩對自然的觀察多由遠距離開
始，主、客之間保持一定距離，這種「距離美」來自於隔物
「觀賞」的態度。聽到「竹喧」「蓮動」聲而作懸想，所以
浣女和漁舟都是「虛寫」，實際上並未看見，否則詩人若與
浣女、漁人謀面必會相語寒喧，如此豈不打破這靜觀的畫
面？雖未真睹其人，但所發出的聲音使原本寧靜的世界起了
小小波瀾，待人聲遠去後，這世界才又復歸平靜；這樣的寫
法使人體味出一種和平恬靜，恬靜中有活潑的生機，因而整
首詩給人的感覺並不是枯寂荒涼，這和那些描寫寂寞淒清的
寒瘦詩人在風格上有很大的不同。

（2）其中有人，呼之欲出：

詩人先寫「竹喧」，再發現浣女；先說「蓮動」，再描敘
漁舟，依因果順序應說成「浣女歸而竹喧，漁舟下而蓮

動」，此處為倒裝，但就事實言，是有聲在先才會想尋聲知人，因此就發現的過程來看，聽見「竹喧」才是前因，發現「浣女」則是後果，並未倒裝；作者與人物素未謀面，是聽見「竹喧」才引起注意；聽見「蓮動」才知道漁舟剛下。人在叢竹之後，漁舟在重重蓮葉之外，人物並未出現而知有其人，「其中有人，呼之欲出」，如此筆法更加委曲有致，也特別耐人尋味。

（3）漁舟、浣女的象徵意義：

在山中討生活的人想必不少，至少還有樵夫、農夫，何以作者都不取，而只取浣女、漁舟以為意象？筆者以為：因為時間是「晚上」，樵夫，農夫均是「日出而作，日入而息」，不會在晚上活動，唯有浣女、漁夫尚有事可忙而人未靜定，如此寫來能符合事實。若再深究，則作者取材於此也別具深意：

A. 以浣女為形象是因浣女天真，所代表的是一份「真」，而「浣洗」則有「潔淨」的象徵意味。

B. 以漁舟為形象是因漁人勤樸，所代表的是一種「樸」。至於放舟遠去則正如莊子的「不繫之舟」，代表的是作者心境上的那分逍遙與自由！

（4）動詞錯落之妙：

再就用字來看，上聯的「照」、「流」動詞在後，而此聯的動詞「歸」、「下」鑲在句中，位置不同，除用意、押韻等方面的考量，也造成上下動詞錯落之美。此聯「下」字或解

作「回來」，或說是「順流而下」¹⁰，其實何嘗不可解為「放下」，放舟代表「自由而無拘無束」。至於行進方向上，洗衣女子方要「歸」來，舟子卻正要遠「去」，浣女由遠而近，蓮舟由近而遠——一「歸」一「去」之間，不也多了一份和諧之美？

（5）禪機所在：

再看「竹喧」與「蓮動」二句：竹怎會發出「喧」聲？蓮葉怎會自「動」？其實不是竹喧而是「人」的喧聲，不是蓮動而是有人乘舟自蓮叢中經過，這讓人聯想到《壇經》的「風動？幡動？仁者心動！」雖然外界有聲，對作者來說卻是「萬花叢裡過，片葉不沾身」，右丞的詩果真字字都富禪理。

此外，浣女洗衣，漁舟捕魚，這些都是農家的平常作息，看並無特別之處，但在詩人「隔距」觀物下，平凡事物一到詩人筆下便予人以美的感受，正所謂「平常心是道」，「禪」本非高遠奧渺之物，日本禪學大師鈴木大拙主張：「禪即生活」，作者的理想世界不是道家不食人間煙火的姑射神山，而是桃花源式的純樸社會，浣女、漁舟都是勤勞的象徵。因此如果說頷聯寄寓了詩人的個人的人格情操，頸聯則表現出作者的社會理想¹¹。

4. 末幅——情、理相生之美

末聯「隨意春芳歇，王孫自可留」是全詩總結，暗寓詩

---

10 張淑瓊主編《唐詩新賞》（台北，地球出版社，1989 年）第 3 冊—〈王維〉卷，頁 49。

11 同上註。

人希願歸隱山林的心聲：雖然山中的春花春草早已消歇，但這幽靜之地如此美好，仍是值得留戀。漢代淮南小山〈招隱士〉寫道：「王孫兮歸來，山中兮不可以久留！」右丞則反用其意，說山中可留，不但春天可留，秋日也可留，用「春」來反承詩題的「秋」。一般文學作品往往強調秋的衰颯，而王維因有另番的生命體悟，描寫整座秋山風景時便顯得生意盎然。

在這清泉、明月下，翠竹、青蓮之中，景色如此美好，又生活著這樣無憂無慮、勤勞善良的人們，這美好生活圖景反映詩人對安靜純樸生活的嚮往。如果說前三聯的寫景屬「忘我」的境界，末聯則是驀然回首，又回到「有我」，總結了作者個人的體會，也表達出他的理想。在這樣美好的地方，縱使春天花草已經謝了，卻還有月、有泉，有松、有竹，還有純樸的漁夫、天真的浣女；想遠離官場、遠離塵囂，這兒無疑是最好的留駐所在，所以「空山」到此成了右丞心中「世外桃源」的代表：這裡的山、水與人、物，即「自然」和「人」都已達到「相忘相諧」的美好境地，人不異於這一切，浣女、漁人與月光、泉石共同構成這片風景，因為山野人家本屬山林，是山林中的一景，與其他景致並無不同；唯有這「王孫」是外來的，王孫可指「富貴公子」，也可指作者「自己」，外來的王孫能不能融入這山林？「自可留」一句說得好：只愛春山，不愛秋山的人是「春來而秋去」，只因難耐空寂，對這些人而言此處是「王孫不留」，但對右丞這種悟道之人來說，秋天另有一番美的感受，瞭解此處如此地豐富美好，結果當然是「王孫願留」。有人願留，

有人不留，因此說「王孫自可留」，一語而作兩意，箇中涵意深值玩味。隱居的王孫心態本來就各自不同，所謂「如人飲水，冷暖自知」，我認為秋山美，你卻無法體會，也罷，隨人去留吧，這分大自然的美一如花開花落，明月「自」照，泉水「自」流，花「自」開，草「自」謝，人也「自來自去」，隨時可來又隨時可去。「自可留」還呼應開頭的「空」，體悟到「空」是「空中妙有」而非「空寂」者自願長駐於此。「自」字與上句的「隨意」也相呼相應，「自」一字就表達了隨緣任運的佳妙意境。作品再次展現哲理之美，因悟此「理」而生喜愛之「情」，所以說此聯「情、理相生」。

5. 小結

此詩前三聯寫景，末聯道出詩人心聲，也點出作者作詩的用意。全詩寄託詩人高潔情懷及對理想的追求。就全詩來看，可以傅一如[12]的評語來為此詩作一小結：

> 此詩中間兩聯同時寫景而各有側重，頷聯側重寫物，以物芳而明志潔；頸聯側重寫人，以人和而望政通，同時，二者又互為補充，泉水、青松、翠竹、青蓮，可以說都是詩人高尚情操的寫照，都是詩人理想境界的環境烘托。這首詩一個重要的藝術手法是以自然美來表現詩人的人格美及社會美，表面看來是「賦」的模山範水，對景物作細緻感人的刻畫，實際上通篇都

12 同上註，頁 50。

是「比興」。

本詩展現了自然美、人格美及社會美，「賦」、「比」、「興」三者兼而有之，這樣的作品一如多重寶塔，或如九連環，平凡人只看到「賦」的描寫真實，而它所「比興」的深意，只有更上層樓才能得其管鑰，進而開啟詩人的心靈世界。

本文為凸顯各聯特色而說首聯展現「時、空交錯之美」，頷聯是「動、靜相形之美」，頸聯是「人、物相諧之美」，末聯是「情、理相生之美」，但並不意謂此聯就沒有他聯之美，以「情理兼具之美」來說，此詩字字禪理，各聯都兼具情、理之美，因此整體而言各種美感並非截然可分，而是早已打破界限，融合在各句各聯之中了。

此外本詩尚有一特色，便是整首詩中全無一生澀難字詞，真如「清水出芙蓉，天然去雕飾」，宋劉熙載評論右丞時也說：「王右丞詩好處在無世俗病，世俗之病，好恃才騁學，作身分，攀引，皆是。」[13] 右丞不喜恃才騁學，所以詩中呈現的是平淡的風格，正如《易經》所謂的「賁象窮白」，最上乘的修飾反而是沒有修飾──「淡而有味」，才是真味。就人生歷境而言，右丞已由「見山是山」，經過「見山不是山」，而後又回到「見山仍是山」的平淡境界，正因平淡，才能體悟淡中有味，從中咀嚼出「味外之味」。

---

13 劉熙載《藝概‧詩概》（台北：華正書局，1988 年），頁 61。

二、藝術上的融合之美

以上分別就各聯作法來看可看到融合之美，但也不是有機的切割，各聯之間其實環環相扣，由整體來看又可看到另種風貌的融合之美：

1.詩境之美

清代王國維《人間詞話》：「詞以境界為上，有境界則自成高格，自有名句。」唐詩最大特色就在「意境」的開創上[14]。就整個中國美學史來看：先秦出現了「象」的範疇；魏晉南北朝時，又由探究「象」衍生出「意象」；到了唐代又更進一步，明白提出「意境」這一新的美學範疇[15]，王昌齡《詩格》及司空圖《二十四詩品》都揭示「境」這一美學範疇的重要性，王昌齡說：

> 詩有三境：一曰物境，欲為山水詩，則張泉石雲峰之境，極麗極秀者，神之於心，處身於境，視境於心，瑩然掌中，然後用思，了然境象，故得形似。二曰情境，娛樂愁怨，皆張於意而處於身，然後用思，深得其情。三曰意境，張之於意而思之於心，則得其真矣。

右丞這首山水詩正展現詩的物境、情境及意境三種層次的美感；由「物」而「情」而「境」，以形寫神，情景交

---

14 蕭麗華《唐代詩歌與禪學》，(台北：東大出版社，1997年)，頁121。
15 葉朗《中國美學史大綱》(台北：滄浪出版社，1986年)，頁264。

融、虛實相生[16]。所產生的「境界美」就是在上述的：時空交錯、動靜相諧、人物相諧及情理相生等手法中形成，在種種寫作手法交錯下營造出的意境是悠靜閑適，生氣勃勃，是「思與境諧」、「意與境會」的和諧統一，呈現了詩境的融合之美。

2. 畫意之美

山水畫一直是中國繪畫中極富特色的一項藝術，山水畫在唐代開始繁榮。右丞精於繪畫，他曾說自己：「宿世謬詞客，前身應畫師」（〈偶然作〉），他的破墨山水[17]是南宗畫派的創始者。南宗水墨清淡，重渲染而少勾勒，以秀麗見稱[18]，右丞也擅長將繪畫上的各種手法表現在詩歌創作上，《東坡志林》稱摩詰的作品是「詩中有畫，畫中有詩」，究竟如何「詩中有畫」？由以下幾點可知詩人在這方面確實堪稱妙手：

（1）經營位置具整體感[19]：

吳功正《中國詩歌美學》一書曾說：中國古典詩歌的結構相當獨特，其審美觀照採取的是「散點透視」，而不是西方的焦點視，視點隨時流動，「移步換形」，因而能「一句一景」，「一景一絕」[20]。但一句一景並不是隨意組合，而是有一定的結構使之成為和諧完整的畫面，詩歌，尤其是山水詩

---

16 按此指「空山」寫虛景，而明月、清泉等寫實景，二者虛實相生。

17 張彥遠《歷代名人畫記》語（北京：中華書局，1985 年），頁 307。

18 童慧剛〈王維山水田園詩圖畫意象之解讀〉，《上海大學報》（社會科學版）2002年第 6 期，頁 26。

19 同上註，頁 25。

20 轉引自林文欽《文學美學資料選集》（高雄：春暉出版社，2003 年），頁 85。

最講究空間的佈局技巧，這由古代的畫論中便可窺得一二：
南朝謝赫《古畫品錄》曾提出「繪畫六法」：

> 六法者何？一，氣韻生動是也；二，骨法用筆是也；
> 三，應物象形是也；四，隨類賦彩是也；五，經營位
> 置是也；六，傳移模寫是也。

　　唐代張彥遠《歷代名畫記》則將「經營位置」列為畫法
六法之首，並說是「畫之總要」。從藝術與自然的關係來
看，右丞筆下的自然正如多數藝術家筆下所畫的一樣，不是
真實世界的「原生自然」而是「第二自然」[21]，因為佈局的
濃暗疏密已經調整，已染上作者的個人色彩，所寫的山水不
是純然客觀的自然山水，而是作者個人的「胸中的山水」，
正如張潮《幽夢影》所說：

> 有地上之山水，有畫上之山水，有夢中之山水，有胸
> 中之山水。地上之山水，妙在丘壑深邃；畫上之山
> 水，妙在筆墨淋漓；夢中之山水，妙在景象變幻；胸
> 中之山水，妙在位置自如。

　　右丞山水詩所寫正是「胸中山水」，他自己曾說：「凡為
畫，意在筆先」，他所描繪的「山容水意」是「意在筆先」
的「胸中山水」，而此「意」所指為何？就是他所體會的

21　傅怡靜〈從生活家園到精神家園—就「青山」、「空山」意象看王維詩境的本
　　質〉，《樂山師範學報》2003 年第 1 期，頁 64。

「佛理禪趣」，基於高深修養的功夫，詩中呈現的意境便與眾不同，若沒有高深佛學的修養和體悟是無法寫出像他這樣的詩句的。秋山、暮雨、明月、松林、清泉、白石，沒想到這些尋常的山中景物一經詩人巧手經營後便有很大不同，也讓人體會到在詩和畫中，景物和景物「一加一」的效果不只是等於二，而可以是「大於二」，畫的意境可由有限向無限處延伸，境界更加深遠。

（2）遠近層次有空間感：

宋代畫家郭熙載[22]曾把傳統的中國空間審美觀照經驗概括為「三遠法」，他說：

> 山有三遠：自山下而仰山顛謂之高遠；自山前而窺山後謂之深遠；自近山而望遠山謂之平遠。高遠之色清明，深遠之色重晦，平遠之色有明有晦。高遠之勢突兀，深遠之意重疊，平遠之意沖融而縹縹緲緲。其人物在三遠也：高遠者明了，深遠者縝碎，平遠者沖淡。

如此呈現的是全方位的經驗載體。本詩也展現「遠近高低各不同」的層次感：先寫空曠的山，是遠景；其次仰視天上的月，俯視地上泉石，是近景；復聽得竹外、蓮塘外的浣女、漁舟聲，又由近而推遠，極富層次感，遠近之間還呈現出光暗濃淡的漸層色彩及光影效果，使人彷彿身臨其境，感受到松林在月下搖曳，泉水在月下閃爍發光的情景，全詩讀來非常立體，寫景如在目前。

---

22 同註20，頁85。

（3）烘雲托月法的運用：

右丞作詩最擅「以動襯顯靜」，這不正是畫法中的「烘雲托月法」？而詩末聯「隨意春芳歇，王孫自可留」，不就正如陶淵明的「此中有真意，欲辨已忘言」？所謂「如人飲水，冷暖自知」，箇中滋味到底如何？結尾予人無窮的想像空間，餘蘊無窮，這種末尾留白的手法是一種「無線之線」、是一種「象外之象」、「味外之味」，展現出的是更為高超的藝術境界。

一般而言，任何一幅畫至少要具備線條的勾勒、光影色彩的掌握及構圖經營三要素，而所呈現出來的則是視覺的藝術。右丞詩歌用的雖然不是畫筆而是詩筆，但卻深契水墨運用之妙，每句詩筆都如畫筆，形象立體而鮮明，能在心理上引起人的內在視覺，因而建構出「詩中有畫」，「融畫入詩」的心理感受。各種畫面組合在一首詩中卻未予人堆砌之感，原因就在於所有畫面統一構成了一種虛實相生的「意境」，這意境體現了宇宙的本體與生命，至於這幅「心靈圖畫」的意境到底如何，則留待不同讀者去作不同的品味。

3. 樂理之美

本詩不止有繪畫之美，尚有樂理之美，先就格律來看，全詩格律如下：

空山新雨後，天氣晚來秋。明月松間照，清泉石上流。
－－－｜｜　＋[23]｜｜－－　＋｜－－｜　－－｜｜－

---

23 「＋」代表格律該平而仄，該仄而平，可平可仄。

竹喧歸浣女，蓮動下漁舟。隨意春芳歇，王孫自可留
　　＋－－｜｜　　＋｜｜－－　　＋｜－｜｜　　－－｜｜－

　　此詩為五言律詩，押平聲尤韻，首句不入韻，中間兩聯對仗工整。就平仄來看：二、三、五、六及七句首字皆可平可仄，全詩合乎所謂的「一三五不論，二四六分明」的平仄格律。

　　再就節奏來看，詩的中間兩聯在整齊中也有些變化：「明月松間照」的節拍是二二一，而下聯「竹喧歸浣女」卻是二一二，前者動詞「照」落在末尾，末字於吟詩時往往會牽聲拉長，予人悠揚之感；而後句作「歸浣女」而不作「浣女歸」，動詞「歸」不在句末而在句中，除了有錯綜變化之妙外，似乎也使人感受到浣女那種一日工作完畢後輕鬆賦歸的輕快感。

　　據史書所載可知，右丞妙解音律，又曾為大樂丞[24]，如此講究格律應與詩人本身精通音律有關。他的詩不唯格律工整，音調和諧，節奏流暢，還具「形式和內容相合」的特色，如「明月松間照」一句，「照」字落在後，使全句的音節由斂到放，這不正似月光的鋪灑，全面普照大地？而「清泉石上流」一句，前四字皆是齒音，這不也和泉水激石的聲響、景況相切合[25]？形式和內容風格相和無間，難怪這首詩

24　《新唐書》記載王維善音律，能識一圖中人所彈樂曲為〈霓裳曲〉第三疊第一拍，又曾為大樂丞。

25　吳曉龍〈論王維山水詩風格與視意象的關係〉，《南昌大學學報》（人文社會科學版）1995 年第 4 期，頁 123。

讀來似有水聲泠泠作響，就如身歷其境一般。

到這裡，東坡的「詩中有畫」一語已不足概括之，因為「詩中有畫」只說明了右丞詩中的繪畫美，卻無法概括音聲美；應該說此詩中不只詩中有畫，詩中還有「交響樂」，雖說此處是「空山」，但仔細尋繹卻有多種聲音充盈於耳：或有秋風颯颯聲、有松針搖曳聲（還有雨後水珠滴落聲）、有泉水汩汩聲、有風敲竹竿聲，還有浣女笑語聲、船過蓮葉聲等，聲音如此多樣，但整個畫面仍是如此和諧[26]，它正如一首「田園交響樂」，予人聽覺上的心靈享受。因此「明月松間照，清泉石上流」二句可以說：前句如一幅畫，後句卻如一支樂曲，一聯之中，有「聲」又有「色」。

4. 禪趣之美

此詩純用白描，寫出當下的直覺領悟，這種直覺領悟宇宙人生奧祕的意趣與「拈花微笑」儼然相似。右丞詩歌表現與禪境十分相似，「詩」與「禪」，本來一屬宗教，一屬文學，但在中國詩歌文學上關係密切，古人說：「說禪作詩，本無差別」，元好問〈嵩和尚頌序〉更說：「詩為禪客添花錦，禪為詩人切玉刀」，詩、禪一味，禪與詩的共通點在於[27]：

（1）皆主妙悟：詩與禪都有「非言語所能言傳」的特色，即嚴羽《滄浪詩話》所說：「禪道唯在妙悟，詩道亦在妙悟」，二者都重妙悟。

---

26 史實：〈從音樂、美術看王維與他的詩歌〉，《松江學刊》（社會科學版）1994 年第 2 期，頁 77。

27 參黃美鈴《唐代禪學與詩風格論》（台北：文史哲出版社），頁 50。

（2）皆重直觀：作詩是直觀直覺的審美活動，這與佛性的直悟式禪觀也有相通之處，二者皆具直接不假思索性，所以能「超然物外」。

（3）皆尚傳神：禪宗有所謂「不立文字」，而司空圖《二十四詩品》有「不著一字，得盡風流」之語，言語有盡，但意念無窮，尋求「味外之味」是二者的共同的特色。

（4）皆好寫自然：詩人常在觀賞大自然的同時得到心靈的啟發，即使是「行到水窮處」也能觀照出一番禪理。至於禪家眼中的自然景物則如慧海禪師所說是：「青青翠竹，總是法身；鬱鬱黃花，無非般若」[28]，大自然的美啟發了詩心與佛心。

右丞的山水詩文字淡泊卻處處有禪味，隨手拈來都是禪趣、禪理。我們可以說：「味摩詰之詩，詩中皆有禪」，或許作者當初並未著意，但一位有道的修行者所說的話往往自然而然地流露出他的心懷和素養。右丞的詩「境與性會」，字字是禪，有禪語，有禪趣，有禪法，只經一二點染，卻已傳達出他內心的那股──「禪悅」。

5. 小結

總而言之，〈山居秋暝〉一詩展現了中國古代山水詩的審美特徵[29]，即：

---

28 《五燈會元》卷三；又見《景德傳燈錄》卷六。

29 本節主要參考薛亞軍〈中國歷代山水詩的審美特徵──以王維山居秋暝為中心論述〉，《南京化工大學學報》（哲學社會版），2001 年，頁 49。

（1）意象的層次性：主觀情志透過物象、意象及虛意象[30]
等多層次的組合，而達到「一切景語皆情語」的藝術
效果。

（2）感覺的多元性：此詩有視覺上的色彩美，又有聽覺上
的音樂美；色彩上有色調的相染，色與光的相應，諸
般淡雅色彩經右丞點染後予人「如在目前」的真實
感。聽覺上則用了許多富有聲響的動詞，如石上
「流」，竹「喧」、「歸」浣女、蓮「動」、「下」漁舟
等等，《文心雕龍·辨騷》：「論山水，則尋聲而得
貌」，此詩有各種聲響充盈於耳，呈現出大自然的節
奏與韻律，也說明作者確實深諳音樂美的箇中三昧。

（3）線、面的交叉與圓潤：這首詩也表現出作者以語言構
圖的能力：首聯「新雨後」就「雨」而言是漸收漸
無，由近而遠；「天氣晚來秋」是「秋氣襲人」，秋色
由遠而近地籠罩大地，一去一來，呈現出平衡的畫
面。次聯「明月松間照」月光由天而地，由上而下，
是垂直的畫面；「清泉石上流」是由前而後，相續不
斷，是水平的畫面。而頸聯的「竹喧歸晚女」，「歸」
字呈現了這樣的畫面：本來只是遠方一小點，慢慢由
遠而近，由「點」而「線」而「面」，人物漸行清
楚，方知原來是浣女歸來。而「蓮動下漁舟」，「下」
字好似一斜線橫過畫面，這正如漁船身影於蒼茫暮色

---

30 薛亞軍以為：「物」為自然態，「物象」為半自然半人工態，「意象」為人工態，
而「虛意象」為整合態。「物象」即對應於王昌齡的「物境」，「意象」對應於
「意境」而「虛意象」則可對應於「情境」。同上註。

中橫江而過，然後悠然而逝。扁舟漸行漸遠，先如
「一葉」，再如「一點」，最後不復可見，消失在畫面
的盡頭處，如此寫來也為全文起了增加景深的作用。

肆、結語

　　曹雪芹《紅樓夢》裡有段文字寫道：香菱向黛玉學詩，
黛玉推薦她由王維的詩入手，香菱看了〈使至塞上〉一詩：
「大漠孤煙直，長河落日圓」一句說：「想來煙如何
『直』？日自是『圓』的，這『直』似無理，『圓』字似太
俗。合上書一想，倒像是見了這景似的，若說再找兩個字換
這兩個，竟再找不出兩個字來。」，又讀了右丞的「日落江
湖白，潮來天地青」時說：「『白』、『青』兩個字也似無理。
想來又必得這兩個字才形容得盡，念在嘴裡倒像有幾千斤重
的一個橄欖」[31]，對右丞的詩讚賞有加，說他的詩「逼真如
在目前」，且如「橄欖」般樸實而有味。本詩的「明月」、
「清泉」正是如此：用字平凡，卻逼真得無可取代。景中有
情，情中有理，深富禪家理趣，一如口含橄欖，耐人咀嚼尋
味。

　　明代胡應麟《詩藪》說：王維的詩讀後使人「名言兩
忘，色相俱泯」。清代「神韻」說倡導者王士禎在《帶經堂
詩話》卷三說：「王維輞川絕句，字字入禪」，並說王維絕句
「妙諦微言，與世尊拈花，迦葉微笑，等無差別」，綜觀此

---

31 曹雪芹《紅樓夢》第四十八回（台北：里仁書局，1984年），頁737。

詩不僅表現了「字字禪理」之美，更融詩情、畫意、樂理、
禪趣於一體，化有限字句為無限意味，進而形成獨特的風
格，朱光潛曾說[32]：

> 詩的境界要在剎那中見終古，在微塵中見大千，在有
> 限中寓無限。

　　這首〈山居秋暝〉在文學技巧上展現了高超的融合藝
術，在哲理闡發上意涵豐富，橫看可成「嶺」，側看又可成
「峰」，這樣的詩往往不是一個單純平面的再現而已，而是
一個多層境界的創構：第一層是直觀感受的摹寫，第二層是
活躍生命的傳達，到最高層則是最高心靈境界的啟示[33]。本
詩展現了人格美、自然美、社會美、意境美及禪悅之美等多
重意涵，給予我們多樣的審感受——「以有限文字來表達無
限情感」，以詩意來表現深奧的禪理，〈山居秋暝〉一詩在這
點上算是非常成功的！

----

32 朱光潛《詩論》一書，（北京：三聯書局，1984 年），頁 46。

33 宗白華〈中國藝術意境的誕生〉，《美學散步》（上海：人民出版社，1981 年），頁
　　63。

第六章

唐代禪學對詩歌語言美學的影響

摘要

　　「禪宗」與「詩歌」發展為唐代兩大盛事，詩、禪交會於一時，進而激發出美學火花。「禪」與「詩」追求的境界有其相通之處。「禪」的道理深奧渺遠，藉詩歌形式寫成「禪詩」，則禪理得以表達盡致；「詩」求鮮明意象，不少詩歌因「禪」思的加入而大大提升了藝術境界。唐代著名詩人幾乎都曾與禪宗交涉，不管是詩歌創作或詩歌理論上都表現出對「意境」的重視，「意境」說之形成受禪宗思想啟迪而來。本文探討「禪學對唐代詩歌語言美學的影響」，先述「佛教對唐代美學的啟示」，次論「禪學與詩學交涉的時代因素」，尋繹「禪學與美學相通的命題」，概括了解禪學與詩歌美學的關係，之後再探討禪風影響下「唐代詩歌中的禪學之美」。文中以為禪風影響下唐朝詩歌語言之美表現在：（一）禪理之美、（二）禪境之美、（三）禪趣之美及（四）禪味之美等方面。元好問：「詩為禪客添花錦，禪為詩家切玉刀」，詩、禪一味，箇中之美，深值後人細細去品味。

關鍵字：中國詩歌；唐詩；詩學；美學；禪

壹、前言

佛教是中國文化重要內涵之一，唐代是歷代中國佛教最為興盛的時期[1]，其中禪宗一支直至今日仍歷久而不衰，對後世影響的層面也最深廣。

什麼是「禪」？禪的梵文為 dhyana，音譯為「禪那」，意譯為「靜慮」之意，修「禪」就是使此心清淨不染，能專注於觀心正慮以達般若實智[2]。

禪宗「中國化」最深，最適合中國本土發展，它不只融入了中國固有的儒、道思想，前有所承，還能融合、創新，開立出不同的宗派[3]。

禪法形式活潑多樣，尤其當「禪學」與「美學」結合，「修禪」成了具有美學意義的修行方式；「美學」也因「禪學」的加入而使日後各種文藝都沾染禪風之美，中國美學因禪學的加入而擴展了它的深度。

禪宗思想對唐人詩歌、小說、繪畫、音樂、雕塑，乃至於茶道等藝術都產生本質上的影響，尤其「詩歌」方面的表現頗為突出。「禪宗」自六祖慧能後大盛於唐，「詩歌」是唐代最大的文學成就，唐朝文化最為興盛者就屬此二事，二者

1　黃懺華《中國佛教史》：「隋唐時代者，中國佛教全盛之時期。」（台北：台灣新文豐出版公司，1983 年），頁 165。

2　慈怡主編《佛光大辭典》（高雄，佛光出版社，1989 年），頁 6451。

3　所謂「一花開五葉」，從一禪門中又開立出臨濟、曹洞、法眼、溈仰、雲門等五大支脈。

在同一時空下因緣際會，進而融攝互通，究竟禪學如何影響詩歌語言美學的表現？本文將一窺究竟。

貳、唐代詩、禪交涉的情形[4]

　　唐代禪風鼎盛、詩壇繁榮，禪家與詩家時相往來：唐人習禪成風，文人「以禪入詩」而僧人「以詩示禪」，二者目的不同卻也相輔相成。據統計：《全唐詩》收錄唐代詩歌48,900 首，其中士大夫涉佛的詩便有 2,700 首，而僧人所作詩也有 2,500 首，總計二者便佔全書 10% 以上[5]，數量並不算少。若運用統計法來看：《全唐詩》中題目中有「僧」字的詩計 635 首，出現「上人」的 835 首，「和尚」的 46 首，「寺」字的 1,541 首，而有「蘭若」的則計 61 首[6]，總計這些表示贈答僧人或遊歷僧寺的作品便有 1,470 首，可以得知當時詩人、僧人過往之頻繁。

　　再由時代來看，自初唐始，詩人便常出入佛門境地，如陳子昂〈酬暉上人獨坐山亭有贈〉：「鐘梵經行罷，香林坐入禪。巖庭交雜樹，石瀨瀉鳴泉。水月心方寂，雲霞思獨玄。寧知人世裡，疲病苦攀緣。」此詩以「水月」比喻暉上人心境不執不著，空寂不染；以「雲霞」形容禪師思如雲霞獨行

4　可參看蕭麗華〈論詩禪交涉──以唐詩為考索重心〉，《中華佛學學報》，1996 年第 1 期。

5　郭紹林《唐代士大夫與佛教》（台北：文史哲出版社，1983 年）。

6　依元智大學〈全唐詩檢索系統〉所統計：http://cls.admin.yzu.edu.tw/QTS/HOME.HTM。

空中，超妙深奧，全詩由寫景而寫人，表達了作者對佛教超脫境界的嚮往。

盛唐時佛教漸盛，詩人與佛教界過從更密，其中王維信佛最深，曾拜慧能弟子──神會為師，他的詩處處可見對禪佛境界的深刻體悟，因此後人譽之為「詩佛」。

再如李白一般歸為道家人物，但他有一首〈答湖州迦葉司馬問白何人也〉一詩說自己：「青蓮居士謫仙人，酒肆藏名三十春。湖州司馬何須問，金粟如來是後身。」李白自號為「青蓮居士」，「青蓮」是佛教修行中「九品蓮花」的最上品，而「金粟如來」則用了《維摩詰經》的典故，由此可見被稱為「詩仙」的李白其實也是深諳佛理。

「詩聖」杜甫一般歸為儒家人物，但與佛教也有所接觸，如〈夜聽許十一誦詩〉曾云：「余亦師粲、可，心猶縛禪寂。」晚年〈秋日夔府詠懷〉：「心許雙峰寺，門求七祖禪。」可見杜甫對禪家境界也是深心嚮往，希望在禪門中得到短暫的慰藉。

中唐詩人奉佛尤其普遍，如白居易任杭州太守時參訪「鳥窠禪師」──道林禪師而得到了啟悟（《五燈會元》卷二），而〈醉吟先生傳〉中樂天形容自己：「棲心釋氏，通學小中大乘法。」對佛教的濡染既多且雜，詩中也常見他和僧人交遊的描述。晚年樂天信佛益深，常往來洛陽香山寺，還曾和香山如滿等百餘僧結一僧社，名曰「香火社」。

中唐韓愈以摒斥佛老為己任，但韓退之交游方面竟也出現不少僧界友人，晚年韓愈與大顛和尚相往來，有〈與大顛和尚書〉：「所示廣大深迴，非造次可喻」，顯然退之對佛理

也有肯定的時候，再如〈五月六日夜憶往歲秋與徹師同宿〉詩：「……萬里飄流遠，三年問訊遲。炎方憶初地，頻夢碧琉璃。」由詩題的「同宿」可見他與僧人交情匪淺。

晚唐的李商隱晚年政途不順，妻子又已亡故，在《樊南乙集序》中說：「三年已來，喪失家道。平居忽忽不樂，始克意事佛。方願打鐘掃地，為清涼山行者。」人生不如意使義山對佛教更加嚮往，甚至有出家為僧的念頭，又曾作〈題僧壁〉詩：「若信貝多真實語，三生同聽一樓鐘。」過去、現在、未來三世都凝聚成當下的剎那而不可分別，在一瞬之間超越了一切時空、因果，這首詩表達了學禪時特殊的時空感受，因此陸昆[7]曾稱此詩：「義山事智玄法師多年，深入佛海，是篇最為了意。」

南懷瑾指出[8]：

> 李（白）、杜（甫）、王（維）、孟（浩然）、高（適）、岑（參），到韋物、劉長卿，與大歷十才子等人便很明顯的加入佛與禪道的成分。再變為元和、長慶風尚的，如淺近的白居易、風流靡豔的元稹，以及孟郊、賈島、張籍、姚合。乃至晚唐文學如杜牧、溫庭筠、李商隱等等，無一不出入於佛、道之間，而且都沾上禪味，才能開創出唐詩文學特有芬芳的氣息與雋永無窮的韻味。

---

7 轉引自劉學錯、余恕誠先生《李商隱詩歌集解》（北京：中華書局，1988 年）。第1945 評。

8 南懷瑾《禪宗與道家》（上海：復旦大學出版社，1981 年）。

以上可見自初唐至晚唐，著名詩人多少都曾受過佛教薰染，並將他們對佛學的體悟表現在詩歌作品當中。詩與禪這兩股風潮在唐朝時空下相互交流，相互援引，各自為對方注入源頭活水，而文學和宗教相互融合後又綻放出美學上奇特清香的花朵。

參、詩、禪交涉的時代因素

唐代詩、僧交涉頻繁，詩、禪相互交融的背景如何？本文以為其中因素可歸納為以下兩點[9]：

一、唐朝前期：時代興盛，兼容並蓄

隋、唐是中國歷經三百年分裂後重新統一的時期，由於政治穩定，連帶使得經濟、文化也得到空前的發展，佛教便在這樣的時代背景下急速開展：由於帝王提倡，重視僧寶，風行草偃下使得佛寺日益興盛[10]、譯經事業日益發達、有名的僧人也特別多，甚至連日本、韓國等都曾派僧人來唐留學，中國佛教因此傳揚海外。

---

9 可參看霍然《唐代美學思潮》，1993 年，高雄：麗文文化出版社。

10 《大慈恩寺三藏法師傳》，(《大正藏》卷 50) 記載唐太宗時有佛寺 3716 所；《法苑珠林》卷 100《興福部》(《大正藏》卷 53) 說高宗時有寺 4000 所；《舊唐書》(卷 43) 記載玄宗時有 5338 所，《資治通鑑》(卷 248) 則載武宗下令廢除佛教時，拆毀寺院 4600 所，蘭若 40000 處，勒令還俗僧尼 26 萬多人。詳參李映輝〈唐代佛教寺院的地理分佈〉，《湘潭師範學院學報 (社會科學版)》，1998 年第 4 期。

整體而言，唐朝這個泱泱大國所展現的時代特色是「兼容並蓄」四字：表現在政治上是南北統一，社會上是各民族的融合，其他如文學、藝術等各方面也都展現這種宏闊胸襟。思想上也是如此：唐代儒、釋、道三家並立，雖然當時以道教為國教，但各宗各派得以自由發展，不同思想體系相容並存，相互撞擊、吸收，而後擦出新的火花，使思想更為活躍，視野更為開拓，更提升了彼此的境界。各不同領域間也能相互交會，如佛學思想和詩歌、繪畫、音樂、雕塑、建築等藝術交涉，審美的主體性得以充分發揮，因而又促進文學藝術各種風格流派的發展，其中「詩」與「禪」交涉的成果更是豐碩。所謂「有容乃大」，唐朝美學就在這種「兼容並包」的時代風格中展現出它的多采多姿，進而創造出文化上的輝煌成就。

二、唐朝後期：時代衰落，尋求解脫

　　自安史之亂後唐朝國勢便急速走向下坡；唐朝後期政治不平靖，朝臣把持重權，文人無法施展抱負，當儒家「治平天下」成為不可能，道家的「逍遙仙山」又不可得時，士人期盼能有另一種與儒、道不同，卻又有些相通的境界來淡化內心憂慮、使心理得以平衡，苦惱得以解脫，最後找到了中國化的佛學──即禪學來安頓心靈，如王維早期的詩說明他也曾有番雄心壯志，但在安史之亂中他因隨扈不及為賊人所虜，並迫以偽署，內心悲痛可想而知；當亂事平定後他遭遇降職的處分，加上此時妻子、母親都已去世，因此四十歲後的王維說自己：「一生幾許傷心事，不向空門何處銷？」

（〈酬張少府〉），政治上的風波使詩人無意於人世名利而奉佛日誠，雖然王維自幼便接觸佛教（出生時的名字、年長後的字號都取自《維摩詰經》），但後來卻是因「傷心」人事才更加走向佛門。

再如中唐柳宗元，初時積極任事，參與政治改革卻得罪於朝廷，因而遠貶永州，由一朝重臣而流落遠荒，內心感到極度痛苦。初到永州時居無定所，寄居在重異師父的龍興寺中，每天接觸經書、禪堂，他有一首〈晨詣超師院讀禪經〉詩：

> 汲井漱寒齒，清心拂塵服。閒持貝葉書，步出東齋讀。真源了無取，妄跡世所逐。遺言冀可冥，繕性何由熟？道人庭宇靜，苔色連深竹。日出霧露餘，青松如膏沐。澹然離言說，悟悅心自足。

此時的他對佛教有了更深一層的體會[11]，他曾說自己：「吾自幼好佛，求其道，積三十年。世之言者罕能通其說。於零陵（即永州），吾獨有得焉。」（〈送異上人赴中丞叔父召序〉）貶官雖是人生一大打擊，但也是在南遷之後作者才有心於佛法，處境艱難，心情惴慄時，佛法能排解愁悶，並使詩人精神上有所提升。「久為簪組累，幸此南夷謫」（〈溪居〉），作者甚至覺得能脫離政治樊籠而貶謫南荒倒是一件幸事，是佛教素養使他忘卻名利、得失，享受無拘無束的自

---

11 王樹海、王鳳霞〈佛禪對柳宗元山水詩的影響芻議〉，《社會科學戰線》，2000 年第 1 期，頁 105-114。

由，也是因為貶謫永州才啟發他寫下許多展現自然的清麗篇章。

　　至於晚唐，國勢更如將下之夕陽，多感文人豈不感慨萬千？為尋求精神慰藉，他們也來到了佛門，如溫庭筠〈題僧泰恭院〉詩：「憂患慕禪味，寂寥遺世情。所歸心自得，何事倦塵纓。」何以文人總在不得志後投入佛教懷抱而尋求心靈寄託？這首詩告訴我們：是佛教的「禪味」使得文人能由現實中超脫而出，讓心靈擺脫桔梏而重新回到自由自得的精神境界。

肆、佛教對唐代美學的啟示

美學家李澤厚曾說[12]：

> 佛教關係於中國文化者至巨，其尤顯著者，若哲學，若文學、若藝術，乃至社會風俗習慣，自六朝以迄今茲，直接間接受其影響者實多。此近世學者所公認也。

　　佛教既影響中國文化甚巨，佛教特色又是如何？太虛大師：「中國佛學的特質在禪[13]」，馮友蘭《中國哲學史》也提到[14]：「禪宗盛行以後，其他宗派的影響逐漸衰微，甚至消

---

12 李澤厚《華夏美學》，（台北：時報文化公司 1989 年版），頁 178。
13 釋太虛《中國佛教特質在禪》（台北：菩提印經會，1986 年）。
14 馮友蘭《中國哲學史新編》第四冊（北京：人民出版社，1986 年），頁 258。

失，『禪』」成為佛教或佛學的同義語。」在未涉及本文主題之前，我們應先瞭解佛教（或者說禪學）對整個中國美學的影響，概括而言佛教對唐代美學的啟示至少表現在以下幾個方面：

一、自然美的呼喚

中國寺院建築大致有兩種：一是矗立在幽遠深山中，一是建造於繁華城市裡，所謂「天下名山僧佔多」，簡樸無華的寺院處深林之中，師心自然，呈現的是真樸美好的境地；城市裡的寺院雖較為繁華，但為顯示學佛美好境地，也多仿效「林園」—即「人文山水」的形式把「自然山水」與人為建築融合為一，在塵囂之中走入佛寺往往予人一股清涼之感，在此淨地，「人」與「自然」、「佛境」與「美境」融合為一，二者相得益彰，如此美好的境界難怪會令佛子騷客們欣然神往。

二、藝術美的誘導

到了唐代，佛教對文學藝術的影響比諸六朝更加深入，以文學形式而言：為接引大眾，翻譯佛經多用通俗口語，這間接影響了唐代以後話本、白話小說及俗文學的發展，此時詩歌走向白話也是受了佛教啟發，胡適《白話文學史》曾說[15]：

---

15 胡適指出白話詩的來源有四種：即民歌、打油詩、歌妓、宗教與哲理等。見《白話文學史》（上卷）第二編（台北：遠流出版公司，1986 年），頁 1-2。

> 初唐……是一個白話詩的時期。……白話詩有種種來
> 源，……第四個來源是宗教哲理。宗教要傳佈得遠，
> 說理要說得明白清楚，都不能不靠白話。

　　文中說初唐是「白話詩」的時期，其實它也影響後來的盛唐、中唐及晚唐。按初唐有名詩僧不少，其詩多是言語淺近，如王梵志〈觀影元非有〉：「觀影元非有，觀身一是空。如採水底月，似捕樹頭風。攬之不可見，尋之不可窮。眾生隨業轉，恰似在夢中。」淺近譬喻中蘊含深刻的佛教哲理。

　　再從文學技巧來看：佛經或用豐富譬喻（如《百喻經》），或用寄託性寓言來吸引大眾，這對後來中國寓言（如柳宗元〈三戒〉）有不小影響，而佛經故事中豐富的人物、神奇的想像、誇張及鋪敘的手法也都賜予唐代敘事文學新的滋養成分，對後來神奇想像類的傳奇（如陳玄祐《離魂記》）、小說故事的表達方式更是多所啟發。

三、社會美的展現

　　社會美包括「個人美」和「群體美」。但看敦煌壁畫或莫高窟雕刻的不朽作品，刻劃的人物雍容秀麗，風神飄逸，呈現一種人物風範，同時也示現修行所能達到的美好境界，這種人物美可以說是「個人美」的展現。而為教化人心，佛寺多以繪畫或雕塑形式呈現佛經故事，藉由圖像告誡人們因果報應之可畏或極樂世界之美好，使得意者知所警惕而不敢造次，也使失意者有所嚮往而得精神慰藉，如此防止反社會行為，也安定了人心。再如佛教主張以無我精神，建立人間

淨土，這些又呈現「群體美」的一面，因此佛教對社會美而言也有向上提升的作用。

四、心靈美的醒覺

佛教教義以為：一切人類所感知的物象或內在情感都是虛妄的，唯有「本心」、「自性」才是真實的。「本心」覺悟是超越一切有無、是非、得失而達到精神上的絕對自由，這和審美心靈正好相通，因為「美」的醒覺也是非邏輯而需心靈的直覺感悟，至於悟後的「境界」也如美的「意境」一般，是一種「心境」的呈現，只可意會而難以言傳，種種有關「本心」的強調都說明佛學和審美過程確有相通之處。

以上不管自然美、社會美或是藝術美，其根源都出自「心靈」之美，倘若沒有一顆審美的心靈便無法感知世界的美好，禪宗尤其重視「自心」，重視「言語道斷」的直覺體驗，因此佛教哲學，尤其是禪宗哲學便成了繼儒家和道家之後深刻影響中國古典美學的又一派別。

伍、禪學與美學相通的命題

詩、禪交涉一如上述，但禪學如何影響唐代美學？我們不妨出入禪學的原典，將禪宗思想與中國文藝美學主張相較，可以發現禪學和美學範疇暗相呼應：

一、「緣起性空」與美學「虛實」論

《金剛經》：「凡所有相皆是虛妄，若見諸相非相，即見如來。」所謂「虛妄」、「空」不是「無見」、「斷見」的虛無之空，而是「非空之空」的「真空」，緣「空」能生「有」；此「有」也絕非「常見」、「有見」之實有，而是「非有之有」，因此稱為「妙有」，「真空妙有」正如《心經》「色不異空，空不異色，色即是空，空即是色」，正因為虛空、真空，所以一切萬物在此歷歷朗現，自由往來，變幻無時而又生生不息。

禪學這種觀點和文藝美學「虛實」技巧正相彷彿，按「虛實論」在中國古代藝術創作及藝術評論中其有重要地位，詩、文、書、畫、戲劇各藝術部門皆講究虛實的運用。什麼是詩歌美學中的「虛實」？唐僧皎然〈詩議〉曾提到[16]：

> 夫境象非一，虛實難明，有可見而不可取，景也；可聞而不可見，風也；雖繫乎我形，而妙用無體，心也；義貫眾象而無定質，色也；凡此等，可以偶虛，亦可以偶實。

「可見而不可取」就是一種「虛實」的表現，但此景到底如何？今以王維〈山中〉一詩為例：「荊溪白石出，天寒紅葉稀。山中元無雨，空翠溼人衣。」詩中著寫山中之景，

---

16 許清雲《皎然詩式輯校新編》（台北：文史哲出版社，1984 年），頁 4。

山中並未下雨，卻會溼了人衣，這便是「以虛寫實」的描寫
方式。有處是「實」，無處是「虛」，詩人不於「有」處而於
「無」處下筆，美學「虛實」之妙於此可見。王維不只是詩
人，還是個畫家，他所開創的南宗畫派往往不作工筆描繪而
善於「寫意」，這也是以「實」寓「虛」的藝術表現，所謂
「虛實相生，無畫處皆成妙境」，正如中國繪畫中「留白」
處反能予人無窮想像空間，這不也是「虛實相生」之道？
詩、畫對「虛」、「實」的運用和禪學一樣，都意味著能在虛
空寂靜中體驗繁複變化的妙有之美。

　　再就審美主體而言，司空圖《二十四詩品・沖淡品》：
「素處以默，妙機其微」，「默」就是「虛空」，「微」就是
「實有」，唯有當心境極為淡泊、虛靜的時候才能對大自然
神奇微妙之美有所會心感悟，這和禪宗「真空妙有」的道理
遙相呼應，當主體進入宗教或審美體驗時都是摒塵念，除浮
躁，寧神息心，如此方能識悟真性而領略真美。宇宙是「虛
涵萬有」，詩人心境亦是如此，蘇軾也有類似的體悟，他
說：「欲令詩語妙，無厭空且靜。靜故了群動，空故納萬
境。鹹酸雜眾好，中有至味永。詩法不相妨，此語當更
請。」（〈寄參廖師〉）錢鍾書《談藝錄》〈創作論〉引到東坡
這首詩，並且說[17]：

　　　　在醞釀文思時，著重在虛心和寧靜。只有虛心，才能
　　　　採納不同意見；只有專一，才能專心體察，看到問

----

17 周振甫、冀勤編著，《談藝錄讀本》（台北：洪葉文化事業有限公司，1995 年），
　　頁 260。

題；只有靜心，才能看得細緻。所以在醞釀文思時，重在虛心和寧靜。蘇軾在這裡提出：「欲令詩語妙，無厭空且靜」，即著重虛靜。「靜故了群動，空故納萬境。」心靜不浮躁，才能仔細觀察，瞭解了各種各樣的活動，吸收了各種各樣的境界，才能反映各種新的生活，寫出新的境界，才能使詩語妙。

　　「空故納萬境」，這樣的文學創作理論與禪學「空觀」正可直接聯繫。東坡另有〈涵虛亭〉：「唯有此亭無一物，坐觀萬景得天全」，在在說明唯有當心能虛空無物時才能洞見大自然的一切，此心澄明如鑑時才能照見萬物在此鏡中朗現出鳶飛魚躍的生命本體。

　　以上可見文學藝術「虛實」論與禪宗「空」觀思想密切關聯，當然它與道家的「有無論」也多少有相關，畢竟禪宗已中國化，所以也吸收了不少道家思想。

二、「不著於相」與「不著一字」說

　　依《六祖壇經》[18]來看，禪宗觀物態度是「無念，無住，無相」，所謂「無念」並非一念不起，而是於一切念上「不染著於相」。

　　萬法無常而遷流不止，唯有無執無著，不染萬境方得本體清淨。《壇經》「三無」功夫就是要我們於念而「無念」，念念「無住」，不住於相，這「無念」、「無相」、「無住」的

----

18 唐釋慧能著，《六祖壇經》（台北：金楓出版社，1987 年）。

思想其實是「一體三面」，都是「不著於相」的意思，若能以此態度觀物則可不受束縛，可遣除一切執著，進而達到無煩無惱的自由解脫之境。

不執著於外相，除了有不受拘縛的消極意義外，還有其積極的作用，即《金剛經》所說：「應無所住而生其心」，心「無所住著」則能發揮自由無礙的作用，由「無住」而「生心」，「禪」的特色之一就是反對任何定法，主張參禪要有「活句」，「勿死在句下」，「禪」法也有多樣的表現形式，這些都是「無住生心」的體現。

同樣地，文學藝術也貴在活潑多義性，尤其詩歌常用最少或最具象徵性的文句表達豐富的意蘊，使整首詩達到「言在此而意在彼」的妙境。最高超的藝術表現往往是意涵豐富的，這樣的詩不停滯於某一層面，而是如多角水晶，是一多平面、多重層次的境界創構：表面上看到的是直觀感受的摹寫，其內涵是活躍生命的傳達，最後則看到是最高靈境的啟示[19]。

禪家「不著於相」影響文藝「不落於象」的境界主張，如皎然《詩式》認為：詩要能「但見情性，不睹文字」，不執著於文字表面方可領略文字之外的「韻外之致」；司空圖《二十四詩品》也主張詩要「不著一字，得盡風流」，「妙在酸鹹之外」，表現「景外之景」、「象外之象」或「味外之味」，如此才是「詩道之極」，畢竟文字有限，難以將「無限」的部分表達盡淨。朱光潛指出：詩的境界是要在「剎那

---

19 宗白華〈中國藝術意境之誕生〉，《美學散步》（上海：人民出版社，1981 年），頁63。

中見終古，微塵中見大千[20]」，有限中寓有無限之意，這種「不著文字」，追求有限（實）之外的無限（虛）應該就是文學藝術所要追求的最高境界。

三、「唯心所造」與「審美主體」論

《壇經》記載慧能大師嘆語：「自性能生萬法」，「自性」就是「真如佛性」，它是世間一切法的本源；《觀無量壽經》：「是心作佛，是心是佛」，自性就是「本心」，心造一切法，一切法唯此一心，《華嚴經·菩薩說偈品》[21]也說：「心如工畫師，畫種種五陰，一切世界中，無法而不造」，所謂「三界唯心」，佛教觀點以為：宇宙中所有存在都是由「心」所變現，「心」是萬物的本體，「一切從心轉」、「一切唯心造」，「心造諸如來」，淨土也是從心而生。《壇經·行由品》曾記載一則有名的故事：

> ……值印宗法師講涅槃經時有風吹幡動，一僧曰風動，一僧曰幡動，議論不已，慧能進曰：「不是風動，不是幡動，仁者心動」，一眾駭然。

感知外在「物動」其實是因為自己「心動」，禪宗特別強調「心」的主體性。

美學的創作也是「以心為美」的，就創作者而言，「心」是感受客觀外物的一面明鏡，是審美主體所在；就鑑

20　朱光潛《文藝心理學（上）》（台北：金楓出版有限公司），1987 年，12 頁。
21　《大正新修大藏經》（大正藏）第九‧十冊（台北：新文豐出版社，1983 年）。

賞者來看，要以一顆虛空的心，具有「心靈感受力」才能體會美的所在。以虛空的審美心靈來觀照，對禪門而是發現了「佛」，對美學而言就是發現了「美」。

唐代畫家張璪《繪境》曾說：繪畫創作是「外師造化，中得心源」[22]，符載也說：「物在靈府，不在耳目，故得於心而應於手」[23]，文藝創作最重要的來源仍在「心」，畫家所描繪的事物並非客觀事物外在的樣貌，而是心靈接觸後所形成的「意中之象」，以「流水」為例：水在常人眼裡看來並無特別之處，但藝術家心目中水卻是千變萬化，因為藝術家細膩不只用眼睛觀察它的外貌，還用「心」感受萬物的神態，能由以「目」接物轉為以「心」接物。

「心」是藝術所自出，我們可以文藝作品為媒介去感受創造者的「心境」，因為「境」由「心」所變現，梁啟超《自由書‧惟心》[24]：「境者，心造也。一切物境皆虛幻，惟心所造之境為真實。」這便是「藝術的真實」，創作者心境不同，所呈現的境界當然不同；鑑賞者心境也各不相同，一百人可能有一百種心境，即使是同一個人，少年時代和老年時代的心境也會大不相同：例如同是桃花，有人看來是「桃花流水窅然去，別有天地非人間」（李白〈山中問答〉）的喜，有人卻是「人面不知何處去，桃花依舊笑春風」（〈崔護〉）的悲，文學藝術反映創作者心境上的不同，難怪梁啟

22　見張彥遠《歷代名畫記》，《中國美學史資料滙編》（台北：明文書局，1983 年），頁 298。

23　符載〈觀張員外畫松石序〉，同上註，頁 307。

24　梁啟超《飲冰室合集》（北京：中華書局，1989 年），第六冊。

超會說：「天下豈有物境哉！但有心境而已」，這與佛家的「一切唯心造」之說正相呼應。

四、「頓悟」說與「妙悟」說

所謂「頓悟」就是當下直覺體悟佛性所在，「悟時即法性至理一體；一悟一切悟，而無階級次第之分」，如此一掃依傍，直揭主體自由的真義，「直指人心，見性成佛」。

禪宗主張「當下頓悟」，直指心源，這樣的思想與詩歌藝術境界也相彷彿，因為「禪」與「詩」所要表達的都是超出言、理之外的高超境界。這高超境界又是如何？孫昌武提到[25]：

> 禪宗講的「頓悟」境界有以下幾個特徵：一，既然一機一境都是法的具體顯現，認識它（例如一山一水）也就是認識法身整體，因此一切境界必然是完整渾成的；二，禪表現在生活之中，體現禪趣的境界又必然是生機勃勃的，而不是僵死枯寂的；三，外境本空，人們觀照外境不能執著，必須除去一切塵勞妄念，達到自然淨定。在這些認識的指引下，創造詩的境界也必然是渾然一體的、生動活潑的，情景交融的。

禪宗渾成，不執著又生機蓬勃的「頓悟」和詩歌講究的「化境」相似。宋代嚴羽《滄詩詩話》：「大抵禪道惟在妙

---

25 孫昌武《佛教與中國文學》（台北：東華書局，1989 年），頁 107。

悟，詩道亦唯在妙悟」，黃永武也指出禪道與詩道相同之處[26]：

1.詩與禪都不事邏輯思維，而崇尚「直觀」與「別趣」，或從違反常理中求其理趣，或從矛盾歧異中求統一，是「形象思維」的「直覺」感受。

2.詩與禪皆常用「比擬」法，使抽象哲理「形象化」。

3.詩與禪皆以「超脫」現實的心理距離「觀照」人生。

4.「禪」要於妙悟中見機微，以不說為說，使言外有無窮趣味，正如詩歌「不著一字，得盡風流」。

5.佛家主張「生活即禪」，「平常心是道」，詩家也重尋常自然，所以唐詩有「能飲一杯無？」等口語詩句，有「清泉石上流」等常見之景，直接拈出，卻有超然禪趣於其中。

禪的「頓悟」和詩的「妙悟」皆重在「當下」的直覺體悟，悟後境界都是超脫、渾成，而且是生機盎然的。

五、「不立文字」與「境界」論

《五燈會元》卷一曾記載一妮執經卷問字故事：

> 祖（六祖慧能）曰：「字即不識，義即請問。」尼曰：「字尚不識，曷能會義？」祖曰：「諸佛妙理，非關文字。」

慧能此語揭示禪宗的另一個觀念，就是認為「諸佛妙

---

26 黃永武《中國詩學研究》（思想篇）（台北：巨流圖書公司，1999 年），頁224。

理，非關文字」，所謂「迷人從文字中求，悟人向心而覺」，
學佛若執著於文字之相則易陷入文字迷障中而無法開悟。
《聯燈會要》[27]卷一記載「禪」法初傳的情形：

> 世尊在靈山會上拈花示眾，眾皆默然，唯迦葉破顏微
> 笑。世尊云：「吾有正法眼藏，涅槃妙心，實相無
> 相，微妙法門，不立文字，教外別傳，付囑摩訶迦
> 葉。」

　　「禪悟」內容難以文字言語來傳述，這則故事告訴我
們：禪是「以心傳心」，「即心即佛」，佛法妙在文字之外。
這「不立文字」並非棄絕文字，而是「隨說隨掃」，「不執著
於文字」之意，人們如果真能摒除語言文字的葛藤就能把握
事物本質，超越世俗的認知經驗或僵化思想，能擺脫現實束
縛，掃盡語言文字所形成的一切虛相，進而達到高超的境
界。

　　任何語言文字都是第二性的，「說似一物則不中」，經書
語言也只能表達概念於萬一，一如「指月」之喻，如果一味
鑽研文字本身以探求本義，就會像誤「指」為月般落入謬誤
之中。禪宗洞若觀火，瞭解語言文字本來就有侷限性，它無
法表述世界的本體，有時甚至還會歪曲事物的本質，若執著
於語言文字就容易受誤導，唯有減少文字的駢枝才能看到事
物的真貌。

27　《卍新纂續藏經》（卍續藏）七十九卷（台北：新文豐出版社，1994 年）。

　　禪宗「不立文字」解消人為的表達方式，解構人造世界而回歸天地。「不立文字」不單只是語言文字的問題，它還具有美學的象徵意義：經由「不立文字」、「直指人心」又引申出重體驗、非理性的美學轉向及追求「無言之美」、「無理而妙」的美學境界，這種美學的終極關懷在於人類心靈情感本體的不斷超越與提升，其影響直接表現在文藝創作、審美趣味和人生態度等方面[28]。

　　詩家也以為文字只是一種憑藉的「象」，境生象外，能表達「韻外之致」、「味外之旨」方為藝術上乘，皎然《詩式》曾說：「但見情性，不睹文字，蓋詩道之極也。」「不睹文字」並非不要文字，而是能於文字之外看到「情性所在」的「言外之意」或「意外之言」，這其中強調「意與境渾」、「象外之象」及「自然之美」，揭示「意境」的特徵是渾然無跡，自然天成，如「清水出芙蓉，天然去雕飾」[29]，「自然美」成了意境美學的特性之一，詩、畫、林園等藝術往往以能「師心造化」、「師化自然」為美，詩畫美學崇尚自然簡淡之風，像王維一派的潑墨寫意畫，或後來的禪畫，都是簡略幾筆就融入了禪的空靈與清淡閑遠的意境，呈現出自心的生命體悟，「意」與「境」在自然中通而為一，境中有意，意寓境中，在此境中主客合一、情景交融而虛實相生。禪學和美學，同時體會到「文字無法言說」的妙境，進而形成一

---

28 曾議漢〈「見山只是山」——不立文字與禪形上美學的終極關懷〉台北：華梵大學，《第六次儒佛會通學術研討會論文集（上冊）》，台北：華梵大學，2002年），頁 427-440。

29 李白〈經離亂後天恩流夜郎憶舊遊書懷贈江夏韋太守良宰〉詩。

種只可意會不能言傳的渾成「境界」，「拈花微笑」就是禪門
高妙意境的表現，沒有憑藉任何語言，幾近「無待」的境
界，超越了概念和邏輯，直接心領神會，這樣不必言說的境
界是佛家追求的最高層次。「拈花」也形成一種象徵意義，
透過象徵、譬喻、暗示等直觀方法可以啟悟大眾。

　　「象徵」的特質是含蓄不說盡，詩歌表達也以「含蓄不
露」為尚，司空圖《二十四詩品》便有「含蓄」一品，其中
主張詩要「不著一字，盡得風流」，宋代嚴羽《滄浪詩話》
也說詩要「不涉理路，不落言詮」，詩歌的象徵性有助示
禪，所以詩多為禪所引借運用；禪的內涵可以開拓詩境，詩
與禪在「含蓄不露」這一點上相互借鑑，禪境的「不可言
說」與詩境的「含蓄象徵」正相彷彿。

　　綜而言之，詩歌審美的本質是以精神為主體，禪在本質
上也屬精神內在的。禪是心靈主體的超越解脫，是物我合一
的方法與境界，這與詩歌本質相通，禪境和詩境渾然為一。

六、「佛遍一切處」與「美的發現」

　　禪宗所以能大顯於世，還因為它能將玄理落實於普遍生
活中，《壇經‧般若品》：「佛法在世間，不離世間覺。」佛
法遍一切處，不離世間，既不離世間，佛道自然應從行住坐
臥一切舉止中體驗，如此搬柴運水、吃飯穿衣等平常生活中
都蘊禪意，只要能以智慧觀照，自然能與道相契，契悟世間
萬法都具佛性。再者，「佛」的諸法身中有「毗盧遮那佛」
一詞，「毗盧遮那」就是「遍一切處」的意思，盡虛空遍法
界，一切處範圍非常廣大，《壇經‧般若品》：「心量廣大，

遍周法界；用即了了分明，應用便知一切。一切即一，一即一切；來去自由，心體無滯，即是般若。」佛法不只不離人間，而且遍法界而無處不在。

以上可知，禪宗肯定個體心靈的內在主體性，不重外在語言文字權威而強調「自具本心，自成佛道」及「見性」二字，簡單的說，「禪」就是：以「自性」為體，以「般若(智慧)」頓悟為用，以「無念、無相、無住」的「三無」為功夫的圓融思想。禪宗對美學的影響也集中在這幾方面。

既然世間萬法都具佛性，「遍一切處」，因此「青青翠竹，皆是法身；郁郁黃花，無非般若」（《指月錄》卷六），翠竹、黃花再平凡不過，但在悟者看來卻都是佛的化身。東坡〈廬山東林寺偈〉：「溪聲便是廣長舌，山色無非清淨身，夜來八萬四千偈，他日如何舉似人」，溪水、山色，無一不在示法；用心體悟，一夜之中竟有如八萬四千首偈語充盈耳際。佛遍一切處，道無所不在，到達了悟境界時，可以「見滴水而觀滄海」、「審一葉而知秋」、「從粒沙而知大千世界」，如「千江有水千江月，萬里無雲萬里天。」（《嘉泰普燈錄》卷十八）有水即有月，處處可見佛性，佛法讓我們在空間中看到了「萬法一如」、「一即一切」，因此美學大師李澤厚指出：

> 禪宗修養最高的境界是能瞬刻中得到永恆，剎那間已成終古……在時間上是瞬刻永恆，在空間則是萬物一

體，這是禪的最高境地[30]。

「佛法」無處不在，「美」也是無處不在，觸處皆有佛，觸處皆有美。法國印象派大師雷諾瓦不也說過：「美無處不在，對於我們的眼睛，不是缺少美，而是缺少『發現』」，只要肯細心觀察，便會發現美無處不在，從另一個角度來看，孟浩然〈春曉〉一詩何嘗不是這種思想的表達：「春眠不覺曉，處處聞啼鳥」只是「不覺」而已，只要我們肯用「心」去感覺、去體會生活所見，相信也會發覺生活中「處處啼鳥」，處處皆「美」。

陸、詩歌語言美學中的禪學表現

一般研究禪與詩的關係時多將這類詩歌區分為兩類：一是「以禪入詩」，二是「以禪喻詩」，「以禪入詩」是把禪理引入詩中，旨在闡述禪理，宗教哲理意味較濃，嚴格說來是示道之作，可稱之為「禪言詩」，它與美學範疇相距較遠；「以禪喻詩」則詩意較濃，具審美的價值，以下便將這種具有禪學意味，又兼美學風格價值的詩粗略分為「禪理之美」、「禪境之美」、「禪趣之美」及「禪味之美」四類，並各舉詩句以一窺其內涵所在。

---

30 李澤厚《中國古代思想史論》（台北：風雲時代出版公司，1990 年），頁 208。

一、禪理之美

1.「真空妙有」之理

唐代詩人中受佛學影響最深者當推王維，深厚的禪學修養使他能寧心靜性「觀照」物象，了知諸法性空的般若實相，當走進大自然的山山水水時，能與天地、宇宙有最和諧的接觸。因為是詩人，又虔心向佛，宗教體驗與審美體驗自然融合，因而寫出許多既富禪意而又優美無比的文學作品。

考查《全唐詩》中王維詩四百餘首，發現他的詩最喜用「空」一字，詩句出現「空」字的便有八十餘首[31]，有名詩句如：

> 「空山」不見人，但聞人語響。　（〈鹿砦〉）
> 鵲巢結「空林」，雉雊響幽谷。　（〈晦日遊大理韋卿城南別業〉）
> 寂寞柴門人不到，「空林」獨與白雲期。　（〈早秋山中〉）
> 峽裡誰知有人事，世中遙望「空雲山」。　（〈桃源行〉）
> 「空山」新雨後，天氣晚來秋。　（〈山居秋暝〉）

以上都是對「空」的體悟，但不管是「空山」、「空林」或「空谷」，這些「空」都不是「空寂一無所有」，而應理解為「廣大虛空，包含萬有」，作者深諳「真空妙有，無異無

礙」的禪家三昧，曾說：「欲問義心義，遙知空病空。山河
天眼裡，世界法身中。」(〈夏日過青龍寺謁操禪師〉)可知
詩人王維對「空」的體悟正是佛家「真空妙有」的表現，一
如《壇經》所言：

> 心量廣大，猶如虛空。……虛空能含日月星辰、大地
> 山河，一切草木，惡人善人，惡法善法，天空地獄，
> 盡在空中，世人性空，亦復如是。

　　詩人觀照大自然時，體悟到「色即是空，空即是色」的
深奧妙理，詩中表現出「色空一如」的深邃思想，好用
「空」字應是受佛教「空觀」思想的影響[32]。
　　再如作者的〈辛夷塢〉這首詩：「木末芙蓉花，山中發
紅萼，　澗戶寂無人，紛紛開且落。」這首詩雖無「空」
字，但表達的也是「空」的意境：大自然的一切是那樣清
寂、靜謐，既「開」又「落」，既「有」又「空」，既生滅無
常但又充滿生機，身為觀賞者的王維心境上也是既「有」又
「空」，喜愛而不佔有，無牽無掛，無縛無礙，任憑花開花
落。他既無心而又有意地觀照自然界的一切，不即不離，不
住於相而一任自然。此時此刻，作者看到的美既在剎那，又
在永恆，既生生滅滅，又生生不息，在剎那美感中照見永恆
的超然境界。右丞的山水詩借事物表現哲理，借有限以表現
無限，他給我們多樣的審感受──以有限文字來表達無限情

---

32 劉敏〈論王維山水田園詩空靈的意境追求〉，《黔南民族師範學院學報》，2002 年
　　第 5 期，頁 28。。

感，這究竟是審美體驗還是宗教體驗？究竟是藝術境界還是哲學境界？其實都是，因為詩歌中所有的美都「融合」為一，王維的詩展現高超的融合藝術，從中也可看到禪家「和合無礙」的精神表現。

總之，宗教體悟與審美體驗在王維山水詩中得到融合統一，其詩所表達的最高境界是「禪」，也是「美」。因為具有甚深的佛學修養，有禪門妙法的透澈參悟，王維山水詩深得禪家三昧，難怪王士禎讚譽他的詩「字字禪理」（〈書溪西堂詩序〉）。

2.「無常幻滅」之理

晚唐李商隱最為著名的就是「無題」詩，名為「無題」，儼然已說明詩中所寫有「文字難以言說」的意味，這好似禪家的「不立文字」，因為文字永遠無法表達深邃的情感，所以乾脆以「無題」為題，以不說為說。

李義山〈無題〉詩共十六首，有名詩句如：

A. 昨夜星辰昨夜風，畫樓西畔桂堂東。身無綵鳳雙飛翼，
　　心有靈犀一點通。隔座送鉤春酒暖，分曹射覆蠟燈紅。
　　嗟余聽鼓應官去，走馬蘭台類轉蓬。

B. 颯颯東風細雨來，芙蓉塘外有輕雷。金蟾齧鎖燒香入，
　　玉虎牽絲汲井迴。賈氏窺簾韓掾少，宓妃留枕魏王才。
　　春心莫共花爭發，一寸想思一寸灰。

C. 來是空言去絕蹤，月斜樓上五更鐘。夢為遠別啼難喚，
　　書被催成墨未濃。蠟照半籠金翡翠，麝熏微度繡芙蓉。
　　劉郎已恨蓬山遠，更隔蓬山一萬重。

D. 相見時難別亦難，東風無力百花殘。春蠶到死絲方盡，

蠟炬成灰淚始乾。曉鏡但愁雲鬢改，夜吟應覺月光寒。
蓬山此去無多路，青鳥殷勤為探看。

　　綜觀這些詩句可以發現：「春心莫共花爭發，一寸相思
一寸灰！」表達了對作者對情感幻滅，世事無常的體悟。
「劉郎已恨蓬山遠，更隔蓬山一萬重」，當歡樂已成往事、
相思已成灰燼、春蠶絲盡、蠟炬淚乾而雲鬢已老時，才明白
人生有種種欲求不得所導致的痛苦與憾恨。義山無題詩表達
的主題相同，都透露出對「諸行無常」、「求不得苦」的深刻
體悟。

　　義山其他詩歌不少也是詠嘆美好事物的凋零衰落，如
〈登樂遊原〉：「向晚意不適，驅車登古原，夕陽無限好，只
是近黃昏。」，夕陽雖美，作者卻從中體悟到世間的事物
「美」則「美」矣，終究仍將走向幻滅。這樣的悲傷感慨貫
穿義山詩歌當中，形成特殊的詩風基調，隱寓一種「淒美」
的風格，由〈錦瑟〉一詩更可見到這樣的情調：

　　　　錦瑟無端五十弦，一弦一柱思華年。莊生曉夢夢迷蝴
　　　　蝶，望帝春心托杜鵑。滄海月明珠有淚，藍田日暖玉
　　　　生烟。此情可待成追憶，只是當時已惘然。

　　吳言生評析此詩[33]：

33　吳言生〈論李商隱詩歌的佛學意趣〉，《文學遺產》，1999 年，第 3 期。

「錦瑟華年」是時間的空，莊生夢蝶是「四大」的空，「望帝鵑啼」是身世的空，「滄海遺珠」是抱負的空，「藍玉生烟」是理想的空，「當時已惘然」、「追憶更難堪」是情感的空……然而正是在這種種「空」中，又幻化出錦瑟華年等一系列的色相。作者見色生情，傳情入色，因色悟空，又因空生色，陷入難以自拔的深淵。所謂「一切有為法，如夢幻泡影」，這首詩頗有「色即是空，空即是色」的佛學意味。

人生無常，繁華如夢，往事如煙，美好春色凋枯，遠大的理想也已幻滅，追求的對象更是可望而不可及，一如《金剛經》所語：「一切有為法，如夢幻泡影，如露亦如電，應作如是觀！」「錦瑟華年」經歷種種人生遭遇，是如此的無奈與失落；然而，也正因這種色空感及無常感所衍生的求不得的苦楚，才進而生發出哀感淒美的藝術魅力。

多情詩人依直覺所體悟到的不止是個人的無常，還有歷史生命的無常，義山不少詠史、懷古之作也同樣表達出這種無常幻滅感，如：

A.巫峽迢迢舊楚宮，至今雲雨暗丹楓。微生盡戀人間樂，只有襄王憶夢中。（〈過楚宮〉）

B.一笑相傾國便亡，何勞荊棘始堪傷。小憐玉體橫陳夜，已報周師入晉陽。（〈北齊二首之一〉）

C.乘興南游不戒嚴，九重誰省諫書函。春風舉國裁宮錦，半作障泥半作帆。（〈隋宮〉）

D. 冀馬燕犀動地來，自埋紅粉自成灰。君王若道堪傾國，
玉輦何由過馬嵬。（〈馬嵬之一〉）

E. 海外徒聞更九州，他生未卜此生休。空聞虎旅傳宵柝，
無復雞人報曉籌。此日六軍同駐馬，當時七夕笑牽牛。
如何四紀為天子，不及盧家有莫愁。（〈馬嵬之二〉）

　　楚襄王與巫山神女的歡會終是幻夢；隋煬帝鑿河南游，
盛絕一時，而今唯餘水調悲吟；玄宗寵愛貴妃，風流一世，
最終也僅剩哀曲，愛情的盟誓終是空夢一場，帝王繁華也終
將沉沒於無常的時間洪流中。無常流轉，好景成空，詩人在
個人和歷史中悟到有求皆苦、無常幻滅的佛教真諦，這種體
驗是如此真切，趨使作者也走向佛門以尋求解脫。

　　然而，作者雖悟得無常苦空之理，卻終因情執太深而無
法跳脫出來，一如詩中「春蠶」——作繭自縛，用縷縷情絲
綑縛了自己；也如他詩中的蠟炬，焰盡成灰，滴滴悲淚消融
了自己。即使他有一定程度的禪空體驗，但終因對生命及對
情感至死不渝的執著使他陷入泥淖而無法自拔。他無法像王
維，王維的詩表達了禪宗澄心靜慮、不執不著的一面，李商
隱的詩至情至性，雖是「即事而真」、「觀色悟空」之作，卻
不能「因空而入道」，所以有人說：如果王維是「詩佛」的
話，李商隱則堪稱為「情禪」[34]，因為他的詩偏重對世事無
常、情感幻滅的體證，表現了對無常的省思及對執著的企望
超越。這令人想到《紅樓夢》，這本書又有個別稱就叫《「情

----

34 同上註。

僧」錄》，書中主題也是「觀色悟空」進而「因空悟道」。
《維摩詰經・佛道品》曾說：菩薩度人「或引諸好色者，先
以情欲牽，後令入佛智。」[35]李商隱「諸行無常」、「有求皆
苦」，以及曹雪芹「紅樓如夢」等主題意識中多少可見佛
「成住壞空」家的思想。

二、禪境之美

「禪境」指禪的高妙意境。據曾祖蔭[36]研究，中國文藝
美學中「意境」說的美學特徵是：（1）意與境渾，（2）境生
象外，（3）自然之美。本文則由以下兩方面來看「禪境之
美」：

1.「無我」之境
王國維《人間詞話》：

> 有我之境，以我觀物，故物皆著我之色彩。無我之
> 境，以物觀物，不知何者為我，何者為物。

王維的詩表達了這種「無我之境」，因為他的詩追求
「湛然常寂」，創造一個物我渾一、神與物化的渾融境界，
這可以作者在輞川所寫的詩為例：

> 獨坐幽篁裡，彈琴復長嘯。深林人不知，明月來相
> 照。（〈竹裡館〉）

---

35 吳・支謙譯《維摩詰所說經》，《大正藏》十四冊，頁550。
36 曾祖蔭《中國古代文藝美學範疇》（台北：文史哲出版社，1987年），頁265。

文杏裁為梁，香茅結為宇。不知棟里雲，去作人間雨。(〈文杏館〉)

颯颯秋雨中，淺淺石溜瀉。跳波自相濺，白鷺驚復下。(〈欒家瀨〉)

木末芙蓉花，山中發紅萼。澗戶寂無人，紛紛開且落。(〈辛夷塢〉)

空山不見人，但聞人語響；返景入深林，復照青苔上。(〈鹿砦〉)

以上都屬「無我」之境的客觀描寫，明代胡應麟《詩藪》[37]：「右丞輞川諸作，卻是自出機軸，名言兩忘，色相具泯。」清初王士禎也說[38]：

如王裴〈輞川〉絕句，字字入禪。他如「雨中山果落，燈下草蟲鳴」、「明月松間照、清泉石上流」，以及太白「欲下水晶簾，玲瓏望秋月」、……妙諦微言，與世尊拈花，迦葉微笑，等無差別。(《帶經堂詩話》卷三)

此中所表現的正是一種「象外之象」，「景外之景」(司空圖〈與極浦書〉)。所謂「萬物靜觀皆自得」(程顥〈秋日偶成〉)，當詩人與天地宇宙接觸，朗然悟見物性(變幻無常之性)與我性(性空無礙之性)一致。在王維的詩歌當中，

37　明・胡應麟《詩藪》(台北：廣文書局，1971 年)。

38　清・王士禎著，戴鴻森校點《帶經堂詩話》(北京：人民文學出版社，1963 年)。

「我」除去了一切世俗妄念的執著，於是一首詩就如一畝方塘，可以映照出「詩佛」整個人物的形象身影，可以如澄澈的天地之鑑，一切萬物在此虛空中自由來往而各得其所。詩人就在這種自性、物性與佛性都融合澄明的美感體驗中，進入了寂靜的無我境界，達到王士禎所說的禪家「悟境」與詩家「化境」的高度融合[39]。空山無人，水流花開，禪境可通詩境，在王維詩中情、景、理、事水乳交融，「我」也與天地同流，與萬物為一，不只用字渾融，似無跡可求，詩境中物境、情境及意境也相互交融，呈現了「物我合一」的境界，表現出任運自然、物我兩忘的襟懷，透露出禪悅灑脫的風致，也展現深邃玄冥的思想美及藝術美。

2.「清空」之境

柳宗元的山水詩意境獨特，這一來與他的才情秉賦及遭際閱歷有關，二來也是受到當時佛教的影響[40]。柳子厚主張「真乘法印，與佛典並用」，「統合儒釋，宣滌疑滯」（〈送文暢上人登五台遂遊河朔序〉），可以看到他的思想基本上是儒、佛融合。〈永州八記〉中我們看到他在自然山水之中體味到「心凝神釋」的意境，而這種「與萬化冥合」的物我兩忘境界應和佛道思想有關。佛家講出世、重自然、追求平靜、清幽的境界，這些都對柳宗元的審美趣味有所影響，作者藉助大自然的山山水水觀照寂冷清又冰清玉潔的內心世

---

39 見清・王世禎《蠶尾續文》，轉引自王洪、方廣錩等編《中國禪詩鑑賞辭典》（北京：中國人民大學出版社，1992年），頁158。

40 王樹海、王鳳霞〈佛禪對柳宗元山水詩的影響芻議〉，《社會科學戰線》，2000年1期，頁105。

界[41]，由詩文可以看到他常著寫一種無人之境的寧靜之美，最有名的就是〈江雪〉：「千山鳥飛絕，萬徑人踪滅。孤舟蓑笠翁，獨釣寒江雪」，一般賞析這首詩多以儒家觀點來看，說這漁翁象徵作者自己，所寫代表困境中的堅持，但「詩無達詁」，詩歌之美就美在它的豐富多義性，我們不妨以佛學角度重新賞析這首詩，王洪、方廣錩等所編《中國禪師鑑賞辭典》便把這首詩列為「中國禪詩」之一[42]。這首詩讓我們看到千山萬徑下的大千世界潔白一片，所謂「繁華落盡見真淳」（元好問《論詩三十首》其四），無邊的雪白世界好像回到了大地當初空無一物，最為真實的本源世界。如禪家所主張：先「空」掉一切才能重新看到道的所在，也正如美學家所主張，空虛心靈才能發現事物的美。至於「獨釣寒江」的漁翁則表示此境雖是「鳥絕」、「踪滅」，但絕非空無死寂，作者永州久記中〈至小丘西小石潭記〉便曾說「其境過清，不可久居」，所以一片潔白世界中仍有漁翁這一點人影立於其上，代表仍有「天地之心」獨立其中。

細察柳宗元頗喜述寫漁翁，如〈漁翁〉這首詩：

漁翁夜傍西巖宿，曉汲清湘燃苦竹。煙銷日出不見人，欸乃一聲山水綠，迴看天際下中流，岩上無心雲相逐。

「漁翁」是隱逸形象，「煙銷日出不皆見人，欸乃一聲

---

41 王洪、方廣錩等人編《中國禪詩鑑賞辭典》，頁291。

42 同上註。

山水綠」，「不見人」是因人（漁翁）與自然已和諧地融合在同一畫面中。「無心徵逐」更說明了作者的心境。而且此詩寫水涯，「水」在佛教中代表潔淨，可以洗淨一切，所以本文以為柳宗元的詩隱然表現了佛家的「清空」之境。

三、禪趣之美

禪宗本是活活潑潑、妙趣橫生，以下舉「耳目之樂趣」及「無理之妙趣」加以說明：

1.耳目之樂趣

李白〈聽蜀僧浚彈琴〉：

> 蜀僧抱綠綺，西下峨眉峰。為我一揮手，如聽萬壑松。客心洗流水，餘音入霜鐘。不覺碧山暮，秋雲暗幾重。

李白雲遊佛教聖地峨眉山時，結識了高僧廣浚，兩人遂結為知音。廣浚博古通今，彈得一手好琴，除了詩中的「為我一揮手，如聽萬壑松」一句，沒有其他語言形容廣浚的琴音，但他的琴藝超凡脫俗可以想見，因為只要一揮手談琴，則使人有「如聽萬壑松」般震撼的感官享受。在這場音樂饗宴中，作者體會了禪意十足的「耳目之樂趣」。

再如常建〈題破山寺後禪院〉：

> 清晨入古寺，初日照高林。竹徑通幽處，禪房花木深。山光悅鳥性，潭影空人心，萬籟此俱寂，但餘鐘

磬聲。

　　萬物聲響全然靜寂，只有禪院的鐘聲裊裊在山林中迴盪，這鐘聲永恆地迴盪著，彷彿我們也感受到那肅穆莊嚴的世界，感受到剎那間的永恆，心境隨著鐘聲飄向遠方，飄到廣闊無際的虛空境界，在山水和佛寺合一處得到審美的愉悅與慰藉。而「竹徑通幽處」則展現一種曲折、搖曳之美，由此而生發「曲徑通幽」四字為《紅樓夢》大觀園中所用，也使這曲折之美成了以後中國文學、藝術或林園所追求的靜美所在[43]。

2. 無理之妙趣

　　詩家造語有時看似不合常理，反而營造出驚喜效果，產生一種奇趣，這種情形，蘇軾稱作「反常而合道」（《詩人玉屑》卷十），清代賀裳《載酒園詩話》謂之「無理而妙」[44]，這種詩句「不合理而合情」。詩歌本以表達情意為尚，重點不在說理，正如嚴羽《滄浪詩話》[45]：「詩有別裁，非關書也。詩有別趣，非關理也。」「無理而妙」就是一種「別裁」、「別趣」、看似無理，卻展現奇特的意趣。

　　王維的詩也展現這種看似無理的妙趣，如：

　　　　荊溪白石出，天寒紅葉稀，山路原無雨，空翠濕人衣。（〈山中〉）

---

43 同上註，頁 200。

44 郭紹虞編選，富壽蓀校點《清詩話續編》（上海 ：上海古籍出版社，1983 年）。

45 宋・嚴羽《滄浪詩話》（台北：新文豐出版社，1985 年）

行到水窮處，坐看雲起時。偶然值林叟，談笑無還期。（〈終南別業〉）

「山無雨」卻會「溼了人衣」，既已是「水窮之處」卻又是「雲起」之時，這些詩句看似無理，卻能絕處逢生，也正因看似無理才啟人疑思，思索是否有更深的意境隱藏在文字之外？

此外，王維善寫靜景，但所寫的靜景與眾不同，往往著眼在反面「動」態的表現上，如：

人閒桂花落，夜靜春山空。月出驚山鳥，時鳴春澗中。（〈鳥鳴澗〉）

空山不見人，但聞人語響。返景入深林，復照青苔上。（〈鹿砦〉）

照理「動」是嘈雜，但在王維的詩裡卻能以「動」來襯顯靜：在「靜夜」之中，月的出現使山鳥「驚」「鳴」起來，可見夜有多靜謐；「空山」本應寂，卻有「響」聲在其中，能聽見細微的聲響，可見山有多寂靜，詩人善用熱鬧字眼，寫出的不是更熱鬧而是更為幽靜，這種「寓靜於動」不也是一種「無理而妙」？宗白華論中國藝術意境之誕生曾說[46]：

---

46 宗白華《藝境》（北京：北京大學出版社，1986 年），頁 156-157。

禪是動中的極靜也是靜中的極動。寂而常照，照而常寂，動靜不二，直探生命本原。禪是中國人接觸佛教大乘義後體認到自己的心靈深處，而發揮到哲學境界與藝術境界，靜穆的現照與飛躍的生命構成藝術的二元，也是構成禪的心靈狀態。

王維的詩讓我們再次看到空曠絕非死寂一片，「幽靜」也不等於「枯寂」，動、靜二者相互烘托，相反而相成。

四、禪味之美

以下舉「平淡之味」與「無窮餘味」來說明唐詩中的「禪味」之美：

1.平淡之味

以白居易詩歌為例：居易作詩特別講求詩要明白如話，「老嫗能解」，舉幾首詩來看，如〈偶題閣下廳〉一詩：

靜愛青苔院，深宜白鬢翁。貌將松共瘦，心與竹俱空。暖有低簷日，春多颺幕風。平生閒境界，盡在五言中。

詩中白鬢老翁就是作者晚年的人物形象及生活寫照；「靜愛青苔院」，詩一開始便說出了自己的愉悅心情，這和一般的喜悅心情不同，它是另一番的「禪悅」。「心與竹俱空」，可知作者此時心境是沖淡空明的；而春日照耀在簷角，散發出不盡的暖意，春風輕拂，簾幕輕飄，景象中無不

透顯出作者的舒心愜意；詩在最後總結道：「平生閒境界，盡在五言中」，整首詩要表達的就是這種「閒」的境界，全詩所用文字「淺淡」，所寫情境「簡淡」，而這一切都為了要表達作者晚年「閒淡」的佛學心境。

再如他的〈天竺寺送堅上人歸廬山〉：

> 錫杖登高寺，香爐憶舊峰。偶來舟不繫，忽去鳥無蹤。豈要留離偈，寧勞動別容。與師俱是夢，夢裡暫相逢。

這首詩旨在抒寫別情，不過因主客二人同具佛學修養，所以這分別不是「黯然神傷」，而是淡似忘情，之所以不為離情所動，是因作者了悟處在人世間，人與人的關係是「夢裡暫相逢」，人生本是夢，何必為聚而喜，為離而悲？「偶來舟不繫」、「忽去鳥無蹤」等句表達的都是一種不執不著的淡遠自在之情。全詩用禪理寫別情，別具韻味。

此外，居易處在杭州時和西湖靈隱寺韜光禪師互相唱和，曾留下不少有名詩篇，如〈寄韜光禪師詩〉：

> 一山門作兩山門，兩寺原從一寺分，東澗水流西澗水，南山雲起比山雲。前台花發後台見，上界鐘清下界聞，遙看吾師行道處，天香桂子落紛紛。

詩中「兩寺」指下天竺寺與靈隱寺，二寺歷代高僧迭出。詩人把二寺的地理、歷史聯繫與整個環境氛圍形象靈動

地烘托出來。用字通俗平易、明暢淺切，卻讓我們感受到平淡之美。這種「淡」，不僅是語言色澤上的「淡」，更多的是創作主體心境的「淡」，是一種「自然之美」的藝術展現。

2. 無窮之餘味

唐代張彥遠《歷代名畫記》[47]：

> 夫畫物等忌形貌彩彰，歷歷具足，甚謹甚細，而外露巧密。所以不患不了，而患於了。既知其了，亦何必了，此非不了也，若不識其了，是真不了也。

「不患不了而患於了」，這句話說明詩歌、繪畫都是以不說盡為美，詩最忌一語道盡，而以「餘味無窮」者為佳，以王昌齡〈題僧房〉一詩為例：「棕櫚花滿院，苔蘚入禪房。彼此名言絕，空中聞異香」，這首詩中「苔蘚入禪房」，表示人跡罕至，而苔蘚一直向閑寂的僧房延伸而去，可見禪房靜寂之深，此中僧人想必心如止水，所以說「名言絕」，言語在此根本是多餘的，但「空中聞異香」則以不說為說，讚美僧人境界之高超，品德之馨香，整首詩彷彿讓我們聞到了「天香之味」。

此外，唐詩中還有不少著寫寺院鐘聲的詩句，如：

> 不知香積寺，數里入雲峰。古木無人徑，深山何處鐘？泉聲咽危石，日色冷青松。薄暮空潭曲，安禪制

---

47 唐·張彥遠《歷代名畫記》（台北：台灣商務書局，1965 年）。

毒龍。（王維〈過香積寺〉）

　　野爐風自熱，山碓水能舂。……高僧暝不見，月出但
聞鐘。（岑參〈題山寺僧房〉）

　　蒼蒼竹林寺，杳杳鐘聲晚。荷笠戴夕陽，青山獨歸
遠。（劉長卿〈送靈澈上人〉）

　　不見其寺，但聞其聲，鐘聲在幽深的山林中隱隱迴盪。
晚鐘悠揚，縈繞耳際，象徵對僧人品德的讚賞，及對此地的
依依不捨，也象徵對友人的殷殷祝福。這鐘聲幽微邈遠，似
有似無，充滿了「悠揚無盡的餘味」不時迴盪在人們腦海
中。

　　再如孟浩然〈過融上人蘭若〉詩則是另外一種禪味表
現：「山頭僧室掛僧衣，窗外無人水鳥飛。黃昏半在下山
路，卻聽泉聲戀翠微」，按孟浩然與禪僧往來也頗密切，常
與禪僧相互酬唱，還棲宿於禪寺僧房，與禪師們講論禪理。
「山頭僧室掛僧衣」表示此時融上人沒有功課，處於閒適隨
意狀態；「窗外無人水鳥飛」表示此時無人叨擾，水鳥自在
一如人的自在，一派自然，大有「生活即禪」的意味。至於
僧人在做什麼？詩人並未明說，但不難想像僧人此時正陪著
詩人海闊天空的聊著，因為第三句一下就跳到黃昏時詩人告
別僧人時的感受：黃昏已至，不得不下山，但心中仍不由自
主的留戀著山上，似乎不願回到塵世。聽著陪伴自己一逕自
山中流出的溪聲，詩人覺得自己正如這小溪，對蒼翠的青山
有無限的眷戀。詩中可以看到作者對淡遠境界的孺慕之情。
這首詩表面上看全是寫景，字裡行間卻表達作客山中的閑適

之美，喜愛及眷戀之情含蓄地流露在文字之中，如小溪之悠悠不盡。

　　以上舉例說明唐代詩歌語言中的禪理、禪趣、禪境及禪味之美，由其中可以發現唐代禪風為詩歌語言開拓了新的意境，這些意境難以言傳，只能用含蓄、象徵的方式來表達於萬一。

柒、結語

　　以上論述唐代禪宗思想與詩歌語言美學的關係，禪學本是宗教哲學，但其中許多課題都與審美藝術息息相關，歷代的文學藝術不管在形式或內容發展都受到佛教啟發，禪學禪養思想有助於探知唐詩文化的深邃內涵。

　　「禪宗」盛行於唐，「唐詩」更是唐朝最大的文學成就之一，當代文化最盛者就屬此二事，二者本是不同領域，但因緣際會下得以相互交融，造就唐朝獨特的藝術文化特色。在唐人詩歌作品中，我們看到唐詩語言中的禪理、禪趣、禪境及禪味之美，也看到了「禪」與「詩」皆重直悟、重心性、不執著及法遍一切處等共同的特點，一如莊子所說：最高超的境界是「技進於道」，「美」的最高境界和「禪」的境界在藝術境界中相逢，進而運用高妙的語言文字開出美麗的詩歌奇葩。

　　至於詩歌理論方面，唐代美學的重要成果就是「意境」說的誕生，「意境」是中國古典美學一個重要範疇，魏晉時已有「意象」論的提出，唐美學家並未停留在「意象」這一

範疇上，而是藉由禪宗思想的啟迪提升到「意境」這一新的美學範疇上[48]，如此更加推動唐代以後詩歌及繪畫境界的拓展。

元好問：「詩為禪客添花錦，禪為詩人切玉刀」[49]，因為「詩」，禪家有了更好的表現形式，因為「禪」，賦予詩歌深刻的意涵，由以上討論我們看到唐代禪宗和詩歌美學互通互融，詩、禪一味，箇中滋味就有待我們細細去咀嚼品味……。

48 葉朗：《中國美學史大綱》（台北：滄浪出版社，1986 年），頁 264。

49 元好問〈嵩和尚頌序〉，《元好問全集》卷 37（太原：山西人民出版社，1990 年）版），頁 55

第七章

許渾詠史詩的語言風格
——以〈咸陽城東樓〉一詩為例

　　許渾是晚唐詩人之一，時代上與杜牧、李商隱相近。許渾詩歌創作甚豐：就「量」而言，許氏的詩有五百多首，比起小李杜來並不遜色；就「質」而言，許渾的詠史詩表現最為突出，「山雨欲來風滿樓」便是他的名句之一。然而歷來研究許渾詩歌的人並不多，這一來是因為評家對他的詩褒貶不一，二來是因許渾清新詩風與晚唐詩歌綺麗之風不甚相合。本文以作者的名詩——〈咸陽城東樓〉一詩為入徑，探討作者詠史詩的語言風格表現，最後結論為：許渾詠史詩風格獨具且思想深刻，應予以更多的重視；甚且可以仿照「初唐四大家」之名，將許渾和杜牧、李商隱、溫庭筠並稱為「晚唐四大家」，四家共觀，才可完整照見晚唐詩風的特色所在。

關鍵字：唐詩；晚唐詩人；許渾；詠史詩；咸陽城東樓

壹、前言

晚唐詩人中，杜牧、李商隱與溫庭筠是眾人所熟知的名家，然而還有許渾一家足與此三者並美，卻為後人所略。明代胡應麟《詩藪・外編》將以上四家並稱為「晚唐錚錚者」，高棅《唐詩品彙》：「降而開成以後，則有杜牧之之豪縱、溫飛卿之綺靡、李義山之隱僻、許渾之偶對」[1]，由此可見：杜、溫、李、許四家可說是「晚唐四傑」，忽略任何一家都無法看到晚唐詩歌的全貌。

高棅書中還特別提到：「許渾長於懷古」，又說：「用晦（許渾）之〈凌歊台〉、〈洛陽城〉、〈驪山〉、〈金陵〉諸篇……其弔古廢興、山河陳跡、淒涼感慨之意，讀之可為一唱三嘆矣。」許渾諸作中以懷古類詠史詩[2]表現最為突出，本文所要探討的〈咸陽城東樓〉便是作者懷古名篇之一。

貳、作者概述

許渾（約西元 788－858 年），字用晦（一作仲晦），唐德宗貞元到宣宗大中年間人物，家居潤州丹陽（今江蘇鎮江）丁卯澗，世稱「許丁卯」；終官於郢州刺史，因此又稱

1　見高棅《唐詩品彙》總敘（台北：學海出版社，1983 年），頁 9。
2　陳青松〈唐代詠史詩論三題〉將唐代的詠史詩分為三類：一是述史體，二是史論體，三是懷古體。見《松遼學刊》（社會科學版），1999 年第 5 期，頁 1。

「許郢州」。新、舊《唐書》均未及載,元辛文房《唐才子傳》有〈許渾傳〉。今人王驤據創於明代的《潤州許氏宗譜》考證:許渾是高宗時宰相許圉師之後[3],有關他的家世可製表如下[4]:

高祖許圉師—曾祖許自明—祖父許鳴謙—父許忱—許渾—子許權和許柄

　　許渾遲至文宗太和六年(西元 832 年)才進士及第。初為縣尉,後為當塗、太平二縣令,復起為潤州司馬。大中三年任監察御史,因病乞歸。後復出仕,歷虞部員外郎,睦州(今浙江建德)及郢州(今湖北江陵)刺史。在郢三年,終因體衰多病而辭官東歸,卜居潤州丁卯橋以為歸宿處,此後再沒有出仕,詩集名為《丁卯集》。

　　縱觀許渾詩歌可知:他的一生是「久貧辭國遠,多病在家希」、「道直去官早,家貧為客多」[5],但他是個有所為,有所不為的人,由「客道恥搖尾,皇恩寬犯鱗」(〈宣城贈蕭兵曹詩〉)二句可見,他這種個性在一個外有藩鎮割據,內有宦官擅權,黨爭傾軋,皇帝又不思振作的時代,仕途便顯得更加艱難。於是,「惆悵抑鬱」成了許渾詩歌的主調,而

3　清・許大定《許氏族譜》則說許渾是許敬宗的八世孫,許遠的重孫,說法轉引自喬長阜〈關於許渾生平的幾個問題〉,《江蘇廣播電視大學學報》1995 年第 3 期,頁 25。

4　王驤〈關於晚唐詩人許渾世的一點新資料〉,《鎮江師專學報》(社會科學版),1999 年第 1 期。

5　分見許渾〈送前緱氏韋明府南游〉及〈洛東蘭若夜歸〉詩。

這也是身處那個時代士人的普遍心聲。

許渾有詩說自己早年曾想學仙，還曾夢見自己登上崑崙山，遇一仙女名許飛瓊，並有〈記夢〉詩為證[6]；但〈漢水傷稼〉詩表現的卻是儒家的悲憫心懷，詩集中又有不少是題寺院或送僧人的詩[7]，可見許渾除了儒家思想外，尚有佛家與道家思想，這是許渾詩歌的特色，也是當時風氣的另一表現。對儒、釋、道三家思想是否有所偏重？〈送僧南歸詩〉中說道：「憐師不得隨師去，已戴儒冠事素王」，可見他內心在儒、佛之間掙扎過。在感嘆水患乃因人禍之後，他的感想是「才微分薄憂何益？卻欲回心學釣翁」；在〈聞兩河用兵因貽友人〉詩中他感嘆「徒有干時策，青山尚掩門」；正要走馬上任時，他的感想卻是：「帝鄉明日到，猶自夢漁樵」（〈秋日赴闕題潼官驛樓〉），「會待功名就，扁舟寄此身」（〈早發壽安次永壽渡〉）。葛立方[8]評：「豈有逃儒之意邪？」也有人說許渾時官時隱，表現的正是一種「吏隱」[9]，隱逸思想才是詩人人生最後的依歸，《唐才子傳》亦把許渾列為隱士類。

---

6 《全唐詩》引《本事詩》說許渾詩有「曉入瑤台露氣清，座中唯有許飛瓊」，「他日復夢，飛瓊曰：『子何故顯余姓名於人間？』座上即改之為『天風吹下步虛聲』。曰：『善』。」

7 如〈題靈山寺行堅師院〉、〈自僧伽寺晨起泛舟有懷〉、〈舟行武陵寄天竺僧無畫〉。

8 葛立方《韻語陽秋》，收入台靜農主編《百種詩話類編》前編（台北：藝文印書館，1974年），頁813。

9 賀秀明〈論許渾詩中的水〉，《華中師範大學學報（人文社會科學版）》2000年第6期，頁90。

參、作品成就

　　許渾詩歌[10]創作不少，《丁卯集》收錄 454 首，《全唐詩》更收許氏詩十一卷，共五百多首[11]，數量遠遠超過杜牧和李商隱[12]。許渾專攻近體，所作全無古體，由此或可看到古體、近體的遞嬗興衰。高棅將許渾七律列入「正變」類，並評：「雖不足以鳴乎大雅之音，亦變風之得其正者」，他的詩歌可算是晚唐詩歌風格轉變一大關鍵所在。

　　許渾詩歌創作題材非常廣泛，歸納來看大致可分以下五類[13]：

1.離別詩

　　共 87 首，佔全詩近 1/5[14]，數量在晚唐諸家中算是多的，詩人曾說自己「生涯半別離」[15]，因此贈別、行旅詩特別多。而送別的對象有官員、隱士、士子及僧人等，交遊廣闊。按唐人或因赴任、遷謫，或因行旅、征戍，乃至下第而歸、僧人行腳、或隱居歸里等都會以詩相贈以傳情言志，這

----

10 可參看唐·許渾撰，江聰平校注 《許渾詩校注》（台北：台灣中華書局，1976年）。

11 清·康熙敕修《全唐詩》（北京：中華書局，19980 年）。按《全唐詩》中見於許渾詩，又收為杜牧詩的有 50 多首，此乃因二人過從甚密，且時相應和酬唱。

12 《全唐詩》收晚唐詩人杜牧詩八卷（卷 520-527），許渾詩十二卷（卷 528-539），李商隱詩三卷（卷 539-541），溫庭筠詩九卷（卷 575-583），同上註。

13 馬德生〈試論許渾七言律詩的主題內涵〉，《河北大學學報》（哲學社會科學版），，2000 年第 6 期，頁 79。

14 許渾〈許用晦集總錄〉，《丁卯集》（台北：中華書局，1968 年），頁 3。

15 見許渾〈晚發鄞江北渡寄崔韓二先輩〉詩。

些詩是作者人生歷程的濃縮寫照，也側面反映出晚唐的社會生活，如〈謝亭送客〉一詩：

> 勞歌一曲解行舟，紅葉青山水急流。日暮酒醒人已遠，滿天風雨下西樓。

此詩曲盡人情，令人黯然銷魂。今人羅時進說：如果王維〈送二使安西〉是盛唐送別詩的成就，許渾這首詩便可說是晚唐送別詩的代表作[16]。

2. 隱逸詩

即閑適詩，約 21 首。陸游《讀許渾詩集》說：

> 裴相功名冠四朝，許渾身世落漁樵。若論風月江山主，丁卯橋應勝午橋[17]。

「風月江山」，說的就是隱逸的山水田園詩。再看他的〈村舍〉詩：

> 尚平多累自歸難，一日身閑一日安；山徑有雲收獵網，水門無月掛魚竿。

此詩寫景閒適自然。詩人雖志在功名，但由於時代、社

---

16 羅時進〈唐代送別詩繁興的原因與許渾的創作〉，《鐵道師院學報》，1996 年第 6
期，頁 48。
17 中唐詩人裴度與白居易、劉禹錫等詩人曾唱和於洛陽午橋，其詩風格清新。

會及個人的關係，又使他趨往隱逸田園，欲除煩憂的方向，因而有不少寄情山水之作來表達隱逸思歸的心聲。

3. 時事詩

如許渾〈甘露寺感事遺同志〉一詩表達的是「甘露之變」中座主恩師宋申錫被害的悲憤；而〈漢水傷稼〉詩寫於郢州刺史任上，「軫念疲羸」一句表現出對民生艱困的關切。序言並檢討洪水泛濫乃因「人實為災」，如此一針見血地指出天災、人禍的關聯性。

4. 邊境詩

約 30 首。詩人漫遊時曾北至塞上，作〈塞下〉、〈征西舊卒〉等詩，又曾赴南海幕府，作〈歲暮自廣江至新興往復中，題峽山寺四首〉，寫南荒（嶺南）一帶的風景，大大拓展了邊塞詩的領域。

5. 詠史（懷古）詩

唐代是詠史詩的成熟期，尤其到了晚唐，對時代的感懷特別多，且多藉詠史詩來寄託感慨，如杜牧今存詠史詩 30 餘首，約佔全部詩作的 1/13，李商隱 70 餘首，約佔作品的 1/9[18]，本文統計許渾《丁卯集》詠史詩約 36 首，佔全數的 1/12，為數也不少。歸納來看，許渾詠史懷古詩大致有以下三種類型[19]：

（1）以朝代興廢傷悼現實無法挽回的衰敗：如「英雄一去繁華盡，惟有青山似洛中」（〈金陵懷古〉）。

---

18 房日晰〈杜牧、李商隱之詠史詩比較〉，《西北大學學報》（哲學社會科學版），1994 年第 2 期，頁 60。

19 分類見馬德生〈試論許渾七言律詩的主題內涵〉，同註 13，頁 79。

（2）以昏君身死國亡譏諷當朝統治者，並告誡今人：如「四海義師歸有道，迷樓還似景陽樓[20]」（〈汴河亭〉）。

（3）以廣闊的時空綜覽，揭示不可抗拒的歷史規律性：如「行人莫問當年事，故國東來渭水流。」（〈咸陽城東樓〉）

歸納而言，許渾是近體的專家，尤長於律詩，詩集中最多的是送別詩，但最為人所稱道的卻是詠史詩。他的詩記錄個人的心路歷程，也反映了晚唐社會現實面貌。

肆、歷代詩評

歷來對許渾詩歌的評價呈現兩極化，有褒有貶，說法大可分以下兩派：

1. 褒許派：

讚譽許渾詩格的特色是：

（1）風格清新：

唐・韋莊[21]：

> 江南才子許渾詩，字字清新句句奇。十斛明珠量不盡，惠休[22]虛作碧雲詞。

----

20 景陽樓乃南朝陳後主為淫樂所建。

21 唐・韋莊《浣花集》卷三，（北京：商務印書館，1967年），頁16。

22 惠休是劉宋著名詩人湯惠休，《宋書・徐湛之傳》以為「辭采綺艷」，綺艷為晚唐詩歌共性，許渾在綺艷外還尚具清新風格，所以說勝過惠休。

按許渾詩如「一聲溪鳥暗雲散，萬片野花流水香」（〈南樓春望〉）寫來確實清新自然。宋蔡居厚說他「詩格清麗」（《詩史》），明徐獻忠也說他「精密俊麗」、「天然秀出」（《唐詩品》），到了清代，許渾仍得「清迴」、「神清骨秀」、「思正氣清，詩中君子」等讚語[23]。

　　（2）聲律精工：

宋代范晞文[24]曾說：

> 七言律詩極不易，唐人以此名家者，集中一二，且未見其可傳。蓋語長氣短者易流於卑；而事實意虛者又幾乎塞。用物而不為物所贅，寫情而不為情所牽，李杜之後，當學許渾而已。

　　連對許氏不滿的劉克莊也說許詩：「如天孫之織，工匠之斫」、「律切密或過牧」，許學夷說「渾五、七言律工巧襯貼，便是其精神所注也。」田雯更說「聲律之熟，無如渾者」[25]，對許渾的精於聲律更是推崇備至。

　　（3）詩壇正、變之首：

　　陸游曾把許渾的詩當作是唐詩由盛而衰的分水嶺，他說「大中以後亦可為傑作，自是而後，唐之詩益衰矣[26]」；明

23　分別見翁方綱《石洲詩話》、陳文述《書丁卯詩後》及薛雪《一瓢詩話》。本文所引詩話可參丁福保《歷代詩話續編》，（台北：木鐸出版社，1988 年）。

24　宋・范晞文〈對床夜語〉卷二，《歷代詩話續編》，頁 423。

25　分見劉克莊《後村詩話》、許學夷《詩源辯體》及田雯《古歡堂雜著》，同註 23。

26　陸游《渭南文集》卷二八〈跋許用晦丁卯集〉，收入《陸游集》（北京：中華書局，1976 年）。

清鄭杰《丁卯集序》也稱許詩為「盛唐之氣象，詩家之法程」，而許學夷則把許渾列為「晚唐正變之首」。

以上可知，許渾詩歌特色是文字清新，聲律精巧，在唐代詩壇上地位重要，是「晚唐正變之首」。他的詩在晚唐評價頗高，同時代的杜牧、韋莊都曾推許，宋代江湖詩人好學許渾，范晞文更以「可接李、杜之後」予以讚譽；明代楊慎《升庵詩話》也說「近世無高學，舉俗愛許渾」，可見許渾詩歌向來為人所喜。但何以後世卻鮮為人知？這大概是因為晚唐詩風崇尚綺靡，然而許丁卯的詩歌清新柔美，獨樹一幟，與晚唐清幽冷艷大不相同，因此才為後人所略[27]。

2. 貶許派

對許渾作品持負面評語者亦不少，其評語如下：

（1）不干教化：

孫光憲《北夢瑣言》：「許渾詩格清麗，然不干教化。世謂『渾詩遠賦，不如不作』，言其無才藻，鄙其無教化也。」

（2）對偶太切：

楊良弼《作詩體要》[28]：「許用晦……才得一句便拿捉為一聯，而無自然真矣！又且涉乎淺近，老筆尼之。蓋詩忌太工、太偶，工而無味」。周詠棠比較後說：「丁卯格律勻稱，工夫極細而天分稍庸，較之玉溪、牧之，仙凡判矣。」王夫之則說他「費盡巧思，終得惡詩之譽」，又說「渾詩不

---

27 江惜美〈許渾七律的特色〉，《中華文化復興月刊》，1988 年第 9 期，頁 54。

28 楊良弼《作詩體要》（台北：廣文書局，1973 年）。

足道，但資新安賈買春聯耳」，並鄙之為「大手筆所不屑也」[29]。

（3）淺陋格卑：

方回《瀛奎律髓》評許渾詩：「其詩出於元、白之後，體格太卑，對偶太切。」「工有餘而味不足」，許學夷評：「情淺而詞勝，工巧襯貼而見斧鑿痕耳。」謝榛說許詩：「粗直，且非正格」，李重華則說：「許丁卯格甚煉，氣未深厚」，王世禛更說他的詩是：「近體中小兒語」，而批評最力的楊慎則說：「唐詩至許渾淺陋極矣。而俗喜傳之，至今不廢，高棅編《唐詩品彙》取至百餘首，甚矣，棅之無目也。棅不足言，……不知渾乃晚唐之尤下者。」[30]不只貶抑許渾，連選錄許渾詩歌的編者也一併數落，可說貶許已到極點。

（4）重複太多：

胡震亨《唐詩葵籤》卷八引方回語：「渾句聯多重用」，李東陽《麓堂詩話》說許渾的詩往往「前聯是景，後聯又說，殊乏意致」。按許渾詩句重用的例子確實可見，如：〈和友人送贈歸桂州靈隱寺〉：「楚客送僧歸桂陽」。〈和浙西從事劉三復送僧南歸〉「楚客送僧歸故鄉」，此二句文辭相似。又如〈寄題華陽韋秀才院〉：

---

29 分見清・周詠棠《唐賢小三昧集續集》、王夫之《唐詩評選》及《夕堂永日緒論外編》，同註23。

30 分見清・謝榛《四溟詩話》、王世貞《藝苑卮言》、李重華《貞一齋詩話》及楊慎《升庵詩話》，同註23。

晴攀翠竹題詩滑，秋摘黃花釀酒濃。山殿日斜喧鳥
　　雀，石潭波動戲魚龍。

而〈常慶寺院常州阮秀才〉也有類似字句：

　　晚妝紅葉題詩遍，秋待黃花釀酒濃。山舘日斜喧鳥
　　雀，石潭波動戲魚龍。」

　　語句互見處確實不少，且作對偶時多是「蜂」對
「鳥」，「蒹葭」對「楊柳」，因此「人譏才短」，以為「其源
不長，其流不遠，則波瀾不至於汪洋浩渺」[31]。
　　（5）格式化：
　　許渾送別詩多是先寫送別環境，中間想像所送之人旅途
所見，末尾則以離愁或勸勉作結[32]。懷古詩則多是先寫昔日
之盛，中段以景映襯，最後再以感慨作結，構思雷同。
　　以上是諸家的評論，但平心而論：對「無教化」這點批
評，宋蔡居厚《詩史》說：「雖然，詩要干教化，若似聶夷
中輩，又太拙直矣。」詩本言情志，不干教化未必是缺點，
不宜以傳統詩教思想而刻舟求劍[33]。更何況許渾詠史詩抒發
歷代興亡的感慨足以作為後世鑑戒，如此不是已得「風人之

---

31 宋・葛立方《韻語陽秋》卷一，刊《百種詩話類編前編》，頁 813。

32 同註 16，頁 52。

33 陳文華〈晚唐正變之首——許渾〉，《天津師範大學學報》（社會科學版）4 期，頁
　41，2001 年。郭寶軍〈也說許渾千首詩〉，《瓊州大學學報》5 期，頁 90，2002
　年。

旨」，已有諷喻教化的作用？

再說，近體詩本有「詩法」，格律規矩，對偶工整是唐代科考風氣所致，楊萬里《誠齋集・黃御史集序》便說：「詩至唐而盛，至晚唐而工，蓋當時以此設科取士，士皆爭竭其心思而為之，故其工，後無及焉。」若就當時來看，對偶工整不正表現了作詩者的技巧圓熟？所以張世煒《唐七律雋》說：「渾七律工穩流麗，而出之流便」、「若汰去熟調，存其菁英，不在李義山、溫飛卿、杜牧之諸人之下，亦晚唐一大作手，未必如升庵所云也。」

至於「淺陋」之譏，清・賀裳《載酒園詩話》曾為辯護，他說：「余意『淺』則有之，『陋』亦未然。詩誠不能超出晚唐，晚唐不及許者更自無限，……韋莊……杜牧……名流推許如此！」可見許渾詩歌是「淺而不陋」，否則怎能得到當代名家的欣賞？至於字句重用，賀裳也說「詩家犯此（重複）甚多，太白已先不免。」

經由以上的討論，本文認為許渾詩歌創作「瑕不掩瑜」，他的詩正如賀裳所說，是「情好景好，特意少事少……，雖言外之意不足，即景自工」；況「讀其全集，絕無荒淫之語，又不為怨懟之言，此亦得於溫柔之詩教者。」因此許學夷評「許渾情淺而詞勝」，應是公允之論。陳文述〈書丁卯詩後〉說：「余於三唐諸家，李杜外，古詩嗜岑嘉州，近體嗜許渾，以神清骨秀也。丁卯佳句，色韻尤勝……全篇何嘗不渾成？學者於此種究心，必無浮華粗豪之病。」江惜美則說：「歷來晚唐，莫不以纖小綺麗設之。而許渾七律能承老才拗體之精妙聲律，不同於李義山等之刻畫雕琢，

可謂高情遠致，獨樹一幟。」[34]許渾工於對偶、用語清新正是「晚唐正變」的表現，這些表現都是研究晚唐詩風時不能忽略的一個面相。

伍、〈咸陽城東樓〉一詩賞析

先將本詩內容及平仄羅列於下，後文再就本詩內容作近一步探討：

一上高城萬里愁，蒹葭楊柳似汀洲。

｜｜－－｜｜－，－－－｜｜－－。

溪雲初起日沉閣，山雨欲來風滿樓。

－－－｜｜－｜，－｜｜－－｜－。

鳥下綠蕪秦苑夕，蟬鳴黃葉漢宮秋。

｜｜｜－－｜｜，－－－｜｜－－。

行人莫問當年事，故國東來渭水流。

－－｜｜－－｜，｜｜｜－－｜｜－。

1.版本異同

本詩題目《文苑英華》[35]作「咸陽城西樓晚眺」，到底是「東樓」，還是「西樓」？按詩中「溪雲初起日沉閣」一句作者自註：「（咸陽城）南近磻溪，西對慈福寺閣」，東、

西乃相對而言，詩人所處之樓應在東，因此推論作「東樓」較為正確[36]。

　　本詩首句「一上高樓」，《唐詩品彙》作「獨上高樓」，本文以為用「一」字較佳，因此「一」有「獨一」、「一即」等意，意涵豐富，且可與下文「萬里」形成數字上的巧妙對比，胡以梅《唐詩貫珠》：「一字別本作『獨』字，作減精神。」，亦以為用「一」字為佳。

　　末聯《唐詩紀事》作「行人莫問前朝事，渭水寒光盡夜流」，《瀛奎律髓》則說：「尾句合用此十四字（即上文所引）為佳。」

2.格律

　　前文提到許渾擅長對偶，格律工穩。這首詩為仄起詩，押平聲「尤」韻，首句入韻，中間二聯對偶工整。三句的「日」是「拗」，而四句的「風」是救，因為「日」字當平而仄，對句的「風」當仄而平，如此既是「對救」，又兼救本句「來」的孤平[37]。

　　按晚唐詩人喜好刻意作拗句，尤其許渾「時作拗體」（胡應麟《詩藪・內篇》），作拗可使詩句整齊中見變化，並可增強跌宕起伏的情感表達力，因此有人稱此為許渾獨特的「丁卯句法」[38]，甚至說杜甫和許渾是七言拗律兩個不同發

------

36 周汝昌則以「咸陽西樓晚眺」之名既「醒豁」且「合理」，因為晚眺是「全詩一大關目」，見《唐詩欣賞》十三集（台北：地球出版社，1989年），頁12，。

37 周蓉〈許渾律詩論略〉，《西北師大學報》（社會科學版），1994年5期，頁46。

38 明代楊良弼《作詩體要》語，同註28。

展階段的卓越代表[39]。

3. 賞析

「咸陽」是秦、漢古都，此城與唐代新都——長安隔河相望，唐代詩人在此留下不少登臨懷古之作。本詩是一首懷古類的詠史詩，題目「咸陽」指出詩人緬想所在。詩人登臨極目遠眺時，眼中所見是景，心中卻生出萬端愁緒。「一上高城萬里愁」，開篇便直抒胸臆，寫秋日傍晚登樓遠眺的直接感受：對曾經繁華一時的咸陽城早是久仰大名，好不容易來到此地，所見卻是一片兼葭與楊柳，不免引出萬里鄉愁。何以生愁？因為此一「汀洲」之景多似江南故鄉情景！按許渾是潤州人，潤州乃江蘇水鄉，「汀洲」正是南方常見的水鄉風景。用晦曾說自己：「吾生半異鄉」（〈洛東蘭若夜歸〉），又說「百年身世似飄蓬，潭國移家疊嶂中」（〈陵陽春日寄汝舊遊〉），詩人長年飄蕩，羈旅在外，今日乍見草木「一似汀洲」，愁緒即刻被惹起，紛飛到萬里外的家鄉。詩人北遊，但對江南秀水仍念念不忘，只要相同風物一點觸動，心中那份鄉愁便一發不可收拾，正如作者〈長安早春懷江南〉詩：「如何一花發，春夢遍江南」，異地一朵花，一片兼葭、一折楊柳或一處汀洲景象，即使僅是「相似」而已，都可以引發遊子無限思鄉之情。金聖歎《貫華堂選批唐才子詩》[40]中提到：

> 仲晦，東吳人，兼葭楊柳，生性長習，醉中夢中，不

---

39 同註 27。

40 金聖歎《貫華堂選批唐才子詩集》（台北：廣文書局，1982 年）。

忘失也。無端越在萬里，久矣形神不親。今日獨上高
城，忽地驚心入眼。二句七字，神理寫絕。不知是咸
陽西門真有此景？不知是高城遠眺，忽地遊魂？

　　本文以為此景真是眼前所見，因為所見汀洲與家鄉汀洲
正相彷彿，所以才引出萬里鄉愁；也因為眼前汀洲荒涼之
景，才興起下文昔盛今衰的國愁，「似汀洲」三字承上而啟
下。按詩人騷客總是多愁善感，正如杜甫〈春日江村五
首〉：「乾坤萬里眼，時序百年心」，人生天地間，所見空間
不變，時間卻是變量，在時空變與不變之中，人的心中便生
出無限感傷，因而思接千古，感慨古今。一想到此地本是昔
日繁華古都，而今卻荒涼如此，於是對空間的「萬里之愁」
頓而轉變為時間的「萬古之愁」。不管是此地真有此景，還
是作者遠眺時的想像，都已「寫景如在目前。」

　　就寫作技巧言，「一」上高樓便有「萬」里愁懷，一
「高」一「遠」，層次分明。「萬里」二字直敘眼前所見遼闊
景致，也指心中觸發而生的萬里鄉愁，一句之中實寫也兼虛
寫，尤其以「一」對「萬」，以人的渺小對比時空的廣闊，
映襯效果更佳。再就筆法來看，此詩起句將筆一縱，出口便
是萬里；隨即又攬筆一收，回到目前，大開又大闔，筆法運
用自如。

　　頷聯續寫「萬里」內所見之景：人正憑欄遠想，不知多
久，溪中暮靄緩緩升起，夕陽卻隱沒於樓閣之後，日沉而靄
起，暮色越來越濃。暮色頓至，紅日將沉，著寫的是一幅桑
榆晚景。按晚唐詩人好寫落日，如李商隱「夕陽無限好，只

是近昏」，晚唐朝政日衰，「落日」儼然成了晚唐的象徵。而當雲生日落，頓時天地異色，境界已變，一陣涼風吹至，不禁令人凜然生畏。憑生活經驗得知此風是雨的先導，風既颯然，表示雨勢已迫在眉睫。俞陛雲《詩境淺說》：「上句因雲起而日沉，為詩心所易到，下句善伏驟雨欲來，風先雨至之景，可謂絕妙好辭」。清‧查慎行《初白庵詩評》：「於丁卯集中只取此二句，工於寫景，而無板重之嫌」。

雲、日、風、雨四字看似平凡，但經詩人巧手連結後卻顯得流暢自然，毫無堆砌之感，又能極盡錯綜輝映之妙，景物參差而錯落有致，經由景象層層鋪寫，全詩色彩也由明而暗。「山雨欲來」是一種預感，令人想到東坡〈六月二十七望湖樓醉書〉：「黑雲翻墨未遮山」，接下來就是「白雨跳珠亂入船」了。雲起而日沉，風滿而雨來，二句不只寫景傳神，且「一切景語皆情語」，大有「風滿樓，愁亦滿樓」之感，既貼切自然景象，又概括社會現象，表現出巨大事變發生前的動盪氣氛，也透露出詩人對唐末國勢岌岌可危的憂心焦慮。

與前二聯相比，前二聯所寫的是遠景，是虛筆，後二聯則是近景，是實筆。但就三四聯本身來看則第三聯是實筆，而第四聯暗寓國家情勢，是虛筆。詩之首聯偏寫靜態，頷聯則氣象變化萬千，「山雨欲來風滿樓」一句更予人氣勢磅礡之感。

再就用字來看：「起」與「沉」為句中對，「滿」字則兼虛、實之趣，因為風滿其實卻是空無一物。雲初起，日沉閣，雨欲來，風滿樓，在一起一沉，一已至而一未至之中，

時間不正嬗遞著？生命在流轉，朝代也在嬗遞，如今古樓在而古人何在？思緒脈絡由古思今，由今又推及未來。

　　元·辛文房《唐才子傳》說：「渾樂林泉，亦慷慨悲歌之士，登高懷古，已見壯心。」「日沉閣」、「山雨欲來」都具象徵意義，二句不只工於寫景，且蘊含深刻哲理，因此成為名句而傳頌千古。

　　再說咸陽是秦、漢都城所在，古代本是人煙輻輳之處，今日卻殘破不堪，只見蒹葭、楊柳覆蓋，郁郁盛名頓時成了蒼茫汀洲，繁華已盡，王氣已終而不復壯麗。遙想當年秦、漢上林苑曾是何等巨麗？而今已遠，唯見鳥之夕宿、蟬之空鳴而已。唐代詩人好用「鳥」暗寓自然人事的興衰，如杜甫〈蜀相〉：「隔葉黃鸝空好音」、岑參〈山房春事〉：「梁園日暮亂飛鴉」，「鳥下綠蕪秦苑夕」，作者也將自然萬物和人文景觀對比，物是而人非，「苑」和「鳥」正是「變」與「不變」的強烈對比，這種人、鳥對比說明：再強盛的王朝終究不敵時間的淘洗，終要灰飛煙滅，顯現的是大自然的回歸力量。

　　當年秦、漢宮苑所在，如今卻成了綠蕪，綠蕪是綠草叢生之地，「葉黃」和「草綠」即景即情，代表自然的榮枯，也代表了人事的消長。當日的深宮，今日卻是一片荒蕪，只有蟬與鳥不識興亡地在此鳴叫；或許蟬鳥也知人事，因為「寒蟬淒切」，牠們鳴叫的聲音不正是種憑弔之音？句末一「夕」、一「秋」，桑榆晚景，倍覺淒涼，令人想起李白〈憶秦娥〉：「樂遊原上清秋節，咸陽古道音塵絕，音塵絕，西風殘照，漢家陵闕」所寫情景。「秋」字含意無限，將實筆化

為虛筆，涵括說明所有眼前景象都有秋色凋零之意；晚唐詩歌不少帶這種濃重「秋」意，可說是一種典型的「衰世之音」[41]。

因此中間兩聯自溪雲起、日沉閣、風吹滿樓、鳥下綠蕪到蟬鳴黃葉，顯現的是一連串的意象鋪陳：有風候的意象，有動物的意象，也有植物意象，種種意象豐富多彩地鋪敘遺址荒蕪淒涼的景象，也抒發時代興亡的感慨，《岡師園唐詩箋》說此二句：「荒涼如繪，其寫景運筆，足使人愛不忍釋。」

尾聯「行人莫問當年事」二句則從懷古回到現在：眼前不見當年榮景，只見渭水滔滔奔流。渭水自西而東，流經以上的秦苑、漢宮、高城、樓閣、也流經草、木、汀洲，它如時間之流永不停息，自古及今帶走了一切繁華——逝者如斯，不舍晝夜。

「行人」就是過客，可以指古往今來到此一遊的騷人遊子，也可指作者自己。「莫問」是不忍心問，怕問了只會再次觸起傷心情懷。「莫問」其實是欲問，但此問又如何能答？無奈之下唯有「千年一慨」一聲長嘆而已！一切繁華終將付諸東流，對於當年的繁華舊事，眼前衰景已說明一切，一切復歸於無，又何須問？即使問了，感觸萬端，又能從何說起？如此感嘆人事易變，自然永恆，字裡行間還寄寓欲語還休的無奈感：「當年事」指秦漢興亡的歷史經驗，也指大唐此前的興盛，而今政治卻敗壞如此！眼見國勢日衰而報國

---

41 韓壘吾〈論劉滄在晚唐詩壇的地位——兼及劉滄與許渾懷古史詩的比較〉，《荊州師專學報》（社會科學版）1998 年第 3 期，頁 51。

無門，憂心忡忡，但又能如何？至此，「壯難寫之景如在目前，含不盡之意見於言外」。作者懷古詩每在詩末尾寫出體悟，以一句敘事評論融情入理的方式作結，寫景之外寄託惆悵之情，全詩悠悠不盡，餘蘊無窮。

　　此外由此詩還可見到：作者詩歌中喜寫「水」，考諸其它詩作也有不少「水」的相關詞語，後人曾予「許渾千首濕」[42]之稱號。按許渾出生江南，一生足跡所至都是水源豐富之地，因此常以「水」來抒情表意，學者作過統計：《全唐詩》中許渾詩共計五百多首，出現「水」的便有 201 首，出現「雨」、「露」等字的有 251 首，二者佔全詩的 85%[43]；而詩題有「水」的便有 72 首。本首詩中「汀洲」、「溪」、「雨」、「渭水」都是「水」的各種樣態著寫。「水」是許渾詩中運用最多的意象，賀秀明專章研究許渾詩歌中「水」的意象，指出其中的水代表著[44]：

A. 時間的流逝：如〈竹林寺別友人〉：「騷人吟罷起鄉愁，暗覺流年似水流」。

B. 歷史興亡與變遷：如〈洛陽道中〉：「興亡不可問，自古東流水」，又如〈登洛陽故城〉：「水聲東去朝市變，山勢北來宮殿高。」

C. 思念的象徵：如〈送從兄別駕歸蜀〉：「當憑蜀江水，萬

42　《苕溪漁隱》引《桐江詩話》說：「許渾集中佳句甚多，然多用『水』字，故國初人士云：『許渾千首濕』是也。」

43　羅時進〈許渾千首濕和他的佛教思想〉，《學術月刊》，1983 年。馬德生〈試論許渾千首詩〉，《陝西師範大學學報》1983 年第 4 期，頁 8。

44　賀秀明〈論許渾詩中的水〉，《華中師範大學學報》（社會科學版），2000 年第 6 期，頁 89。

里寄相思」。

D.水表清淨：受佛教影響。

　　本首詩「渭水」東流融合了以上各種意象，表時間的流逝，表歷史的變遷，表千古的悠思，也表示水滌盪沖刷一切而復歸於無。此「水」已「著我之色彩」，予人清冷及迷濛的意象，使人對此「風雨欲作的唐末世界」[45]，哀情更生。

　　綜觀許渾其他詠史詩也如這一首，其時序脈絡都是由今而古，又由古而今，之中多由以下四個階段組成，即[46]：

A.「場景－空間的設定」：為緬懷的地方作一定位。

B.「繁華－過往的追憶」：回憶過去此地的繁華。

C.「荒涼－現實的悲慨」：由古跳出，回到現實，古今對比之下感傷徒生。

D.「幻滅－生命的體悟」：體悟到人生、歷史的宿命，繁華終如一場空夢。

　　以上四者一如佛家所言──「成住壞空」。作者重回歷史現場，思緒穿梭古今，感悟繁華如曇花一現，時間流動消逝，表達生命的永恆悲哀，也把歷史情景融入了個人的生命情懷當中。

　　再看全詩，本詩以「愁」起，以「愁」結，以「鄉愁」始而以「國愁」終，由開篇「萬里之愁」擴為結尾的「萬古之愁」，「愁」是詩中的眼目，貫串全篇，也奠定詩的基調：這「愁」中有「鄉愁」，有「國愁」，更有對歷史興亡的「千古之愁」，這樣複雜的愁思，可以說是「愁上加愁」。

---

45 郭寶軍〈也說許渾千首濕〉，《瓊州大學學報》，2002 年第 5 期，頁 89-90。

46 謝明陽〈許渾懷古詩試說〉，《中華文化月刊》，1999 年，232 期，頁 65。

而中段則借自然景物，含蓄表現眼見晚唐王朝江河日下的憂愁，《唐詩摘鈔》說：「首尾全是思鄉，卻插入五六七三句縱橫出入，全不礙手，唯老杜有此筆力。」詩人善以景寫情，詩中流露對家國興衰的縈懷，一種看似平淡而實深厚的懷古思今之情從中透出，這種詠史詩折射出時代和士人一己的心態，使人在綜覽時空中體悟到「千古如斯」的哲理，因此薛雪《一瓢詩話》評此詩：「悠揚細膩之至，有無限唱嘆意。」

陸、結語

　　許渾擅長寫景，〈咸陽城東樓〉全詩意象流動，氣格蒼勁而感慨深沉，於古代眾多登樓詩中自有其獨到之處。吳功正[47]論「時空美學」時說：

> 詩人自身的現實性和歷史遺蹟的往時性構成了詠史、懷古詩的基本框架，……空間是相同的，但古今時間流程是可變的，空間經過時間的洗滌就沉澱了歷史滄桑的陵谷意識，時空越是遼遠便越顯蒼涼。

　　許渾懷古之作便是「時空美學」的最好展現，他將時、空都賦予感情意識，用眼、用心去把握廣邈的空間和深遠的時間，由點而線，由線而面，由面而體，由時空意識逼發出

47　引自林文欽編《文學美學資料選集》，（高雄：春暉出版社，2003 年，頁 80。

滄涼感及失落感，令人一唱三嘆。

雷恩海[48]曾指出：

> 完美的詠史詩是歷史真實和藝術真實的統一，既有濃
> 重的歷史感、深刻的現實性，又有高度的典型性及強
> 烈的抒情性，這樣才能有不朽的價值，才能達到「資
> 政」的目的，也才有益於瞭解詩人所處時代的社會心
> 態。

許渾這首詩就小處而言，寄寓了個人的思想情感；就大
處而言，曲折的反映社會現實，正符合雷氏所言：有抒情
性，也有現實性。

許渾懷古詩能「從具體史實上升為歷史的綜覽」，在更
為廣闊的時間背景上回顧歷史，往往帶有哲理意味，這與其
他同類詩歌風格明顯不同，形成了自己的特色[49]，許總[50]：

> 基於連結歷史和現實的自覺意識，許渾在懷古體裁創
> 作中往往力圖超越具體史事的本身，在更為廣闊的時
> 空背景上形成一種歷史綜覽，從而達到現實的思索、
> 歷史的綜覽、哲理的感悟綜融疊現的整體建構。

---

48 雷恩海〈詠史詩淵源的探討暨詠史內涵之界定〉，《貴州社會科學》，1996 第 4
　期，頁74。

49 同註 13，頁82。

50 許總〈論晚唐詩歌唯美傾向的心理內涵與文化淵源──以許、杜、李、溫四家詩
　為中心〉，《東南大學學報（哲學社會科學版）》2001 年第 3 期，頁96。

許渾此詩反映了個人的心聲，反映了晚唐的時代現況，也反映出人類普遍的感慨，有萬里之愁，也有千載之思。

　　明代楊慎評許渾詩「淺陋」，清代賀裳為許渾辯駁，說許渾的詩：「『淺』則有之，『陋』亦未然」，認為許詩是「淺而不陋」，本文經由以上討論後認為：許渾的詩不只「不淺」，也並「不陋」，因為他的詠史詩「寄旨遙深」，許渾詩歌具有「廣度」與「深度」，果真如胡應麟（《詩藪》）所說，作者果真可算一位「晚唐之錚錚者」！

第八章

矛盾與交融
──韋莊〈女冠子〉詞風特色評析

　　晚唐五代是詞風形成的關鍵時期，《花間集》中，韋莊與溫庭筠並稱二大家，然而韋莊與其他詞人風格迥異，陳廷焯讚韋詞：「似直而紆，似達而鬱，最為詞中勝境」（《白雨齋詞話》），王國維亦稱其詞：「情深語秀」（《人間詞話》）。韋莊詞在中國詞史上獨樹一幟，對宋代豪放詞的發展也具啟發之功，其作品內容耐人尋味。本文試析其〈女冠子〉一詞，發現「矛盾與交融」可以說是韋詞風格特色之一。期盼藉由本文的探討可以由小見大，可以尋繹韋莊詞語風格特色之所在。

關鍵字：韋莊；女冠；詞；風格；花間

壹、前言

清・陳洵[1]：「詞興於唐，李白肇基，溫歧受命，五代纘序，韋莊為宗。」晚唐五代是中國文學史上詞風形成的關鍵期，千古詞宗，溫、韋發其源[2]，溫庭筠和韋莊二人堪稱詞壇巨擘，言情聖手[3]。《花間集》為我國文學史上第一部詞集，其中收溫庭筠、韋莊等晚唐及五代十八位詞人的作品。而韋莊詞風與其他花間詞人殊異，台靜農[4]指出：「蜀中詞人多受庭筠影響，大多艷麗，韋卻不以此取勝，正是他獨到之處。」韋莊之詞於「人共一律」的花間詞風下更顯特殊，陳廷焯讚其詞「最為詞中勝境」（《白雨齋詞話》），究竟韋莊之詞特殊之處何在？以下試析其〈女冠子〉一詞，期能由小見大，以尋繹韋莊詞的寫作技巧及詞風特色所在。

貳、作者概述

一、生平概述

作品風格的形成與作者個人生活經歷息息相關。韋莊

---

1 陳洵《海綃說詞》，收入唐圭璋、潘君昭主編《唐宋詞學論集》（濟南：齊魯書社，1985 年），頁 25。

2 陳廷焯《白雨齋詞話》，收入唐圭璋主編《詞話叢編》（台北：新文豐書局，1988年），第四冊，頁 3777。

3 蕭淑貞〈論溫庭筠與韋莊詞中的女性形象〉，《聖約翰學報》，2006 年 23 期，頁305。

4 台靜農《中國文學史》（台北：國立臺灣大學出版中心，2009 年再版），頁 587。

（西元 836－910 年）[5]，字端己，京兆杜陵（今陝西西安）人，唐文宗開成元年生，為中唐名詩人韋應物四世孫。孤貧力學，才敏過人，少時曾居白居易故鄉——下邽，時居易尚健在，韋莊平易詞風多少恐受白氏薰陶影響[6]。

僖宗廣明元年，端己年四十五（或曰年三十）應舉長安，然適逢黃巢亂事，困於長安三年。之後離開長安，經陝州至洛陽，沿途親睹離亂慘狀，之後將當時耳聞目見之景借一秦婦口述，寫成長達一千六百餘字的「秦婦吟」，遂有「洛陽才子」、「秦婦吟秀才」之稱譽。因洛陽亦不平靖，攜家遷至江南避難。江南十年，足跡踏遍，南方的安定繁華彷彿使他頓忘先前亂離慘況，始安於逸樂，由其詩作「昔年曾向五陵遊，子夜歌清月滿樓。銀燭樹前長似晝，露桃花下不知秋。」（〈憶昔〉）可知。後為進取功名復北歸，初落第，次年，昭宗乾寧元年進士及第，任校書郎，時年五十九矣。之後奉使入蜀，依附西川節度使王建，王建立蜀稱帝，任端己為宰相，開國制度多出其手。

端己為人疏曠不拘小節，歷經漂泊，但〈古離別〉詩云：「一生風月供惆悵，到處煙花恨別離」，慨嘆一生經歷只徒添惆悵離恨而已，但發而為文詞，卻留下不少後人吟咏不已的妙句佳篇。

韋莊前期仕唐，此時創作以詩歌為主；後期仕蜀，主要作品為詞。因心儀杜甫，曾尋得杜甫成都浣花溪草堂遺

5　夏承燾有《端己年譜》，見夏承燾《唐宋詞人年譜》（台北：明倫出版社，1970年）。

6　林明德《唐宋詞選》（台北：時報文化出版公司，1987年），頁49。

址，因築室居於此。蜀高祖三年（西元 910 年），端已卒於成都，其弟編次其詩為《浣花集》。

韋莊所作之詞見於《花間集》者二十調四十八首；《尊前集》三調五首。劉毓盤輯有《浣花詞》[7]1 卷，共收韋莊 55 首詞。向迪琮又輯《淙花集》、《浣花集補遺》和《沅花詞集》並加校訂成《韋莊集》[8]，共收作者詩 323 首、詞 55 首。觀韋莊所作不外兒女情思或身世思鄉之感，其中〈菩薩蠻〉一詞最為知名：「春水碧於天，畫船聽雨眠」寫江南春色，「壚邊人似月，皓腕凝霜雪」寫閨中美人，尤其末句以「未老莫還鄉，還鄉須斷腸」之感慨收束全詞，喻托深遠。

二、溫、韋比較

溫庭筠與韋莊同為《花間集》重要詞人，二人齊名，世稱「溫韋」，然而細究來看，溫詞屬濃艷派，韋詞屬淡雅派[9]二人詞風有別，不可等同看之。歷來比較二家風格異同者不少，相互比較可以輝映出彼此的特色，並評二人詞風者如：

> 王國維《人間詞話》：（溫詞）畫屏金鷓鴣；句秀也。
>
> （韋詞）絃上黃鶯語；骨秀也。
>
> 周濟《介存齋論詞雜著》：（溫詞）下語鎮紙；嚴妝

---

7 劉毓盤《唐五代宋遼金元名家詞集六十種輯》，北京大學排印，1925 年。

8 向迪琮校訂《韋莊集》，（北京：人民文學出版社，1958 年）。

9 洪華穗〈從溫庭筠、韋莊、李珣三人詞作試探花間詞三派風格──以主題意象、感覺方式為主〉，《國立編譯館館刊》1997 年第 2 期，頁 169-170。

也。（韋詞）揭響入雲；淡妝也。

夏承燾：（溫詞）密而隱，（韋詞）疏而顯。[10]

陳臘文：一、溫詞細密，韋詞疏朗。二、溫詞深隱，韋詞顯露[11]。

李冬梅[12]：溫庭筠詞多用象徵烘托傳情法，即運用「比興」手段，韋莊詞……往往帶有一定的敘事性、情節性，……是將「賦」法移植到詞中。

　　溫、韋之詞內容上皆以抒寫女性情愛閨怨者為多，然而溫詞濃密豔麗，韋詞清麗疏朗，韋詞於文字之外尚能寄託一己幽嘆及思鄉之情，是異於溫詞之處。

　　溫、韋二人常有選用同一詞調而展現之內容迥異者，如：〈女冠子〉、〈菩薩蠻〉、〈歸國遙〉、〈清平樂〉、〈訴衷情〉、〈思帝鄉〉、〈酒泉子〉、〈更漏子〉、〈定西番〉、〈荷葉杯〉等，二人所作詞牌相同、主題相同，題材亦相同，但表現方式不同，用語風格不同，其中詞風殊異明顯可見。

　　綜而觀之，溫、韋二人寫作詞風不同可由以下幾個方面來看：

1.題材不同：

　　溫庭筠之詞寫景不出閨中，寫情不離傷春悲秋。溫詞

10　以上整理自鄭騫《詞選》（台北：中國文化大學出版社，1982 年），頁 185-186。

11　陳臘文〈溫庭筠、韋莊詞的不同風格及其形成原因〉，《株洲師範高專科學校學報》2002 年 4 期，頁 73-74。

12　李冬梅：〈溫庭筠與韋莊詞的風格差異〉，《宿州教育學院學報》2008 年 4 期，頁 61。

常於近處特寫人物，如〈南歌子〉：「手上金鸚鵡，胸前繡鳳凰」。韋莊所寫場景則走出閨房之外，女主人公所在場所多由室內庭院轉到了外面場景，有長短遠近的運鏡技巧，如〈思帝鄉〉：「春日游，杏花吹滿頭，陌上誰家年少足風流？」寫景有遠有近，層次分明，如此為被寫得淫濫的閨閣園亭、相思離別的花間情景注入鮮活的生命力，拓展詞的言說空間[13]，也展現獨特的空間布局藝術。韋莊除寫男女相思，亦兼寫家國之情，闊大了詞的取材範圍。

2.用語不同：

溫詞多「物語」，摹物細膩，韋詞則多「景語」與「情語」[14]，表情真摯。溫詞工於雕琢，文字華麗精工，多以工筆作鋪陳手法，並開後世香豔小詞之蹊徑，為花間詞之鼻祖，五代西蜀詞人亦循此詞風發展，遂使「綺靡側豔」成為西蜀花間風格的「主調」。韋詞則用語樸實，文字淡雅自然，如陳廷焯《詞則》所言：「詞至端己，語漸疏，情意卻深厚」，往往以幾筆簡筆作直接之白描，語淺而情深，形成花間詞風之「別調」。

3.設色之不同：

溫詞艷麗，寫濃妝之富家女子，如富貴之牡丹。韋詞清麗，寫淡妝之里巷女子，如出水之芙蓉。溫詞「嚴妝」，韋詞「淡妝」，許冬梅、田恩銘指出[15]：「韋莊清淡之風與作

---

13 邵曉嵐〈溫庭和韋莊詞中的女性形象比較〉，《文學教育》2007 年 2 期，頁 138。

14 吳明德〈溫庭筠、韋莊詞的「語言特徵」與「敘述手法」之比較析論〉，《中國學術年刊》，2001 年 22 期，頁 403。。

15 許冬梅、田恩銘〈韋莊詞作審美意蘊淺析〉，《赤峰學院學報（漢文哲學社會科學

者對作品色調的配置有很大的關係，這就能夠形成審美的清晰度」，韋莊之詞，繁華落盡而見真淳。整體而言，溫詞往往呈現靜態畫面之捕捉，韋詞則隱涵動態影像的意韻流動，若說溫詞如工筆畫，韋詞則如寫意畫。

4. 寫作目的不同：

溫、韋二人詞風不同，原因之一是溫飛卿之詞主要乃為娛賓遣興，即多為「應歌」而作；端己之詞則旨在抒情。飛卿意在為女子代言，端己則是借女子為己代言，曹光甫以為此方為溫、韋二人詞風不同之根本分野[16]。

5. 描寫重點不同：

溫詞寫其貌，寫其物，寫人物之美，寫同具之印象，人物方面專寫宮女歌妓之兒女情思，自己卻不在其中，所作偏向客觀而無我[17]，如果說溫詞寫「共我」形象，韋詞則擅寫「自我」之殊象。韋詞寫其神，寫其情，寫人物之真，寫個人之悲歡，所作乃作者生命及身世之展現，一字一情，內容偏向主觀而有我。溫詞為常作衣飾、面貌等方面的局部特寫，韋詞則寫人物全貌神韻及動態情感。可以說溫詞取其「形」，韋詞取其「情」，二人寫作重點或許可以《文心雕龍》「形文」與「情文」[18]作為分別。

版)》2009 年 4 期，頁 87。

16 唐圭璋、繆鉞等主編《唐宋詞鑑賞辭典・唐宋五代卷》，(上海：上海辭書出版社，2004 年)。

17 吳麗〈溫庭、韋莊詞風比較〉，《文教資料》2007 年下旬刊，頁 7。

18 劉勰《文心雕龍・情采》：「故立文之道，其理有三：一曰形文，五色是也；二曰聲文，五音是也；三曰情文，五性是也。五色雜而成黼黻，五音比而成韶夏，五性發而為辭章，神理之數也。」

6.表達手法不同：

溫詞泛寫宮女歌妓，多用象徵、含蓄烘托的曲筆手法，上下文句採跳接結構。韋詞特寫一般女子，多用白描、顯露的直筆手法，上下文句採順承之結構。端己之作皆出於實際切身之體驗，其詞以「意」為主，不求辭藻點綴，多用白描手法刻畫纏綿婉轉之深情，直抒胸臆，其作品更見真情、更加自然。李慧玲[19]曾言：溫詞以「詞」動人，韋詞以「情」動人，詞顯者意曲，語淡者情真，端己作品較具生命力及真切情感，作品令人動容。

另一方面，溫詞呈現較多「意象」的堆疊，韋詞則多見「意境」之營造，如〈女冠子〉中多見月景、夢境的描寫，是以清冷淒涼的環境襯顯女子相思之懷。韋莊對生活週遭自然環境多作描寫，借景抒情，塑造氣氛，渲染愁思，比諸其他花間詞人而言更擅於意境的塑造。

王國維《人間詞話》：「詞以境界為上，有境界則自高格，有境界則自有名句，五代、北宋之詞所以獨絕者在此。」基因於此，因此《人間詞話》評曰：「端己詞情深語秀，雖規模不及後主、正中，要在飛卿之上。」對端己詞之推崇由此可見。

7.人物風韻不同：

溫、韋二人皆縱情浪漫，作品皆寫相思怨別，然而溫詞託物寄情，含蓄婉約，筆下人物予人華麗婉約而個性模糊的靜態形象，展現出距離的美感，如「懶起畫娥眉」，「新貼

---

19 李慧玲〈嚴妝佳，淡妝亦佳——溫庭筠、韋莊的詞比較〉，《廣西民族學院學報（哲學社科學版）》，2002 年 3 期，頁 118。

繡羅襦」等多屬客觀錄象式的描寫，似無明顯個性及生命的畫上美人圖[20]，因此葉嘉瑩評[21]：「夫彼，金鷓鴣也，與『仕女圖』之特色，即能以冷靜之客觀、精美之技巧將實物作抽象化之描繪而不表現特性和個別之生命，故其與現實之距離較遠。雖乏生動真切之感，而別饒安恬靜穆之美。」飛卿之詞雖然具有較高的藝術性，卻沒有明顯個性生命，也未見到作者一己的真情感。至於端己之詞「始自延席間不具個性之艷歌變而為抒一己真實感情之詩篇[22]」。

　　韋莊之詞情感真摯，筆下人物清朗而有個性鮮明，周濟《介存齋論詞雜著》評：「端己詞清艷絕倫，如初日芙蓉春月柳，使人想見風度。」

　　綜上可知，端己之詞於《花間集》中最為特出，其作品在當時詞人一味刻紅剪翠中顯出令人耳目一新的詞中別調[23]，因此籠統而言五代詞是一風格，細究之則五代詞又可依地域一分為二：一是西蜀派，以溫飛卿為代表，崇尚的是穠豔綿密之風；二是南唐派，其詞清麗疏淡，以後主為代表，所崇尚者即韋莊清麗疏朗之風。詞學研究者鄭騫[24]以為：婉約派多自溫出，豪於派多自韋出。韋詞後來開李煜、

20　陳弘治《唐宋詞名作析評》（台北：文津出版社：1988 年），頁 127。

21　葉嘉瑩（1998）《唐宋詞名家論稿》〈溫庭詞概說〉（北京：北京大學出版社，2008 年）。

22　同上註，頁 23。

23　許春燕〈一字一詞總關情──論韋莊的相思與思鄉詞〉，《鹽城工學院學報（社會科學版）》2007 年 2 期，頁 62。

24　鄭騫〈溫庭筠與韋莊與詞的創始〉，見其《景午叢編》（台北：台灣中華書局，1972 年），頁 107。

蘇軾、李清照等抒情詞的先河，在詞史上的影響不容忽視。
因篇幅有限，以下僅舉韋莊〈女冠子之一〉一詞為例，由此
以觀韋莊詞風特色之所在。

參、作品賞析

一、詞牌探源

〈女冠子〉據《碎金詞譜》言是「唐教坊曲。小令始
於溫飛卿，長調始於柳耆卿，詞名〈女冠子慢〉[25]。」

花間詞人以〈女冠子〉為詞牌者，內容所寫多與女道
士有關（詳見附錄），今日所見最早為溫庭筠始作，其詞首
句「霞帔雲髮，鏡裡仙容似雪」即明白點出所寫為女道士。
《花間集》中作〈女冠子〉之詞人不少，自溫庭筠後，韋
莊、牛嶠、張泌、孫光憲、鹿虔扆、毛熙震、李珣等八人皆
有作品傳世。宋人則少見用此詞牌者，除柳永三首，另傳蔣
捷、周邦彥亦有之，然其實所作皆長調，為〈女冠子慢〉，
而不是小令的〈女冠子〉。

歸納晚唐五代〈女冠子〉詞，其中多見「霞帔（法
衣）」、「蓬萊」、「醮壇」、「蕊珠宮（仙境，或指道院）」等詞
語（參附錄一），以此為詞調者內容往往融合了方外之境與
兒女之情。按唐代崇奉道教，太宗曾下「天下女冠在僧尼之
上詔」，影響所及，道冠林立，其實道士女冠數量遽增，其
且連武后、楊貴妃亦曾為女冠。當時文壇上也感染道教氣

---

25 見清・王奕清編《欽定詞譜》（北京：學苑出版社，2008 年）。

息，如傳奇、道曲、遊仙詩等皆可見取材自道教思想的文筆。

　　唐代詩詞曾對女冠進行豐富的描寫[26]，如李商隱詩中多有對女冠的愛戀之詩。女冠美麗形象及沾染道家超俗風，令人揣想神人仙女樣貌，而女冠與文人交接，多情文人對美麗女冠之仰慕、綺想及愛情糾葛便紛呈於作品中，因此「女冠」相關詩詞也可說是唐代一小本的「詩史」之一[27]。

　　南宋黃昇（叔暘）[28]：「唐詞多緣所賦，臨江仙則言仙事，女冠子則述道情，河瀆神則詠祠廟，大概不失本題之意，爾後漸變，去題遠矣。」唐五代時創調未久，作家尚悉遵本意，此〈女冠子〉一詞當初即寫女冠，獨韋莊〈女冠子〉詞中未明白透露女子身分，近人蕭繼宗[29]校《花間集》疑韋氏所戀之人亦真女冠，「事真情真，又不能不深諱其人，故暗寓其人於調」，比較諸家〈女冠子〉皆明寫女冠類之女子，端己時代在諸家之前，可知蕭氏所言合乎情理。

二、宮調平仄

　　《碎金詞譜》中〈女冠子〉列於「仙呂調」，高拭詞註「黃鐘宮」。據周德清〈中原音韻六宮十一調聲情表〉所引，「仙呂調」聲情為「清新綿邈」，「黃鍾宮」則「富貴纏

26　可參看林雪鈴《唐詩中的女冠》，國立中正大學中國文學系碩士論文，2000 年。
　　陳美文《唐代女冠與文學》，逢甲大學中國文學所碩士論文，2008 年。
27　林雪鈴《唐詩中的女冠》，國立中正大學中國文學系碩士論文，2000 年。
28　黃昇《花庵詞選》，（上海：上海古籍出版社，2007 年）。
29　蕭繼宗《評點校注花間集》（台北：台灣學生書局，1996 年），頁 144。

綿」，本首詞乃思人之作，其聲情與內容甚相符合。

本闋詞平仄用韻如下：

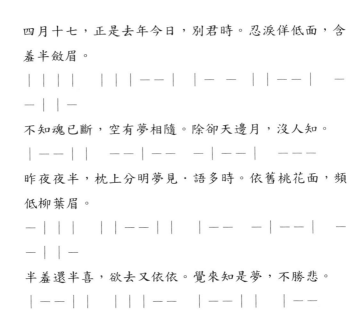

四月十七，正是去年今日，別君時。忍淚佯低面，含羞半斂眉。

｜｜｜｜　｜｜｜－－｜　｜－－　｜｜－－｜　－－｜｜－

不知魂已斷，空有夢相隨。除卻天邊月，沒人知。

｜－－｜｜　－－｜－－　－｜－－｜　－－－

昨夜夜半，枕上分明夢見．語多時。依舊桃花面，頻低柳葉眉。

－｜｜｜　｜｜｜－－｜｜　｜－－　－｜－－｜　－－｜｜－

半羞還半喜，欲去又依依。覺來知是夢，不勝悲。

｜－－｜｜　｜｜｜－－　｜－－｜｜　｜－－

《詞譜》云此調為雙調四十一字，前段五句兩仄韻兩平韻，後段四句兩平韻。一般有首二句入韻或不入韻之別，何者為是？《詞譜》明言：「起二句間入仄韻，唐詞二十首皆然」本首詞有二韻，前二句「七」、「日」是入聲韻，後文之「時」、「眉」、「隨」、「知」是平聲韻，下闋詞亦同樣由仄轉平韻。

就平仄觀之，首句「四月十七」連用四仄聲，甚為特殊，末句「沒人知」三字則連三平。推想連用四字，且其中三字皆入聲，入聲表激切吱聲情，觀本詞內容有「不知魂已

斷」，肝腸寸斷之情，與急收之入聲於形式與內容上能相符合，如此一起始便使人感知本詞之悲切。

三、本詞賞析

　　統計韋莊傳世五十餘首，其中三分之二與女子有關。本首詞沈際飛《草堂詩餘別集》題作「閨情」，是吟詠女子癡情之作。此處賞析〈女冠子之一〉的寫作手法：

　　本闋詞分上下片，上片回憶與郎君相別，下片抒發別後眷念。按「回憶」乃晚唐五代最常著墨之課題，本詞起始「四月十七，正是去年今日」，連用記載日期的兩句開頭，如此直白寫法是詞中之創格，在整個詞史上亦屬罕見[30]。此二句用詞看似平易，似不經意，實有深意在：

　　1.似日記之真實：四月十七，即下文之「今日」，註記此日是一特別日子，表事屬難忘，值得記上一筆，但此二句若作「別君時，正是四月十七」則索然無味，可見文字經不同排列便滋生出另一番詩味，文字運用之妙可見一端。

　　2.表記憶之深刻：一般而言，人於最樂、最悲或值得紀念之日會分明記得，如韋莊《菩薩蠻》：「殘月出門時，美人和淚辭」即是如此。本詞憶昔別君之時，正是去年今日，記載日期表明分別之日痛苦之深，記憶永難磨滅。

　　3.表思念之久：去年至今，又是一年，顯示女子之思念已整整經歷三百六十多日；三百六十個日子，三百六十個等待，思念之久由此可知。此中也曾企盼戀人回轉，然一年又

30　同註 15，頁 184。

過，戀人卻遲遲不歸。一次次盼望，卻一次次落空，女子早對時序四季麻木，思念卻因長時間之積澱而更加深沉，一往情深，就如此，不知不覺又至四月十七，「四月十七」！方驚覺今日竟又是四月十七，離別已來，漫漫等待及思念已經一年，是否仍要等下去？看來將是無窮無盡的等待，此時內心的悵然又跌入更深一層。

因此「四月十七」並非單純記日而已，其中作者已寄寓此時此日的主觀情感。二句看似太顯太直，實則標明時間容易引人注目其中，有女子強烈抒情色彩，「賦予日期一生命」，意涵甚為豐富，如此開頭更顯佳妙。端己之作往往看似平易，言簡意賅，似不經意，實有深意暗函其中，切不可作一般無心之記日來看，明確記日於詞中是大膽首創，是「衝口而出，不假妝砌」。

「四月十七，正是去年今日，別君時」本為一句。「別君時」，「時」字承上，「別君」啟下，下文回憶分手時場景，詞真意切。短短十字將女子複雜心態刻畫出，溫婉女子怕戀人擔心而強忍眼淚，但已無法強顏歡笑，唯有佯裝低頭以抑止欲出的眼淚，「含羞」表示欲語還羞，欲挽還難，欲言又止，使人分明看到女子戀戀不捨的動人情景。失魂落魄亦不自知，癡心可見；相愛之人唯夢中能相見，「除卻天邊月，沒人知」一句寫女子幽怨，不止無人知其相思，連此幽怨亦無人能解。孤寂之感一如李白「舉杯邀明月，對影成三人」，滿腹心事羞對人言，唯在夜闌人靜時對碧空明月訴說，只有月知，其實亦是「沒人知」之意，但多了「除卻天邊月」為襯，其悽冷更見。怨而不怒，無限悽惋，全詞真摯

動人。

　　「忍淚佯低面，含羞半斂眉」二句，「忍淚」狀別時之情態，「佯」字寫欲抑止難過情緒，但止不住，淚已盈眶，為怕對方見，因此假裝低下頭。「半斂眉」是「佯」，「含羞」是真情。「不知」是對方不知，亦是自己不知，「不知魂已斷」即「魂已斷」，但用二「不知」二字更見女子思念至極，致魂已斷仍不自知，待醒知時早不知經歷多少時日，比用「知」一字情感更深更悲。「佯」是掩飾，但非做作，而是強忍眼淚，擔心被郎君察覺而傷感，細膩著寫面部表情及心理活動，千萬話語，欲說還囈。作者捕捉此幽隱細微鏡頭，除高超的文學素養外，恐因作者可能就是其中的男主角而非旁觀者，因此寫作時已融入自己的一片深情。

　　「不知魂已斷，空有夢相隨」二句中，「空有」二襯字，用「空」字在「有夢相隨」上更見僅有夢中相見，醒後一切皆空的悲傷，不夢已惆悵，夢後醒覺，更感失落。如此之悲愁如何排遣？無人可訴，唯有問天，見天上一輪明月，唯有寄愁心予明月，假裝明月知，以月為知己而更顯人間之孤獨。明月真知否？其實明月豈知，正如晏殊〈蝶戀花〉：「明月不知離恨苦，斜光到曉穿朱戶」此「知」亦子虛烏有，由虛返實後，「沒人知」之苦跌入更深層。

　　過片「不知魂已斷」一句承上啟下，「魂已斷」是昔日？是今日？是整年？其實皆有，思念已打破今昔之界限，「魂斷」即消魂，江淹〈別賦〉所謂：「黯然銷魂者，唯別而已」，自去年四月十七以來即如此，又兼承上啟下，貫串過去的追想並回到現實。

末尾「除卻天邊月，沒人知」二句，「天邊月」與「四月十七」又是時間上的相應，以「沒人知」之重疊強調上文的「不知」，回想一年來思極入夢，魂牽夢縈，卻無人知情，寫來意境幽遠，悽清哀婉。末句情意既直又曲，既顯又深，顯出端己「似直而紆，似達而鬱」之詞中本色。

四、本事

本首詞中「去年今日」與下一首的「桃花面」是脫胎自唐崔護詩：「去年今日此門中，人面桃花相映紅。人面不知何處去？桃花依舊笑春風」。楊湜《古今詞話》：「（韋）莊有寵人，資質豔麗，兼善詞翰，（王）建聞之，托以教內人為辭，強奪之。莊追念悒怏，作〈荷葉杯〉、〈小重山〉詞」，後人因此以為此亦同，但就詞中所見，並未有對「侯門」之怨憤，說為王建奪妾，恐附會，不足信[31]。

肆、詞風特色

由上述所見，歸納韋莊〈女冠子〉詞風特點有以下幾點：

1. 好記時間：

本詞開頭：「四月十七，正是去年今日」，另首「昨夜夜半」，又如〈荷葉杯〉：「記得那年花下，深夜，初識謝娘時」，〈應天長〉：「別來半歲音書絕，一寸離腸千萬結」；又

---

31 見夏承燾《韋端己年譜》，頁4。

如後主有「誰知九月初三月，露似珍珠月似弓」〈搗練子〉，賀鑄有「三月十三寒食夜」〈迎春樂〉均點明時日。「四月十七」，看似質率，漫不經意，但卻是心底深處爆發出來的真情，是這位少女魂牽夢縈的難忘時刻，所以說得這麼鄭重，也顯示真有此一事實，並非泛泛的強賦新詞。

　　2. 好用虛字：

　　「去年今日」表意已足，其上卻加「正是」；「魂已斷」表意亦足，卻加「不知」，「夢相隨」上亦加「空有」，原本欲表達之意涵有此陪襯語後，文意更加顯豁，意涵更深一層。

　　3. 聯章體：

　　端己〈女冠子〉有二首，是為聯章體，即所謂「組詞」是也，詞中敘寫男女離別相思，前一首述別情，是從女子角度回憶當時情事及別後相思，其中「夢」用虛筆，並未明寫，而開啟下篇男子之「夢」；第二首記述夢境，是從男子角度詳寫夢中情景及夢後悵然若失之悲，表現出二人相思相憶之深。同一事而主人公不同，同樣寫「夢」，前者是虛寫，後者為實寫。一男一女聯章之詞，使人想起陸游與唐琬的〈釵頭鳳〉，此類聯章體作品宜互補互看。

　　4.「月」之擬人化：

　　端己寫情好以「月」陪襯，按端己五十多首詞中有月相照者便有二十一首，端己詞中的「月」皆已染上作者主觀的情感色彩。

　　5. 修辭上多白描法，結構上「骨秀」也：

　　韋莊之詞有民歌口語白描的特色。本首詞也是明白如

話，似無佳句，但結構上仍有可取之處：就時間言，「四月
十七」指現在，「去年今日」回到過去，「不知魂已斷」又回
到現在。又以「別君時」承上啟下，「忍淚」至「空有夢相
隨」是寫過去，而「空有夢相隨」連接過去與未來，因此本
詞時序上是現在－過去－現在，情境上是實境－虛境－又回
實境，上下寫相思，中段寫相別，層次分明。這與〈女冠子
之二〉「覺來知是夢，不勝悲」遙相呼應。而末尾「天邊
月」又與開頭「四月十七」相呼應，首尾圓融結構上環環相
扣，王國維稱端已詞「骨秀」，原因即在此[32]。

　　本文選擇韋莊〈女冠子之一〉作深入賞析，是因由本闋
詞可以觀察到韋氏詞風特色的綜合表現，歸納而言筆者以為
本闋詞還表現出「矛盾與融合」的寫作特色，其詳如下：

1.以樂寫哀：

　　本詞起首「四月十七」標明此時此刻是春天，按韋莊
五十多首詞作中寫春日的便有三十五首[33]，春日美好卻硬要
分別，情何以堪？自然無情，不管人間悲喜，良辰好景虛
設，以樂襯哀，此其一也。而下闋記夢中相見之景：「昨夜
夜半，枕上分明夢見．語多時。依舊桃花面，頻低柳葉眉。
半羞還半喜，欲去又依依。」夢中相見，喜不自勝，「半羞
還半喜」一句明寫歡喜之貌，夢境中得到慰藉，然而夜長夢
短，夢醒之後，幻夢成空，反使人跌入更深的痛苦深淵，以

---

32 唐圭璋、潘君昭主編《唐宋詞學論集》（濟南：齊魯書社，1985 年），頁 30。

33 陳雲輝〈溫庭境界構成諸要素分析──兼與韋莊、李煜諸人比較〉，《西華大學學
　　報（哲學社會科學版）》，2007 年 3 期，頁 23。

樂景寫哀，此其二也。王夫之[34]：「以樂景寫哀，以哀景寫樂，一倍增其哀樂」，以樂景寫哀，其哀益增，悲中見喜（夢中相見），喜中顯悲（醒後惆悵），情感表達十分細膩。

2. 以虛襯實：

按韋詞多借夢抒情，如〈天仙子〉：「才睡依前夢見君」〈小重山〉：「夢君恩」等。唐圭璋《唐宋詞簡釋》：此首通篇記夢境，一氣趕下。夢中言語、情態皆真切生動。詞中由憶而夢，由夢而醒，夢中美好，夢醒淒楚，敘事情節自然合理。本詞所寫景象似在眼前，實為回憶之情景，寫實反虛，虛實交錯。

3. 運密入疏，寓濃於淡：

韋莊語言本色是不假修飾，帶有明顯唐代民歌痕跡。感情自然流露，語淡而悲。夏承燾《論韋莊詞》以為，韋使詞重新回到民間抒情詞的道路上來，使詞脫離音樂而有獨特的生命。本詞末句將夢境點明，凝重而沈痛。韋詞善用白描手法，語淡而情深真，詞顯而意曲[35]。

清·況周頤[36]讚韋莊詞：「能運密入疏，寓濃於淡」，〈女冠子〉一詞亦足以說明此一詞風：韋詞不似多數花間詞之濃豔，而是在清淡中意味深遠，用白描手法敘寫，情意既直又曲，既顯又深，真樸、真摯，不雕琢字句，不求華艷，注重個人情感的抒發，一改花間詞派穠麗軟媚，錯采鏤金的風格，用通俗明快的語言直率的表達思想感情，一變晚唐以

34　王夫之《薑齋詩話》（長沙：岳麓書社，1992 年）。

35　邵曉嵐〈溫庭和韋莊詞中的女性形象比較〉，《文學教育》2007 年 2 期，頁 139。

36　清·況周頤《蕙風詞話》（上海：上海古籍出社），2009 年。

來文人戀詞隱約含蓄的寫法[37]。

4.似直而紆，語淺情深：

周世偉[38]指出：韋詞的「直」法可做兩方面論：一是意緒直露淺暢，二是用語平直如白話，直書情緒，衝口而出，不假雕砌，如〈思帝鄉〉：「縱被無情棄，不能羞」。又如本詞下片末句「覺來知是夢，不勝悲」，語言皆淺白如話，按韋詞結句多直抒情懷，與溫詞多含蓄者不同。在清淡中意味深遠，耐得咀嚼。而結句突作翻騰，情意既直又曲，既顯又深，「意婉詞直」，「似直而纖」，顯出端己「似直而紆，似達而鬱」（陳廷焯《白雨齋詞話》）的本色。再者本詞中的人物呼之欲出：以一「佯」字來看，用筆工細，將女子複雜的內心活動及外在情態表現得委婉有致，生動逼真。結句又率直，唐圭璋說：「韋詞結句多暢發盡致，與溫詞之含蓄不同」[39]，意婉詞直，似直而纖，含蓄與率直，在此得一統一。鄭騫《詞選》評：「其中有人，呼之欲出。右兩詞明著年月，當然更非泛指」。

又詞中暗含個人家國之情感，韋莊至蜀後思唐難返，因此託言綺詞，有韻外之致。「相思」與「鄉思」是其詩詞主題，相思中暗含思鄉，相思和思鄉因文化上的同源性質，而呈現出一定程度上的融合性，古人常借相思來表達思鄉之

---

37 張慧誠〈質樸平白現真情——論韋莊詞的意境構成與表現手法〉，《昌吉師專學報》2001 年 3 期，頁 38。

38 周世偉〈似直而紆，似達而鬱——韋莊詞法簡論〉《作家雜誌》，2008 年 10 期，頁 103。

39 唐圭璋《唐宋詞簡釋》（鼎文出版社，2001 年）。

情，相思和思鄉常暗合某種共同的情愫[40]，如〈歸國遙〉：「別後只知相愧，珠難遠寄」，此詞借男女歡情詞寄託眷戀故國之情[41]。時代困境，文學是苦悶的象徵，詩詞是其情感之寄託，毛詩序：「情動於中而形於言」，這使韋氏詩詞的感傷顯得特別情真意深[42]。

5. 其他對立面相襯

李盈[43]指出，韋莊詞大量使用雙性的視角寫女性，寫女性外在形象及複雜的內心世界，《花間集》，花間詞中雖是男子作閨音，但卻是代女子而言。本詞男女聯章：二章同寫一事，下章承上章而發，上章似女子氣，下闋有男子口氣；上闋寫內心，下闋寫表情，如「半羞還半喜」，「欲去又依依」，全詞一氣直下，詞意聯貫，脈絡分明。第一首首女憶男，第二首男憶女，是從對面著筆，著寫複雜心理活動，合中有分，分中有合，層次清楚，一氣呵成。

以上可以看到韋莊詞作深情之苦調，以樂襯哀、以虛寫實、運密入疏、寓濃於淡、似直而紆、似達而鬱、語淺情深，意婉而直、含蓄與率直等等對立矛盾在此得到了統一[44]，甚至以繁榮字句「偽裝」自己內心的真實情感，借男女相思暗寓思留蜀後思鄉之情[45]，這些都是有似豁達而實沉

---

40 許春燕〈一字一詞總關情——論韋莊的相思與思鄉詞〉，《鹽城工學院學報（社會科學版）》2007 年 2 期，頁 65。

41 同上註。

42 張美麗〈深情苦悶——韋莊詩的感傷意蘊〉，《學術交流》2006 年 1 期，頁 162。

43 李盈〈論韋莊詞中的月意象〉，《文學教育》2008 年 9 期，頁 38。

44 王錫九《唐宋愛情詞選》（南京：江蘇古籍出版社 1989 年 9 月版）

45 周世韋〈試論韋莊詞情感實質與藝術表達的矛盾性〉，《前沿》2009 年 5 期，頁

痛之語[46]，因此本文以為「矛盾與融合」、「對立與統一」可以說是韋莊詞風一大特色。

伍、結語

王國維評端己詞「絃上黃鶯語」，除說明其詞清新流利外，「語」一字說盡韋詞特色因其中有人，呼之欲出，娓娓述來時，情蘊深致。此中人物一如《介存齋詞話雜著》所言，此中女子如「初日芙蓉春月柳，使人想見其風度」，主人翁栩栩如在目前，呼之欲出。

至於用詞方面則多白描，少見雕琢之痕，所謂「情到深處反似薄」，古代樂府民歌古詩十九首亦多如此。清·況周頤[47]讚韋莊：「能運密入疏，寓濃於淡」，明·楊慎《升庵外集》：「韋詞明白如話，蘊情深至」，「直」、「達」是其表現方式而「紆」、「鬱」方是其意所在，語雖矛盾而情感能融合於一爐。本詞表現出韋詞最大特色：即詞直而情曲，淡中見濃，初看似平凡，實則越咀嚼越有味，其中表露之情感一層深過一層，情感亦染上漸層色彩。如此別開生面之作，無怪乎會被稱為詞國度裡之「疏鑿手」（王國維《人間詞話》語）。端己一掃花間纖麗浮華之習氣，是將詞作主觀抒情之第一人，其詞讀來景真、情真、事真、意真，正因其「真」，因此能真摯感人，無怪乎胡適譽之為詞史上的「開

185-186。

46　如〈天仙子〉：「笑呵呵，長道人生能幾何？」。

47　清·況周頤《蕙風詞話》（上海：上海古籍出社），2009 年。

山大師」。

〈附錄〉：

1. 溫庭筠〈女冠子〉二首

△含嬌含笑，宿翠殘紅窈窕，鬢如蟬。寒玉簪秋水，輕紗捲碧煙。雪胸鸞鏡裡，琪樹鳳樓前。寄語青娥伴，早求仙。

△霞帔雲髮，鈿鏡仙容似雪。畫愁眉，遮語迴青扇，含羞下繡幃。玉樓相望久，花洞恨來遲。早晚乘鸞去，莫相遺。

2. 韋莊〈女冠子〉二首

△四月十七，正是去年今日，別君時。忍淚佯低面，含羞半斂眉。不知魂已斷，空有夢相隨。除卻天邊月，沒人知。

△昨夜夜半，枕上分明夢見·語多時。依舊桃花面，頻低柳葉眉。半羞還半喜，欲去又依依。覺來知是夢，不勝悲。

3. 牛嶠〈女冠子〉四首

△綠雲高髻，點翠勻紅時世，月如眉。淺笑含雙靨，低聲唱小詞。眼看唯恐化，魂蕩欲相隨。玉趾迴嬌步，約佳期。

△錦江煙水，卓女燒濃美，小檀霞。繡帶芙蓉帳，金

釵芍藥花。額黃侵膩髮，臂釧透紅紗。柳暗鶯啼處，認郎家。

△星冠霞帔，住在蕊珠宮裡，佩丁當。明翠搖蟬翼，纖珪理宿妝。醮壇春草綠，藥院杏花香。青鳥傳心事，寄劉郎。

△雙飛雙舞，春畫後園鶯語。卷羅幃。錦字書封了，銀河雁過遲。鴛鴦排寶帳，荳蔻繡連枝，不語勻珠淚，落花時。

4. 張泌〈女冠子〉

△露花煙草，寂寞五雲三島，正春深。貌減全消玉，香殘尚惹襟。竹疏虛檻靜，松密醮壇陰，何事劉郎去，信沉沉。

5. 孫光憲〈女冠子〉二首

△蕙風芝露，壇際殘香輕度，蕊珠宮。苔點分圓碧，桃花踐破紅。品流巫峽外，名籍紫薇中。真侶墉城會，夢魂通。

△澹花瘦玉，依約神仙裝束，佩瓊文。瑞露通宵貯，幽香盡日焚。碧煙籠絳節，黃藕冠濃雲。勿以吹筆伴，不同群。

6. 鹿虔扆〈女冠子〉二首

△鳳樓一去，惆悵劉郎一去，正春深。洞裡愁空結，人間信莫尋。竹疏齋殿迥，松密醮壇陰。倚雲低首望，可知心。

△步虛壇上，絳節霓旌相向，引真仙。玉佩搖蟾影，金爐裊麝煙。露濃霜簡濕，風緊羽衣偏。欲留難得住，欲歸

天。

7. 毛熙震〈女冠子〉二首

　　△碧桃紅杏，遲日媚籠光景，彩霞深。香暖薰鶯語，風清引鶴音。翠鬟冠玉葉，霓袖捧瑤琴。應共吹簫侶，暗相尋。

　　△修蛾慢臉，不語檀心一點，小山妝。蟬鬢低含綠，羅衣澹拂黃。悶來深院裡，閒步落花旁。纖手輕盈整，玉爐香。

8. 李珣〈女冠子〉二首

　　△星高月午，丹桂青松深處，醮壇開。金磬敲清露，珠幢立翠苔。步虛聲縹緲，想像思徘徊。曉天歸露去，指蓬萊。

　　△春山夜靜，愁洞天疏磬，玉堂虛。綠霧垂珠珮，輕煙曳翠裾。對花情脈脈，望月步徐徐。劉阮今何處，絕來書。

第九章

人稱「張孤雁」
──張炎《山中白雲詞》禽鳥意象探析

　　胡應麟《詩藪‧內篇》云：「古詩之妙，專求意象」，詩歌語言表現最重「意象」，藉禽鳥意象寓託情思儼然已成中國詩詞代代相傳的寫作傳統。各類飛鳥久經文化積澱而凝固為意象代表或文人化身──所謂「以鳥代言」，南宋張炎更將此一傳統發揮到淋漓盡致。張炎一生歷經臨安之盛及亡國之衰，內心深沉感慨如何表達？本文發現「禽鳥」為張炎抒懷所寄，他的《山中白雲詞》出現禽鳥品類二十餘種，出現次數多達兩百次以上──大量運用禽鳥意象為張炎詞風一大特色，而〈解連環孤雁〉一詞更使作者博得「張孤雁」之美稱。眾鳥代人抒情，不同鳥類表達不同情感，經營不同意象，本文選取張氏作品中鷗、燕、鶯、鶴、雁、鷺及杜鵑等七種常見鳥類作意象探討，由此以證「張孤雁」一稱之實至名歸，張炎堪為中國歷代「禽鳥詩詞」集大成人物。

關鍵字：宋詞；張炎；禽鳥；意象；山中白雲詞

一、前言

　　張炎（西元 1248－1323 年），字叔夏，號玉田，又號樂笑翁，生於南宋末年，卒於元朝初年，自稱「西秦玉田生」，為宋室南渡名將——循王張俊五世孫[1]。曾祖張鎡即名將張功甫，與詞人姜夔友善，名顯於當時，著有《玉照詞》。祖父張濡為宋末名將，亦擅為詩詞。其父張樞有詞集《寄閒集》傳世。由家世可知：作者出生詞人之家，數代祖先皆能詩擅詞，又為名將之後，家國情懷與詩詞素養應是自幼濡染而來，作者擅長作詞，家學淵源為其中一大因素[2]。

　　玉田既承淵深家學，又出生於歌舞昇平、富庶繁華的杭州，早年經歷臨安繁華盛景，然不幸於而立之年親睹宋室衰敗，亡國之痛可想而知。國亡後浪跡山水，終落落不遇，唯將家國興亡之感一寓諸詞，因此所作之詞往往沉鬱悽愴，寄恨遙深。玉田甚工音律，其詞聲調流美，言語清新，有詞集《山中白雲詞》八卷、論詞要籍《詞源》二卷傳世。

　　玉田身處宋、元之際，與周密、王沂孫、蔣捷並稱為宋末四大詞家，陳匪石《宋詞舉》以張炎為「南宋最後一位有名詞人」[3]。身為南宋大家之一，張炎詞風與同時代其他詞

1　據徐信義〈張炎詞源探究〉考證，張炎家世世系為：張俊－張子顏－張鎡－張濡－張樞－張炎。見《國文研究所期刊》（台北：台灣師大國文研究所），，1974 年第 19 期，頁 4。

2　張炎生世說法亦頗分歧，本節主要依據徐信義〈張炎詞源研究〉一文所考證。同註 1，頁 4。

3　陳氏將其作品列為全書之首。按陳氏此書編排採逆溯法：先列南宋詞人，再述北宋、五代詞人，編排方式與眾不同。陳匪石《宋詞舉》（台北：正中書局，1983

家儼然有別，此風格如何？由其稱號便可窺知：時人稱玉田為「張春水」、「張孤雁」，按前者乃因其〈南浦春水〉一詞[4]：

> 波暖綠粼粼，燕飛來，好是蘇堤纔曉。魚沒浪痕圓，流紅去、翻笑東風難掃。荒橋斷浦，柳陰撐出扁舟小。回道池塘青欲遍，絕似夢中芳草。

此闋詞中描摹春水之景清新靈動，寫作功夫一流，因此《山中白雲詞》將之列為全集之首，為壓卷之作。至於「張孤雁」一稱則來自〈解連環孤雁〉：

> 楚江空晚，悵離群萬里，怳然驚散。自顧影、欲下寒塘，正沙淨草枯，水平天遠。寫不成書，只寄得相思一點。料因循誤了，殘氈擁雪，故人心眼。
> 誰憐旅愁荏苒？謾長門夜悄，錦箏彈怨。想伴侶，猶宿蘆花，也曾念春前，去程應轉。暮雨相呼，怕蓦地，玉關重見。未羞他，雙燕歸來，畫簾半卷。

此詞以雁寫人，融合旅人、旅雁，寫景生動，意象鮮明，時人因此而予「張孤雁」的美稱。

以上由「張春水」及「張春雁」的別稱可知：玉田最擅寫景摹物，不論摹寫地上之山水或天空之飛鳥，無不意象清

年）。

4 本文所引張炎之詞原文出自張炎《山中白雲詞》（台北：商務印書館，1972 年）

新，刻畫動人。本文由詳考其《山中白雲詞》寫景摹物之作，意外發現作者不僅善寫景物，所寫景物中有一聚焦，即以著寫「禽鳥」為最多數；禽鳥中不單寫雁，尚出現其他眾多鳥類，且所出現禽鳥的種類及次數甚為驚人。作者摹寫景物何以好寫禽鳥？各類禽鳥表達的意象有何不同？以下為本文的探討。

二、張炎詞風特色──以禽鳥入詞

　　《山中白雲詞》收錄張炎詞作三百餘首，據本文統計，其中出現禽鳥的種類及次數如下[5]：

出現之鳥類	出現之次數	出現之鳥類	出現之次數
1. 鷗	60 次	14. 鳳	3 次
2. 燕	39 次	15. 鸞	3 次
3. 鶯	30 次	16. 雀	2 次
4. 鶴	29 次	17. 鵬	1 次
5. 雁	19 次	18. 鴻	1 次
6. 鷺	17 次	19. 梟	1 次
7.杜鵑、杜宇、啼鴃	17 次	20. 鵝	1 次
8. 鴉	7 次	21. 鳩	1 次
9. 鳥	5 次	22. 鶒	1 次
10. 鸚鵡	5 次	23. 鳲	1 次

---

5 以下統計依元智大學〈唐宋詞〉檢索系統及《山中白雲詞》一書所統計，前者見：http://cls.admin.yzu.edu.tw/TST/HOME.HTM，共列作者作品 304 首，後者包括目錄所列 297 首及集後所附「別本」11 首，共 308 首，見張炎《山中白雲詞》（台北：商務印書館，1972 年）。

11. 鴛	5 次	24. 鷗夷	1 次
12. 鵲	3 次		
13. 禽	3 次		
總計鳥類	24 種		
總計次數	255 次		

　　以上可知：作者 308 首作品中出現禽鳥共 24 種，出現之總次數高達 255 次，以「篇篇有鳥」稱之亦不為過。「張孤雁」作品果然以擅寫鳥類為一大特色，不過最常著寫者並非雁鳥而為鷗鳥：由細部統計可知鷗鳥共出現 60 次，即約 1/5 的作品內容皆曾歌詠鷗鳥，至於雁鳥則僅出現 19 次，因此本文以為：「擅以禽鳥入詞」確為張炎詞風一大特色，部分詞作雖非專詠「禽鳥」[6]，然而大量禽鳥於作品中飛來逸去，整體展現一獨特的文學風格。而作者好寫「禽鳥」，鳥中又好寫「鷗鳥」，其中透露何種訊息？不同鳥類是否營造不同意象？以下先論「意象」之所由，概述前人禽鳥書寫傳統，而後實際出入作品之中，歸納張氏禽鳥詞所呈顯的意象與風格。

三、「意象」之妙

　　「意象」為中國文學審美一大主題，尤其詩詞最常運用「意象」抒情表意。何謂「意象」？《周易‧繫辭上》：「聖人立『象』以盡『意』」，然則何為「意」？何謂「象」？三

---

6 玉田之作非專為詠物而作，此類作品嚴格來說不稱「詠鳥詞」，而只能稱為「以禽鳥入詞」。

國王弼《周易略例‧明象》：

> 夫象者，出意者也；言者，明象者也。盡意莫若象，
> 盡象莫若言。言生於象，故可尋言以觀象，象生於
> 意，故可尋象以觀意。意以象盡，象以言著。

依王弼所見，「意」、「象」應分別觀之，「意」指內心隱
含的主觀情思；「象」指外在呈顯的客觀事象，欲知內心深
隱的「意」可尋「言」、尋「象」以觀「意」。

古典詩詞最常融合內在的「意」與外在的「象」，進而
融合為「意象」，「意」與「象」完美結合，主客合一，文藝
美感便於「意」「象」相互作用中產生。「意象」作用甚廣，
歸納而言至少有以下數點：

（一）意念之形象化

以作者創作而言：內心情感意念深邃而難以直接表露，
更何況「言徵實則寡餘味，情直致而難動物[7]」，因此往往擇
一「象」以為表徵，此象是客觀事物，但其中摻融作者個人
的情感色彩，作者藉此寄託心中意念，並塑造生動之形象。
再以讀者欣賞角度而言：所見已非客觀事物本身，而是作者
的「意中之象」，所會之意也是「象中之意」、「言外之意」，
以「意象」為憑藉則文意不難捉摸。創作時作者若能完美融
合內心之「意」與外在之「象」，如此可將情思作形象化之

---

7 明‧王廷相〈與郭介夫學士論詩書〉語。見王廷相《王氏家藏集》（台北：偉文
圖書出版社，1976 年），頁 1213。

表達；閱讀時讀者掌握文中所顯「意象」，提其綱而挈其領，如此鑑賞時方能不違大旨。

（二）意韻之豐富化

「意象」往往一事而含數意，「意象」進而形成「意韻」，二者如詩詞的血肉神氣，於創作中猶為重要。「意象」可隨意創造，主觀情感有所不同，所創「意象」亦千差萬別，如唐詩「浮雲」之象可代表遊子，亦可指小人；「水」歷來有「柔情似水」、「年華似水」、「水利萬物而不爭」（《老子》）、「源頭活水」（朱熹〈觀書有感〉）、「迢迢不斷如春水」（歐陽脩〈踏莎行〉）……等種種意象，甚且一部《詩經》所寫的「水」便呈現恩澤、清濁及阻滯等十種以上的意象[8]。「意」與「象」似離而實合，其中寄託言外之意、象外之旨。詩詞講求以精煉文字表達豐富意涵，意象豐富者既可減省筆墨，又可使表意婉轉隱約，意韻深刻。

（三）情意之景語化

文人含蓄，內心情感往往不直接顯露，表意抒情時常將客體之「象」加以主觀創造，使物象昇華為「意象」，此「意象」既是生活景象的真實寫照，又是詩人情感意念的本體與美感創造的結晶[9]，融合「意」與「象」乃「一筆兼作兩筆」，主觀情意與客觀景象相互作用，亦虛亦實，融合無

8　陳慈敏《詩經與水相關意象研究》，台中：逢甲大學中文系碩士論文，2003 年。
9　呂建春〈意象間距的探討〉，《台灣詩學季刊》，2001 年第 36 期。

間，達到王國維所謂「一切景語皆情語」[10]此一亦情亦景、情景交融的高妙境界。

南朝劉勰《文心雕龍・神思》：「獨照之匠，窺意象而運斤，此蓋馭文之首術，謀篇之大端。」善用「意象」是「馭文之首術，謀篇之大端」，創作者運用「意象」，讀者亦要掌握「意象」，明瞭「意象」所賦予的新意，開創無限想像空間與再創造的可能，因此意象豐富之作往往文辭雋永而耐人尋味。

四、古典文學中的「禽鳥」意象

由考古文獻可知，上古先民常以禽鳥為氏族圖騰；而「禽鳥」意象極早即已出現於上古文學作品中，綜觀整部中國文學史皆不乏其例，茲舉數端以明之：

（一）《詩經》與眾鳥

翻閱《詩經》，迎面而來便為一對翩翩水鳥──《詩經・關雎》即是以鳥開篇。不唯此鳥，整部《詩經》所見鳥類甚多，顏重威、陳加盛指出，《詩經》中出現的鳥類有[11]：雎鳩、鳶、鷹、鴥、隼、鴟鴞、鷺、鸛、鶩、鵜、鴻、鳧、鴈、鴛鴦、鳧鷖、鶉、雞、雉鴽、鷈、鶴、鴇、鳩、雛、燕、脊令（鶺鴒）、鵙、桃蟲、桑扈、黃鳥、鵲、烏、鸒、鳳凰及鸞等30餘種，共計59首詩提及鳥類，其中以鳥

---

10 王國維《人間詞話》：「昔人論詩詞，有景語、情語之別。不知一切景語皆情語也」。馬自毅注譯，王國維著《新譯人間詞話》（台北：三民書局，1994年）。

11 顏重威、陳加盛《詩經裡的鳥類》（台中：鄉宇文化出版公司，2004年）。

名篇者則如〈關雎〉、〈燕燕〉、〈雄雉〉等。《詩經》鳥類意象歷千年文化積澱而成為固定形象，影響後代文人思想，不同鳥類表達不同意象，承載不同喻託重任，如「鳩佔鵲巢」一語乃以鳩鳥諷刺侵佔者，「鶴鳴於九皋」以鶴鳥比喻在野賢達，「交交黃鳥止於棘」暗喻「不得其所」……，孔子說《詩經》可以「多識於鳥獸草木之名」（《論語·陽貨》），由《詩經》歌詠鳥類之中可瞭解先民的生活型態、風土人情、社會概況及幽微情感，「禽鳥」意象於中國文化上意義深遠[12]。

（二）孔子與「鳳鳥」

　　《論語·子罕》：「子曰：『鳳鳥不至，河不出圖，吾知已矣夫！』」「鳳」鳥於孔子心中儼然已成「鬱鬱乎文」的代稱，這是孔子志圖恢復之理想所在。《論語·微子》楚狂歌曰：「鳳兮！鳳兮！何德之衰？往者不可諫，來者猶可追。已而，已而！今之從政者殆而！」楚狂雖對孔子之積極入世不以為然，但可知楚狂眼中，孔子有如高尚的「鳳」鳥。《孟子·公孫丑上》亦曾引有若贊孔子如鳳鳥之言：「麒麟之於走獸，鳳凰之於飛鳥，……出於其類，拔乎其萃，自生民以來，未有盛於孔子也。」此外，由《藝文類聚》卷十九及《太平御覽》卷九一五所輯古《莊子》佚文可知，老子亦曾以「鳳鳥」喻指孔子。「鳳」為百鳥之王，正如孔子之帶領弟子及世人走上正道。所可惜者，此鳳雖為百鳥王，兼具

12　另可參文鈴蘭《詩經中草木鳥獸意象表現之研究》，台北：政治大學中文所碩士論文，1985年。

眾德而為人所共仰，卻難以為當世所用。然而，「鳳」鳥出類拔萃的意象已與孔子高尚的品德融為一體。

（三）莊子與「鵬鳥」

《莊子》一書亦由鳥類開篇，〈逍遙遊〉：「北冥有魚，其名為鯤。鯤之大不知其幾千里也。化而為鳥，其名為鵬。鵬之背不知其幾千里也；怒而飛，其翼若垂天之雲。……鵬之徙於南冥也，水擊三千里，搏扶搖而上者九萬里。」莊子心中亦有一隻飛鳥，此鳥即「背若太山，翼若垂天之雲」、能「搏扶搖而上者九萬里，絕雲氣，負青天」的大鵬鳥。此鳥一出即展現超塵拔俗、玄遠宏大的氣象，與莊子遺世獨立的形象正相符合，莊子一生追求「獨與天地精神相往來」（《莊子・天下》）此一無所待的逍遙境界，鵬鳥可說是莊周自我生命形象的具體展現，揭示作者精神上所欲追求的超脫境界，是主客一體的完美象徵。

（四）陶潛與「歸鳥」

淵明詩歌常出現松、菊、鳥等自然景物，世人謂「淵明愛菊」，其實淵明似更愛鳥，因其鋪寫「禽鳥」處遠遠超過「菊花」：詩集中詠鳥專篇有六，其他內容涉及鳥類者共四十處。不過所摹寫的鳥較少出現不同品類，而多以「鳥」一字作泛稱，且多見形容詞加於「鳥」字前後的偏正式或主謂式詞語，諸如「高鳥」、「羈鳥」、「孤鳥」、「鳥驚」、「鳥倦」、「歸鳥」等。不同詞語乃作者不同心境的寫照，如《雜詩》其五：「猛志逸四海，騫翮思遠翥」，「展翅高飛」的

「高鳥」形象與詩人早期企盼施展抱負的雄心壯志正相符合。然而進入官場後方識其中的汙濁黑暗,「棲棲失群鳥,日暮猶獨飛,徘徊無定止,夜夜聲轉悲」(《飲酒》其四),失群孤鳥正如作者此時內心的淒涼孤苦。身處官場而不得自由,因此中期作品多出現「羈鳥」的形象,原本冀望改革的願望亦成空想,「鳥倦飛而知還」,因而興起「羈鳥戀舊林,池魚思故淵」(《歸園田居》)此等歸隱田園的念頭。歸田之後所作的詩,其中出現的鳥類意象復與早期截然不同:「久在梵樊籠裡,復得返自然」(《歸園田居》其一),此時展現如釋重負,重獲自由的舒放心情;「山氣日佳,歸鳥相與還」(《飲酒》其五),心境一如鳥類自由飛翔、超然物外,因此晚期作品可以「歸鳥」代表詩人追求自然及回歸心靈的渴望。淵明以鳥慰情,詩歌中的鳥作為理想、自由或自然真意的象徵,此客體的比喻乃主體的化身,其中鳥類形象無一不是詩人生活歷程及心靈感受的自我反映,由鳥類意象轉變可探知詩人內心情感變化的軌跡[13]。

(五)杜甫與「鷗鳥」

杜甫詩中最喜詠寫「鷗」鳥,《全唐詩》中杜詩出現「鷗」鳥者共三十餘首,文句摘錄如下:

〈江漲〉:細動迎風燕,輕搖逐浪鷗。
〈遣意二首〉:轉枝黃鳥近,泛渚白鷗輕。

---

13 另可參李金坤〈陶淵明「鳥」之意象藝術審美〉,《九江師專學報》(哲學社會科學版),1994 年 2 期。

〈長吟〉：江渚翻鷗戲，官橋帶柳陰。

〈客至〉：舍南舍北皆春水，但見群鷗日日來。

〈江村〉：自去自來堂上燕，相親相近水中鷗。

〈雨四首之四〉：山寒青兕叫，江晚白鷗飢。

〈旅夜書懷〉：飄飄何所似，天地一沙鷗。

〈白帝城樓〉：急急能鳴雁，輕輕不下鷗。

〈奉贈韋左丞丈二十二韻〉：白鷗沒浩蕩，萬里誰能馴。

　　子美筆下所勾勒的鷗鳥或為「相親相近」的群鷗，或為飄泊獨往、卓爾不群的「天地沙鷗」，二者皆是「鷗鷺忘機」此一典故的化用：《列子・黃帝》：「海上之人有好漚鳥者，每旦之海上，從漚鳥遊，漚鳥之至者百住而不止。其父曰：『吾聞漚鳥皆從汝遊，汝取來，吾玩之。』明日之海上，漚鳥舞而不下也。」文中隱喻：若無巧詐之心，則「漚鳥皆從汝遊」，天地間異類可相親近；若有機心，則清高之鷗鳥「舞而不下」，由此鷗鳥又衍生出高翔天地，「舞而不下」，不隨流俗等獨特形象。

　　楊恩成、杜曉勤曾指出[14]：杜甫文化結構中存在兩種人生取向：一為竊比稷契，致君堯舜上的政治理想，這代表人類「社會性」的一面；二為江海之志，獨往之願，這代表人類「自然性」的一面。子美好寫鷗鳥可以印證後者，詩中以鷗的潔白與己身相比，以「群鷗日日來」、「相親相近水中

---

14 楊恩成、杜曉勤〈論杜甫的文化心態結構〉，《唐代文學研究》第五輯（南昌：廣西師範大學出版社，1994 年），頁 274。

鷗」寫鷗鳥之可親、可狎、可呼，一如老友之間展現陶然忘機的美好境界；而「江晚白鷗飢」、「飄飄何所似，天地一沙鷗」表達漂泊孤苦的身世感，至於「白鷗沒浩蕩，萬里誰能馴」二句則壯志昂揚，筆力萬鈞，展現詩人宏逸自負，處境艱難亦不輕易馴服的人格特性[15]。

　　除上所述，其他文人作品以鳥為意象者尚復不少，上古如屈原作品中的啼鴂（杜鵑）、《山海經》中銜木填海的精衛鳥等；中古時，《唐詩三百首》以張九齡「孤鴻海上來」開篇，李義山盼「青鳥」[16]之來，駱賓王有昂首向天、足撥清波的「白鵝」[17]。宋詞中東坡〈赤壁賦〉中有「玄裳縞衣」的白鶴、〈卜算子〉中有「揀盡寒枝不肯棲」的孤鴻。元曲中則見馬致遠《天淨沙》的「老樹昏鴉」……。直至近代，復有徐志摩詩中「似春光、似火焰、似熱情」之「黃鸝」鳥[18]……。自古至今均可發現：不少文人心中隱藏一隻飛鳥，或以鳥抒發情志、寓託情感，或以鳥為人格象徵，以鳥的特性標明心志，禽鳥儼然已為中國文人的化身，為文人代言心中的情感理想，並從中構建出中國文學豐美的意蘊內涵。

　　以上可見古代文學中形形色色的飛鳥形象，何以出現這麼多的鳥類文學作品？飛鳥大量出現於文學作品中可能與以

---

15 另可參蘭香梅〈飄泊與自由──杜詩中的鷗鳥意象〉，《綿陽師專學報》（哲學社會科學版），1997 年 12 期。

16 李商隱〈無題〉：「曉鏡但愁雲鬢改，夜吟應覺月光寒。蓬山此去無多路，青鳥殷勤為探看。」

17 駱賓王《詠鵝》：「鵝鵝鵝，曲項向天歌。白毛浮綠水，紅掌撥清波。」

18 見徐志摩《猛虎集》，收入《徐志摩全集》第 4 卷（天津：天津人民出版社，2005 年。）

下因素有關：其一、鳥類意象的原型乃受古代鳥夷氏族文化的影響[19]，古代以鳥名官，以鳥為圖騰者確實多見。其二、文人心靈與自然融合，因此往往以自然事物為形象，通過事物形象表情達意，是移情作用使然；其三則因鳥類高翔形象和文人思欲超脫現實，高蹈理想境界的渴望有關，將現實中實現不了的意念轉為飛翔意識，期盼時空飛翔中理想能化為現實，因此而將此期盼超脫之想望寄言於仰頭可見的飛鳥。

五、張炎《山中白雲詞》的禽鳥意象

玉田擅以禽鳥入詞，其中禽鳥意象如何？以下列舉作者最常摹寫的七種鳥類以觀察其中的意象表現。因篇幅所限，此處僅摘錄出現鳥名的上下關連字句：

（一）「雁」之意象

人稱玉田為「張孤雁」，此處先探討其詞集中「雁鳥」意象：《山中白雲詞》出現「雁」的作品共 19 首，歸納所見可知此雁鳥展現的意象有以下數端：

1.秋色晚景

大雁既是候鳥，雁起之時代表時序又至秋天，此類作品如：

> 杖藜重到，秋氣冉冉吹衣，瘦碧飄蕭搖露梗，膩黃秀
> 野拂霜枝。憶芳時，翠微喚酒，江雁初飛。（〈新雁過

---

19 林佳珍《《詩經》鳥類意象及其原型研究》，台北：國立臺灣師範大學國文系碩士論文，1992 年。

妝樓〉)

雁拂沙黃，天垂海白，野艇誰家昏曉。(〈臺城路〉)

正憑高送目，西風斷雁，殘月平沙。(〈甘州〉)

平沙流水，葉老蘆花未。落雁無聲還有字。一片瀟湘古意。(〈清平樂〉)

遍插茱萸，人何處、客裡頓懶攜壺。雁影涵秋，絕似暮雨相呼。(〈新雁過妝樓〉)

候蛩淒斷，人語西風岸。月落沙平江似練，望盡蘆花無雁。(〈清平樂〉)

霜花鋪岸濃如雪，田間水淺冰初結，林密亂鴉啼，山深雁過稀。(〈菩薩蠻〉)

「江雁初飛」點明秋意始濃；「山深雁過稀」表示時序已至深秋。當大雁遠去，一句「望盡蘆花無雁」則說明此時秋日已盡，時序已是「霜花鋪岸濃如雪」之冬日。作者或以實筆鋪寫秋景，如〈甘州〉「正憑高送目，西風斷雁，殘月平沙」，詞中著寫登高遠眺時所見的枯寂景象；或以虛筆點染秋意，如〈新雁過妝樓〉之「雁影涵秋」，至於〈臺城路〉：「分明柳上春風眼，曾看少年人老。雁拂沙黃，天垂海白，野艇誰家昏曉」則由時序轉變興起時光流逝的感慨，此情此景不亦暗寓人生的暮秋晚景？

2.書信代稱：

自《漢書》所述「雁足繫書」一事以來，歷代文人便常以「雁」代傳心意，玉田作品中也承襲此種意象，如：

舊雨不來，風流雲散，惟有長相憶。雁書休寄，寸心
分付梅驛。(〈壺中天〉)

雁書寥莫，怪虛簷靜悄。近來無鵲，水葉吹寒，極目
愁思倚江閣。(〈暗香〉)[20]

秋水涓涓人正遠，魚雁待拂吟牋。(〈瑤臺聚八仙〉)

幾番問竹平安，雁書不盡相思字。(〈水龍吟〉)

「雁書休寄」及「雁書寥莫」均直接以「雁書」代表書
信，〈瑤臺聚八仙〉作「魚雁待拂吟牋」，以「魚雁」並指書
信，是結合北朝〈飲馬長城窟〉「遺我雙鯉魚」及《漢書》
「雁書」二項典故。

3. 相思情意：

大雁群飛時排成「一」或「人」字，因此有「雁字」之
稱，「雁字」作「人」字形，多情文人由此聯想起遠方思念
之人，此類作品如：

幾番問竹平安，雁書不盡相思字。(〈水龍吟〉)

每一相思千里夢，十年有此相疏。休休寄雁問何如？
(〈臨江仙〉)

舍北江東，如蓋自亭亭。翻笑天臺連雁蕩，隔一片，
不逢君。(〈江城子〉)

以上皆以雁鳥寄託漂泊遊子對遠方故人的相思之情，尤

---

20 本闋詞《全宋詞》未收，此引自《山中白雲詞》所附「別本」，見此書，頁43。

其〈江城子〉「翻笑天臺連雁蕩，隔一片，不逢君」數句更深刻表達作者思君之深卻又不能逢君的落寞情懷。

4. 思歸心切：

雁乃候鳥，每年南來北返，當大雁北返，人卻不能歸家，此情此景難免勾起遊子思鄉之情與羈旅之懷，如：

> 聽雁聽風雨，更聽過數聲柔櫓。將一點歸心，試託醉鄉分付。（〈探春慢〉）
>
> 甚猶帶羈懷，雁淒蛩怨。夢裡忘歸，亂浦煙浪片帆轉。　（〈臺城路〉）
>
> 蝶與周俱夢，折一枝聊寄，古意殊真。渺然望極來雁，傳與異鄉春。（〈憶舊遊〉）

以上皆以大雁寓託思歸心情，在外之遊子因聽雁、望雁而引發羈旅思鄉之愁。〈憶舊遊〉「渺然望極來雁，傳與異鄉春」，羈旅異鄉的遊子最盼得知家鄉訊息，無奈故鄉分隔遙遠，對家信殷切渴望卻只是希望渺然。歸鄉之日遙不可期，「夢」中方能歸去，清醒時又如何消解此愁？唯有「將一點歸心，試託醉鄉分付」，只是「舉杯消愁愁更愁」，詩人思鄉之愁苦宛然可見。

5. 孤獨淒清：

雁本是群居動物，然而集體行動時或因體力不繼，或因躲避獵人而時有落單之孤雁。玉田〈解連環孤雁〉一詞（詳下文），整首皆詠寫一失群的孤雁，與其他作品僅部分描述禽鳥者頗為不同。此闋詞中作者全力著寫孤雁的形單影隻。

失群之後，「自顧影、欲下寒塘」，欲下而不敢下，筦筦而獨立，孤棲之情寫來十分生動傳神，本闋詞為張炎的代表作，也使作者博得「張孤雁」的美稱。

整體而言，大雁為中國古典文學甚常吟詠的意象，《詩經》已立其傳統，唐詩中更為多見，楊景琦《雁在唐詩中所呈現意義之研究》一文提及：唐詩中「雁」意象所表現的主題」可分懷鄉、相思、離別、登高等[21]。種種意象玉田詞中皆兼而有之。

（二）「鷗、鷺」意象

玉田詞中出現最多的鳥類當屬「鷗」鳥，詞作中五分之一皆在詠寫「鷗」鳥，部分地方「鷗鷺」同時出現，隱約透露作者的深心渴望，由以下相關詞語便可窺知：

1.「鷗鷺」、「盟鷗」、「舊鷗」表對舊友往事之思念：

歷代文人好以「鷗鷺」並稱，此乃「鷗鷺忘機」典故的運用，玉田作品亦明顯化用此一典故，尤其好以「鷗鷺」借指故舊志友，特別是「爾我相忘」、「陶然忘機」之舊時故友，如：

> 海天回槎。認舊時鷗鷺，猶戀蒹葭。（〈春從天上來〉）
> 一葉江心冷，望美人不見，隔浦難招。認得舊時鷗鷺，重過月明橋。（〈憶舊遊〉）

---

21 楊景琦《雁在唐詩中所呈現意義之研究》，台中：逢甲大學中文所碩士論文，1996 年。

向尋常野橋流水，待招來、不是舊沙鷗。空懷感，有
斜陽處，卻怕登樓。(〈甘州〉)

行行應到白蘋洲。煙水冷，傳語舊沙鷗。(〈小重山〉)

社燕盟鷗詩酒共。未足遊情，剛把斜陽送。今夜定應
歸去夢。(〈蝶戀花〉)

一自盟鷗別後，甚酒瓢詩錦，輕誤年華。(〈甘州〉)

西湖幾番夜雨，怕如今、冷卻鷗盟。倩寄遠，見故人
說道，杜老飄零。(〈聲聲慢〉)

白鷗舊盟未冷，但寒沙、空與愁堆。 (〈聲聲慢〉)

西湖故園在否，怕東風，今日落梅多。抱瑟空行古
道，**盟鷗頓冷清波。** (〈聲聲慢〉)

百花洲畔，十里湖邊，**沙鷗未許盟寒。** 舊隱琴書，猶
記渭水長安。(〈木蘭花慢〉)

離情萬縷。第一是難招，**舊鷗今雨。** 錦瑟年華，夢中
猶記豔遊處。(〈臺城路〉)

　　鷗、鷺皆群居動物，水邊沙洲上望見一汀鷗鷺呼朋引
伴，自然聯想起共話詩酒的舊友，然而如今僅能感嘆「**一自
盟鷗別後，甚酒瓢詩錦，輕誤年華**」。思及舊時與故友亦曾
有過盟誓，此時卻是「**冷卻鷗盟**」、「**盟鷗頓冷清波**」。即使
山盟未忘，卻已是「**白鷗舊盟未冷，但寒沙、空與愁堆**」，
亡國動亂之時，欲與老友相聚更是難上加難，詞人唯有「**空
與愁堆**」，空自嗟嘆而已。

2.「閒鷗」、「白鷗」表對清閒之嚮往：

　　玉田詞中寫鷗又常與「閒」字同時出現，如：

衰草淒迷秋更綠，惟有閒鷗獨立。浪挾天浮，山邀雲去，銀浦橫空碧。（〈壺中天〉）

明日琴書何處，正風前墜葉，草外閒鷗。（〈甘州〉）

舟艤鷗波，訪鄰尋里愁都散。老來猶似柳風流，先露看花眼。閒把花枝試揀。（〈燭影搖紅〉）

萬里一飛蓬。吟老丹楓。潮生潮落海門東。三兩點鷗沙外月，閒意誰同。（〈浪淘沙〉）

緊繫籬邊一葉舟。沽酒去，閉門休。從此清閒不屬鷗。（〈漁歌子〉）

扁舟忽過蘆花浦。閒情便隨鷗去。（〈臺城路〉）

溪上燕往鷗還，筆床茶灶，筇竹隨遊屐。閒似神仙閒最好，未必如今閒得。（〈壺中天〉）

萬境天開，逸興縱我清狂。白鷗更閒似我，趁平蕪、飛過斜陽。（〈聲聲慢〉）

一株古柳觀魚港，傍清深、足可幽棲。閒趣好，白鷗尚識天隨。（〈渡江雲〉）

知我知魚未是樂，轉篷閒趁白鷗招。任風飄。（〈瑤臺聚八仙〉）

投閒。寄傲怡顏。要一似、白鷗閒。（〈木蘭花慢〉）

　　鷗鳥尚展現安靜平和而生活自由的意象，詞人借鷗羽的「白」呈顯清淨意象，借鷗的「閒」表明對自由清閒的深心嚮往，因此作者寫鷗之詞往往可見「閒眠、閒意、閒情、閒趣、清閒」等字句伴隨出現。

3.「鷗鷺」、「白鷗」表對歸隱之思慕：

玉田之「鷗鷺」常隱喻「歸鄉」或「歸隱」的思想，如：

> 莫趁江湖鷗鷺。怕太乙鑪荒，暗消鉛虎。投老心情，未歸來何事，共成羈旅。（〈三姝媚〉）
>
> 張緒。歸何暮。半零落，依依斷橋鷗鷺，天涯倦旅。此時心事良苦。（〈月下笛〉）
>
> 歸去。問當初鷗鷺。幾度西湖霜露。漂流最苦。便一似、斷蓬飛絮。（〈長亭怨〉）
>
> 風雪脆荷衣。休教鷗鷺知。鬢絲絲、猶混塵泥。何日束書歸舊隱，只恐怕、種瓜遲。（〈南樓令〉）
>
> 不為蓴鱸歸去。怕教冷落蘆花，誰招得舊鷗鷺。（〈清波引〉）
>
> 如今見說閒雲散，煙水少逢鷗鷺。歸未許。（〈摸魚子〉）
>
> 荷陰未暑，快料理歸程，再盟鷗鷺。（〈臺城路〉）
>
> 幾回獨立長橋，扁舟欲喚，待招取、白鷗歸去。（〈祝英臺近〉）
>
> 松陵試招舊隱，怕白鷗、猶識清狂。漸溯遠，望並州、卻是故鄉。（〈聲聲慢〉）
>
> 天下神仙何處有，神仙只向人間覓。折梅花、橫掛酒壺歸，白鷗識。（〈滿江紅〉）

以上「鷗鳥」詞中多見「歸來」、「歸去」等字句，如

「未歸來何事」、「歸何暮」、「歸去」、「何日束書歸舊隱？」「不為蓴鱸歸去」、「歸未許」、「快料理歸程」等，表達飄泊遊子企盼能歸，所「歸」之處或為「蓴鄉」、「故鄉」，或指「柴桑」此一隱者所居之處，強烈表達作者期盼身心皆能得其歸所。此類作品應為作者國亡入元之後所作，文中明顯看出作者亟欲回歸的心境。用鷗鳥代表理想、好友、清閒等內心之渴望，然而宋室覆亡衰敗後，所有舊有理想不復可得，作者方痛徹醒悟美好已去而思歸之心更切矣。

（三）「鶴」之意象

玉田詞集詠鶴之作共 29 首，其中展現的意象如下：

1.「歸鶴」表達歸隱之想：

寒香應遍故里，想**鶴**怨山空猶未**歸**。**歸**何晚，問徑松不語，只有花知。（〈新雁過妝樓〉）

句章城郭，問千年往事，幾回**歸鶴**。（〈解連環〉）

秋風吹碎江南樹，石床自聽流水。別**鶴**不**歸**來，引悲風千里。（〈徵招〉）

惟只有、西州倦客，怕說著、西湖舊時。難忘處，放**鶴**山空人未**歸**。（〈尾犯〉）

憐我鬢先華。何愁**歸**路賒。向西湖、重隱煙霞。說與山童休放**鶴**，最零落，是梅花。（〈南樓令〉）

夜深**鶴**怨**歸**遲。此時那處堪**歸**。（〈清平樂〉）

行雲暗與風流散，方信別淚如雨。何況夜**鶴**帳空，怎奈向、如今**歸**去。（〈玲瓏四犯〉）

弱水夜寒多，帶月曾過，羽衣飛過染餘波。**白鶴**難招**歸**未得，天闊星河。(〈浪淘沙〉)

遊冶未知**還**。**鶴**怨空山。瀟湘無夢繞叢蘭。碧海茫茫**歸**不去，卻在人間。(〈浪淘沙〉)

神仙只在蓬萊。不知**白鶴**飛來。乘興飄然**歸去**，瞋人踏破蒼苔。(〈清平樂〉)

　　前文提及玉田以「鷗鷺」、「白鷗」表達歸隱之意，此處以「鶴」再度表達作者一心嚮往歸隱的念頭，「鶴怨山空猶未歸」、「歸何晚」、「幾回歸鶴」、「別鶴不歸來」、「幾回歸鶴」、「鶴怨歸遲」、「白鶴難招歸未得」等出現「鶴」鳥之作品亦伴隨「歸」字出現，再次說明作者對回歸故土及心靈故鄉的深心期盼。

　　2.「**放鶴**」、「**白鶴**」表達超脫思想：

東林似昨。待學取當年，晉人曾約。童子何知，故山空**放鶴**。(〈臺城路〉)

童**放鶴**，我知魚。看靜裏閒中，醒來醉後，樂意偏殊。(〈木蘭花慢〉)

穿窈窕、染芬芳。看**白鶴**無聲，蒼雲息影，物外行藏。(〈木蘭花慢〉)

喬木蒼寒圖畫古，窈窕行人崒曲。**鶴**響天高，水流花淨，笑語通華屋。(〈壺中天〉)

認奇字、摩挲峭石，聚萬景、只在此山中。人倚虛闌喚**鶴**，月白千峰。(〈一萼紅〉)

《詩經·小雅·鶴鳴》:「鶴鳴於九皋,聲聞於天」,「鶴」或立於陂田,或翔於雲表,皆予人俊逸超脫之感。鶴鳥曠達超遠,《世說新語·言語》記載「支(道林)公好鶴」,文中說鶴:「既有淩雲之姿,何肯為人作耳目近玩?養令翮成,置使飛去」,文章開頭表現「我」與「鶴」對立,其後鶴我合一,展現出方外之士超脫物外的境界。又如東坡〈放鶴亭記〉寫鶴具淩雲之姿,放鶴超然於塵表,超於煙霞蒼雲之外。此處「鶴下銀橋」、「鶴響天高」、「山人猿鶴」、「山中喚鶴」……,作者亦以鶴隱喻擺脫功名、淡泊寧靜、超脫物外的淡遠情操。

3.「黃鶴」表達成仙之嚮往:

> 總休問、西湖南浦,漸春來、煙水入天流。清遊好,醉招黃鶴,一嘯清秋。(〈甘州〉)
>
> 零露依稀傾鑿落。碎瓊重疊綴搔頭。白雲黃鶴思悠悠。(〈浣溪紗〉)
>
> 玉洞分春,雪巢不夜,心寂凝虛照。鶴溪遊處,肯將琴劍同調。(〈壺中天〉)

〈壺中天〉中,「玉洞」代指古代神仙所居之處,而鶴古稱仙禽、仙客,得道成仙者以之為坐騎,《南齊書·州郡志》:「仙人子安乘黃鶴過此」,六朝之後鶴與道家成仙之意象相結合,唐·崔顥〈黃鶴樓〉:「昔人已乘黃鶴去,此地空餘黃鶴樓。黃鶴一去不復返,白雲千載空悠悠。」此中黃鶴超越空間,更超越時間,〈浣溪紗〉一詞便是化用此一典

故。黃喬玲指出：唐代詠鶴詩一方面藉鶴之高飛長鳴表現唐
代士子對富貴功名的追求，一方面也賦予鶴高潔不群的形
象，因此唐人詠鶴詩往往有：功名、高潔、別離、仙家、隱
逸等意象[22]。觀玉田作品寫鶴之詞，除卻功名意象之外，其
他多少也沾染唐人意象色彩。

（四）「燕」之意象

玉田詞集出現「燕」鳥者共 39 次，僅次於鷗鳥。燕與雁
皆為候鳥，然於作品中二者所表達的意象截然不同，歸納玉
田作品中「燕」的意象有以下幾類：

1. 春回大地：

波暖綠粼粼，燕飛來，魚沒浪痕圓，流紅去、翻笑東
風難掃。(〈南浦〉)

溪燕度遊絲，漾粼粼，鴨綠光動晴曉。何處落紅多，
芳菲夢翻入嫩萍紅藻。(〈南浦〉)[23]

淺草猶霜，融泥未燕，晴梢潤葉初乾。(〈慶清朝〉)

水痕吹杏雨，正人在、隔江船。看燕集春蕪，漁棲暗
竹，漣影浮煙。(〈木蘭花慢〉)

乍減楚衣收帶眼，初勻商鼎熨香心，燕歸搖動護花
鈴。〈浣溪沙〉

寒食不多時。燕燕纔歸。杏花零落水痕肥。〈浪淘
沙〉

22　黃喬玲《唐詩鶴意象研究》，台北：政治大學碩士論文，2002 年。

23　引自《山中白雲詞》所附「別本」，見此書‧頁 1。

老願春遲，愁嫌晝靜。秋千院落寒猶剩。卷簾休問海棠開，相傳燕子歸來近。〈踏莎行〉

「燕歸搖動護花鈴」、「燕集春蕪」、「燕忽歸來」，燕子春日歸來，觸動花鈴，彷彿告知嶄新一年重新到來。燕歸來象徵春回大地，春光明媚，面對此大好時光，自然便寫出「翻笑東風難掃」、「鄰家小聚清歡」等歡悅字句，然而年老之人卻怕新年又至，人又復老，因此又有「悵望久」、「老願春遲」等時光流逝的惆悵感慨。

2. 閒適親切之情：

溪上燕往鷗還，筆床茶灶，筇竹隨遊屐。閒似神仙閒最好，未必如今閒得。（〈壺中天〉）
社燕盟鷗詩酒共。未足遊情，剛把斜陽送。今夜定應歸去夢。（〈蝶戀花〉）
正私語晴蛙，于飛晚燕，閒掩紋疏。（〈木蘭花慢〉）

按杜甫〈江村〉有：「自來自去堂上燕，相親相近水中鷗」之詩，「燕、鷗」同寫親切而閒適的鄉居生活，玉田在上承杜老，亦以「燕往鷗還」、「社燕盟鷗」、「燕留鷗住」等象徵人鳥相親且閒散自適的心境。

3. 雙宿雙飛：

《詩經·燕燕》：「燕燕於飛，差池其羽。」燕鳥雌雄相伴共飛，「雙燕復雙燕，雙飛令人羨」（李白〈雙燕離〉），雙宿雙飛的情景令人艷羨。唐詩著寫燕鳥雙飛者尚復不少。如

盧照鄰：「雙燕雙飛繞畫梁」（〈長安古意〉），李商隱「迴首雙飛燕」（〈蝶〉）等。宋詞摹寫雙燕者尤多，如晏殊「穿簾海燕雙飛去」（〈鵲踏枝〉），秦觀「曉日窺軒雙燕語」（〈蝶戀花〉），晏幾道「落花人獨立，微雨燕雙飛」（〈臨江仙〉）等。玉田〈解連環孤雁〉亦著寫雙燕，不過卻以對雙燕的忻羨反襯孤雁的形單影隻，觸目而傷懷，對比效果鮮明。

4. 無處可歸：

燕子歸來必會尋找舊時住家，然而「人事有代謝，往來成古今」（孟浩然〈與諸子登峴山〉），燕子冬去春回，卻往往有舊家不存，舊巢不復而無處可歸的情景，如：

> 去年燕子天涯，今年燕子誰家？（〈清平樂〉）
> 尚分明認得，舊時羅綺。可惜空簾，誤卻歸來燕子。（〈掃花遊〉）
> 空簾謾卷，數日更無花影。怕依然、舊時燕歸，定應未識江南冷。（〈瑣窗寒〉）
> 可怪寒生池閣。下了重重簾幕。忽見舊巢還是錯，燕歸何處著。（〈謁金門〉）

「燕歸何處著」一句尤其生動敘說「欲歸而無處可歸」的茫然情景，此情此境與作者亡國後無所歸依的心境相彷彿，以此為意象，表面寫燕，實則寫人，「去年燕子天涯，今年燕子誰家？」經歷諸多人事變遷而無處可歸，以問句作結，大有無語問蒼天的深沉慨嘆。

5.物是人非之滄桑：

　　燕子來時，舊家已改而無處可歸，由此又進一步暗寓物是人非的興亡與滄桑。以燕寓人世興衰始自唐人劉禹錫〈烏衣巷〉：「朱雀橋邊野草花，烏衣巷口夕陽斜；舊時王謝堂前燕，飛入尋常百姓家」，玉田詞中也多次運用此一意象，如：

> 尋芳處、從教飛**燕**頻繞。一灣柳護水房春，看鏡鶯窺曉。（〈鬥嬋娟〉）
>
> 嘯歌且盡平生事，問東風、畢竟如何。燕子尋常巷陌，酒邊莫唱西河。（〈風入松〉）
>
> 春風不暖垂楊樹，吹卻絮雲多少。燕子人家，夕陽巷陌，行入野畦深窈。（〈臺城路〉）
>
> 亂花流水外，訪里尋鄰，都是可憐時。橋邊燕子，似軟語、斜日江蘺。（〈渡江雲〉）
>
> 當年燕子知何處，但苔深韋曲，草暗斜川。（〈高陽臺〉）

　　句中「舊時」、「巷陌」、「夕陽」及「橋邊」等皆化用劉禹錫詩中典故，明顯為唐人意象的承續運用。

(五)「鶯」之意象

　　中國古典詩詞中，黃鶯多與歡樂意象相連結，玉田之作亦不例外，詞中「鶯」鳥意象表達如下所示：

1.「鶯燕」象徵過去美好時光：

向西湖去，那裡人家，依然鶯燕。（〈燭影搖紅〉）

古樓窺**燕**，山谷調鶯，玉酣紅鬧。容易芳菲過了，趁園林，香塵未掃。（〈燭影搖紅〉）[24]

任**燕**來鶯去，香凝翠暖，歌酒清時鐘鼓。（〈大聖樂〉）

隨款步、花密藏春，聽私語、柳疏嫌月。今休問，燕約鶯期，夢遊空趁蝶。（〈綺羅香〉）

燕簾鶯戶，雲窗露閣，酒醒啼鴉。折得一枝楊柳，歸來插向誰家。（〈朝中指〉）

輕車幾度新堤曉，想如今、燕鶯猶說。縱豔遊、得似當年，早是舊情都別。（〈疏影〉）

一番雨過，一番春減，催人漸老。倚檻調鶯、卷簾收**燕**，故園空杳。（〈水龍吟〉）

佇立香風外，抱孤愁悽惋，羞燕慚鶯。俯仰十年前事，醉後醒還驚。（〈憶舊遊〉）

無端暗惱。又幾度留連，燕昏鶯曉。回首妝樓，甚時重去好。（〈臺城柳〉）

夢裡耆騰說夢華，**鶯鶯燕燕**已天涯。蕉中覆處應無鹿，漢上從來不見花。（〈思佳客〉）

玉田詞中「燕」常「鶯」常同時出現，「鶯燕」代表歡

24　引自《山中白雲詞》所附「別本」，見此書·頁73。

樂美好的時光，然而春光雖美卻是美景不常，正因曾經歷美好時光，當此美好逝去時不免發出無窮慨嘆：「一番雨過，一番春減，催人漸老。倚檻調鶯、卷簾收燕，故園空杳」，此「繁轉眼成空」的意象在作者詞集中隨處可見；如〈燭影搖紅〉：「古樓窺燕，山谷調鶯，玉酣紅鬧」之後便是「容易芳菲過了，趁園林，香塵未掃。」的醒覺；〈憶舊遊〉「佇立香風外，抱孤愁悽惋，羞燕慚鶯。俯仰十年前事，醉後醒還驚」，其中亦表達同一概念。〈燭影搖紅〉：「漸地遷、芳程遞趲。向西湖去，那裡人家，依然鶯燕」，當繁華已成往事，內心不免升起「西湖歌舞幾時休」的緬懷與感慨。據許興寶[25]考證：〈思佳客－題周草窗《武林舊事》〉一詞乃作者讀《武林舊事》，知高宗曾駕幸祖先張俊府第，張家盛筵以待一事而作。然而繁華如煙，往事如夢，「夢裡普騰說夢華，鶯鶯燕燕已天涯」，於此抒寄落魄王孫一腔幽怨，並深刻醒覺欲重返當年盛況已成幻夢，美好時光已一去不返。

2. 以「鶯鶯」代表歡醉之歲月：

> 行歌趁月，喚酒延秋，多買鶯鶯笑。蕊枝嬌小。渾無奈、一掬醉鄉懷抱。(〈解語花〉)
> 閒苑深迷，趁香隨粉都行遍。隔窗花氣暖扶春，只許鶯鶯占。(〈燭影搖紅〉)
> 花貼貼，柳懸懸。鶯房幾醉眠。醉中不信有啼鵑。江南二十年。(〈阮郎歸〉)

---

25 許興寶〈論張炎的經歷心境與鳥意象〉，《唐山師專學報》，2000 年第 4 期，頁39。

記瓊筵卜夜，錦檻移春，同惱鶯嬌。暗水流花徑，正無風院落，銀燭遲銷。(〈憶舊遊〉)

留連。殢人處，是鏡曲窺鶯，蘭皋圍泉。醉拂珊瑚樹，寫百年幽恨，分付吟牋。(〈憶舊遊〉)

以上「鶯鶯」或「鶯」之出現常伴隨「醉眠」、「醉鄉」、「瓊筵」、「醉拂珊瑚樹」等買醉之語，大有「十年一覺揚州夢，贏得青山薄倖名」「(杜牧〈遣懷〉)的無限唏噓與慨嘆。

3.以鶯聲喚醒時光消逝之煩惱與醒悟：

獨憐水樓賦筆，有斜陽、還怕登臨。愁未了，聽殘鶯、啼過柳陰。(〈聲聲慢〉)

繡屏開了。驚詩夢、嬌鶯啼破春悄。(〈霜葉飛〉)

謾擊銅壺浩歎，空存錦瑟唯彈。莊生蝴蝶夢春還。簾外一聲鶯喚。(〈西江月〉)

鶯吟翠屏。簾吹絮雲。東風也怕花瞋。帶飛花趕春。(〈四字令〉)

暖香十里軟鶯聲。小舫綠楊陰。夢隨蝴蝶飄零後，尚依依、花月關心。(〈風入松〉)

心緒亂若晴絲，那回游處，墜紅爭戀殘照。近來心事漸無多，尚被鶯聲惱。(〈鬥嬋娟〉)

欲訴閒愁無說處。幾過鶯簾，聽得間關語。昨夜月明香暗度。相思忽到梅花樹。(〈蝶戀花〉)

力未勝春嬌怯怯。暗託鶯聲細說。愁壓眉心鬥雙葉。

（〈淡黃柳〉）

春探妝減豔，波轉影流花。鶯語滑，透紋紗。有低唱
人誇。（〈意難忘〉）

春日百鳥鳴聲最為清脆嘹亮者就屬黃鶯。黃鶯於文學作
品中多取聲音以為著寫層面，如唐・金昌緒：「打起黃鶯
兒，莫叫枝上啼。啼時驚妾夢，不得到遼西。」（〈春怨〉）
五代・馮延巳：「濃睡覺來鶯亂語，驚殘好夢無尋處」（〈鵲
踏枝〉），皆取鶯聲啼破美夢之意象。玉田亦取「黃鶯」婉轉
的鳴聲作聽覺摹寫，以黃鶯啼喚代表自歡樂中覺醒，藉以表
達美夢被迫中斷，夢醒時分悵然若失之感。

（六）「杜鵑」之意象

杜鵑又名杜宇、鵜鴃，鵜鴃最早見於屈原《離騷》：
「恐鵜鴃之先鳴兮，使夫百草為之不芳」，屈原忠而被謗，
流放家國之外，作《離騷》以明志，「杜鵑」不僅表達其鄉
愁歸思，更表達「失國」泣血之痛。而自杜甫後，杜鵑更成
為忠貞士人之化身。杜甫有〈杜鵑行〉，南宋・王十朋〈謁
杜工部祠〉[26]：「歌蜀道難，詠杜鵑詞，忠不忘君，先生是
也。」南宋山河破碎之際，歌詠杜鵑之詩更是頻繁出現，如
文天祥〈詠懷〉：「杜陵杜鵑心」，文天祥一人便有詠杜鵑
詩十數首，其詩常以杜鵑自比，杜鵑聲中寄寓家國淪亡的感

---

26 宋・王十朋《謁杜工部祠文》，《四庫全書・集部・別集類・梅溪後集》（上海：
上海古籍出版社，1987 年）卷二十八。

慨[27]。玉田詞中杜鵑意象寓託表現則有：

1.「啼鵑」惋春光之消逝：

> 正寂寂江潭，樹猶如此，那更啼鵑。（〈木蘭花慢〉）
>
> 看燕集春蕪，漁棲暗竹，涇影浮煙。都緣聽得啼鵑。
> （〈木蘭花慢〉）
>
> 晚階前，落梅無數，因甚啼鵑。（〈玉蝴蝶〉）
>
> 瀟灑寒犀麈尾，玲瓏潤玉搔頭。半窗晴日水痕收。不
> 怕杜鵑啼後。（〈西江月〉）
>
> 花貼貼，柳懸懸。鶯房幾醉眠。醉中不信有啼鵑。江
> 南二十年。（〈阮郎歸〉）
>
> 野鵑啼月，便角巾還第。輕擲詩瓢付流水。（〈洞仙
> 歌〉）
>
> 無心再續笙歌夢，掩重門、淺醉閒眠。莫開簾。怕見
> 飛花，怕聽啼鵑。（〈高陽臺〉）
>
> 流光慣欺病酒，問楊花、過了有花無。啼鴂初聞院
> 宇，釣船猶繫菰蒲。（〈木蘭花慢〉）
>
> 一掬幽懷難寫，春何處、春已天涯。減繁華。是山中
> 杜宇，不是楊花。（〈春從天上來〉）
>
> 荷陰未暑，快料理歸程，再盟鷗鷺。只恐空山，近來
> 無杜宇。（〈臺城路〉）

《漢書‧揚雄傳》顏師古注：「杜鵑，常以立夏鳴，鳴

---

27 吳學良〈論中國古典詩詞中的杜鵑意象〉，《六盤水師專學報》（社會科學版），1995年第1期，頁34。

則眾芳皆歇。」杜鵑於春末夏初百花已謝之時啼叫，杜鵑一啼表示春日已去，由此更加引起文人的傷春愁緒。

2. 啼鵑表離鄉之愁或家國之思：

> 千年事、都消一醉。謾依依，愁落鵑聲萬里。(〈西子妝慢〉)
>
> 倚闌干不語，江潭樹老，風挾波鳴。愁裡不須啼鴂，花落石床平。(〈瀟瀟雨〉)
>
> 玉老田荒，心事已遲暮。幾回聽得啼鵑，不如歸去。(〈祝英臺近〉)
>
> 遮莫重來，不如休去，怎堪懷抱。那知又、五柳門荒，曾聽得、鵑啼了。(〈水龍吟〉)
>
> 誰引。斜川歸興。便啼鵑縱少，無奈時聽。(〈梅子黃時雨〉)
>
> 故鄉幾回飛夢，江雨夜涼船。縱忘卻歸期，千山未必無杜鵑。(〈憶舊遊〉)
>
> 一笑東風又急，黯消凝、恨聽啼鴂。想少陵、還歎飄零，遣興在吟箋。(〈暗香〉)

杜鵑為旅鳥，又名子規、杜宇、望帝、子鵑等。李昉《太平御覽‧州郡部》引《十三州志》云：「當七國稱王，獨杜宇稱帝於蜀，……望帝使鱉冷鑿巫山治水有功，望帝自以德薄，乃委國禪鱉冷，號曰開明，遂自亡去，化為子規。故人聞鳴曰：望帝也。」而《說文‧佳部》：「蟲周，燕也，從佳，山象其冠也，囧聲；一曰：蜀王望帝婬其相妻，慚，

亡去，為子巂鳥，故蜀人聞子巂鳴，皆起曰，是望帝也」，相傳杜宇國亡身死後精魂變化為鵑鳥，啼聲哀怨淒悲，動人肺腑。《本草綱目‧禽部三》亦云：「其鳴若『不如歸去』，故尤動離人之思」。杜鵑口舌皆紅色，人們誤以為杜鵑哀鳴至啼血，「杜鵑啼血」之事經後人代代渲染，古典詩詞中杜鵑便常與「春歸不返」或「不得歸家」等悲苦之事相聯繫，例如：

> 又聞子規啼夜月，愁空山。（李白〈蜀道難〉）
>
> 其間旦夕聞何物？杜鵑啼血猿哀鳴。（白居易〈琵琶行〉）
>
> 莊生曉夢迷蝴蝶，望帝春心托杜鵑。（李商隱〈錦瑟〉）
>
> 聽杜宇聲聲，勸人不如歸去。（柳永〈安公子〉）
>
> 更那堪鷓鴣聲住，杜鵑聲切。啼到春歸無尋處，苦恨芳菲都歇。算未抵人間離別。（辛棄疾〈賀新郎‧別茂嘉十二弟〉）

「離別」與「思歸」是相伴生發的人生課題，當春夏之季，杜鵑徹夜啼鳴，叫聲似訴「不如歸去」之愁，而鳥名「子規」之「規」亦諧音「歸」。作者於「玉老田荒，心事已遲暮」之時更加喚起遊子思鄉的思歸之情。

張潮《幽夢影》：「物之能感化者，在天莫若月，在樂莫若琴，在動物莫若杜鵑，在植物莫若柳」，數千年來，代復一代的文人墨客已將杜鵑定位為悲愁思歸的象徵，鵑鳥凝

聚文人濃厚情感，成為文人愁苦心聲的代言者，為文人啼唱
出生命的悲歌！

六、張炎詞中禽鳥意象的特色
——以〈解連環孤雁〉一詞為例

以上可見玉田作品中禽鳥意象之豐富，歷來少人能及。
意象形成有其結構脈絡之跡可尋，因篇幅所限，本節以作者
著名的〈解連環孤雁〉一詞為例[28]，說明作者經營禽鳥意象
的特色與方式，其他眾多作品亦多少可見如此的特色：

（一）時空交錯，雙線交織

本篇開頭：「楚江空晚，悵離群萬里，恍然驚散。自顧
影，欲下寒塘，正沙淨草枯，水平天遠。」起筆「楚江空
晚」，開篇便予人遼闊無際之感，正因楚天暮靄之壯闊，方
襯出孤雁形單影隻之渺小。又末尾作「暮雨相呼，怕驀地，
玉關重見。未羞他，雙燕歸來，畫簾半卷。」「玉關」一地
將場景推至北方，是為遠景；「未羞他，雙雁歸來，畫簾半
卷」則又拉回近景，本闋詞於空間上呈現大景中有小景、遠
景下有近景的生動畫面，畫面上展現具有層次的立體感。至
於時間表現上：「料因循誤了，殘氈擁雪，故人心眼。」這
是孤雁對過去的追悔；「想伴侶，猶宿蘆花」為當下此刻的
懸想；「也曾念春前，去程應轉。暮雨相呼，怕驀地，玉關
重見」則揣想未來重逢之美好，對未來的期盼是支撐孤雁渡

---

28 〈解連環孤雁〉全詞內容如前文所示。

過漫漫長夜的原動力。但於虛筆懸想之外,「誰憐旅愁荏苒?謾長門夜悄」則又回到現實孤寂難耐之著寫。整體時間上由過去而現在,由現在而未來;由過去跌回眼前,復由眼前跳至未來,如此以虛寫實,亦幻亦真,情深而意切,不管時間或空間上皆展現「遠近交錯,雙線交錯」的高超手法。

(二)化用典故,前有所承

本詞旨在詠寫落單的孤雁。歷來吟詠孤雁者不少,《佩文齋詠物詩選》[29]即收錄七首「孤雁」之詩[30],如杜甫〈孤雁〉:「孤雁不飲啄,飛鳴聲念群。誰憐一片影,相失萬重雲。望斷似猶見,哀多如更聞。野鴉無意緒,鳴噪自紛紛。」高遠浩茫之萬里重雲中,僅見一片黑影,兩相映襯下更顯雁的渺小孤單。孤雁執著一念,且飛且鳴,淒清啼聲尤易觸動文人心懷,自古文人多寂寞,其踽踽獨行不正如脈脈斜飛的孤雁?以雁自況,托物抒懷的色彩十分濃厚。

玉田延用「孤雁」的吟詠主題,並善加融合相關典故:如「殘氈擁雪」乃用《漢書・蘇武傳》典故;「謾長門夜悄」為《漢書・司馬相如傳》陳皇后典故,作者將二項典故巧妙融合於一爐,以歷史人物借古傷今。對作者而言,「殘氈擁雪」又暗指被囚北地之故人,「料因循誤了」則指故人至今音信仍無。玉田於此既寫雁鳥之孤單,又寫己身不能溝通故人的傷心懷抱。

---

29 清・查慎行等編錄《佩文齋詠物詩選》(台北:廣文書局,1970 年)。

30 此七首「孤雁」詩為盧照鄰之〈同臨津紀明府孤雁〉及許渾、儲嗣宗、陸龜蒙、崔塗、張子明、杜甫等人之〈孤雁〉詩。同上註。

至於「自顧影、欲下寒塘」與「暮雨相呼，怕蓬地，玉關重見」則化用唐代崔塗〈孤雁〉「暮雨相呼失，寒塘欲下遲」二句。末尾「未羞他，雙燕歸來，畫簾半卷」則化用北宋晏幾道「落花人獨立，微雨燕雙飛」（〈臨江仙〉）的典故。整闋詞字字有來歷，句句有典故，綿密融合各項相關典故以抒寫雁鳥傳書、相思及孤單等種種意象，兼寫景物，兼述本事，技法高妙。作者其他作品亦多化用典故者，或據事典，或用語典，或引歷史人物事蹟，藉古人酒杯澆己胸中之塊壘，藉典故寄託己意，意念豐厚。

（三）一語雙關，人鳥兼寫

初看玉田「孤雁」一詞以為純是詠物之作，然而其中句句寫雁，亦句句寫人：「楚江空晚，悵離群萬里，怳然驚散」，孤雁驚覺失群時「悵」離群萬里，「怳然」「驚」散，三種心理感情連寫，是鳥情，亦是人情，將飄泊孤零之心境著寫得十分深刻。「自顧影，欲下寒塘，正沙淨草枯，水平天遠」，句中生動摹繪孤雁顧影自憐，於大片「淨沙」、「枯草」中獨自踽行，在在呼應題目之「孤」字。焦急之孤雁奔飛於天際時僅見渺小的一點身影，由此順勢帶出「寫不成書，只寄得相思一點」的情感字句，用語纖巧入妙，因此周密《草窗絕妙好詞選》[31]贊之：「『自顧影，欲下寒塘，正沙淨草枯，水平天遠。寫不成書，只寄得相思一點』，如此等詞，雖丹青難畫矣。」

---

31 本文所引詞話、詞評可參唐圭璋編《詞話叢編》（台北：新文豐出版社，1988年）及唐圭璋、潘君昭《唐宋詞論集》（濟南：齊魯書社，1985年）。

再者孤雁因「想伴侶」而「猶宿蘆花」，又懸想雁群
「去程應轉」時「暮雨相呼」的情景，末筆更是神來之筆：
「未羞他，雙燕歸來」一語以「雙」反襯題目的「孤」。全
篇始終緊扣「孤」字著筆，不只寫「形」，亦寫「神」，巧妙
融合「人」、「雁」為一，將鳥予以「擬人化」，以時空烘
托，以典故渲染，以雙燕反襯孤雁，形象生動，又能暗喻言
外之意，將一己國破家亡之痛與感時傷懷之苦襯寫得淋漓盡
致，是為「詠物言志」上乘之作[32]。作者其他作品的鳥類意
象亦類於此，託物而言情，人鳥雙關，意象重疊而意蘊豐
富。

（四）巧妙烘托，正反相襯

　　歸納《山中白雲詞》中禽鳥意象的結合方式有：

1. 獨立式：僅寫一鳥，如〈新雁過妝樓〉專寫初飛之江雁。

2. 並列式：合寫二種以上鳥類，如〈高陽臺〉出現鶯、燕、
　　鷗、鷺四種鳥類。

3. 對比式：著寫形象互相對立的二種鳥類，如〈解連環孤
　　雁〉寫大雁而以小燕為對比，將鳥類與處於困苦的詩人兩
　　相對照。

　　以上「並列式」為正襯，「對比式」為反襯技巧的運
用，前者可正面烘托出熱鬧情景（如〈高陽臺〉），後者可反
面襯顯出孤單的身影（如〈解連環孤雁〉）。「孤雁」一詞以
「廣大天空」反襯「渺雁一點」，以「雙燕」反襯「孤雁」，

---

32 陳邦懷編《詞林觀止》（上海：上海古籍出版社，1994 年），頁 742。

以開頭「怳然驚散」之分離悲苦反襯末尾「暮雨相呼」時重逢的驚喜，因此俞陛雲《唐五代詞選釋》:「結句以雙燕相形，別饒風致」。

作者其他作品中，以「鷗鷺」同寫歸隱之志，以「鶯燕」表達今昔對比之失落感，亦作鮮明對比，烘托巧妙，互相映襯而達到深化主題的作用，因此樓敬思《詞林紀事》讚語:「南宋詞人，除姜白石外，唯張玉田能以翻筆、側筆取勝，其章法、句法俱超，清虛騷雅，可謂脫盡蹊徑自成一家。」

（五）摹寫懸想，情景交融

玉田詠鳥之詞尚展現有聲有色的形象藝術美:

1.如畫在目的情景美:

事物有象則有形，有形則有色，作者善觀察鳥類形色（如「白鷗、黃鶴」），於鳥類樣態作生動描繪（如「孤雁、眠鷗」），色彩鮮明，形象立體。對鳥類四周景物的描繪亦清空如畫（如（「楚江空晚」）），且不惟狀寫景物色彩，連帶情感亦著上色彩，清·朱庭珍《筱園詩話》:「寫景，或情在景中，或情在言外；寫情，或情中有景，或景從情生，斷無無情之景，無景之情也。」主觀情感隱藏於客觀取景之中，移情作用使景物另具不同的生命力，觀察玉田所寫鳥類或為孤鳥（如孤雁），或為歸鳥（如鷗鷺），或為悲鳥（如杜鵑），即使如「鶯燕」之類的歡鳥也多用以表示對逝去美時光的深深悼念，「景語」與「情語」相互黏著，主客相合，內外統一，一切景語皆其情

語。王國維《人間詞話》:「境非獨謂景物也,喜怒哀樂,
亦人心中之一境界。故能寫真景物、真感情者謂之有境
界。」觀作者詠鳥之作景真而情更真,哀景哀情,意境真
切。

2.如響在耳的音聲美:

鳥類與草木不同,在於色彩之外尚可作音聲方面的摹
寫。各種鳥類具有不同的鳴叫聲,如雁與燕音聲相異,明末
張煌言〈滿江紅〉:「燕語呢喃新舊雨,雁聲嘹嚦興亡
月」[33],玉田詠鳥亦不忘取其音聲以作聽覺之摹寫:如狀鶯
鳥啼聲則有「鶯語滑」、「聽殘鶯、啼過柳陰」、「嬌鶯啼破春
悄」、「簾外一聲鶯喚」、「暖香十里軟鶯聲」、「鶯吟翠屏」、
「幾過鶯簾,聽得間關語」等字句;寫杜鵑聲則有「野鵑啼
月」、「怕聽啼鵑」、「啼鴂初聞院宇」、「醉中不信有啼鵑」等
詞語,至於「孤雁」一詞中「暮雨相呼」等語也是以鳥類的
啼叫象徵心情轉換。

統而言之,玉田禽鳥詞承繼《詩經》以來「以鳥代言」
的傳統寫法,賦、比、興兼而有之,如〈解連環孤雁〉整首
詞皆在鋪寫孤鳥飛翔的神貌,是為「賦」;以「孤雁」自
喻,是為「比」;詞人主觀情感因觸物而有所感發,是為
「興」,不管賦景或興情,皆能達到曲達意象,使情韻與意
象高度統一,並予讀者清晰明朗的凝練印象。

---

33 明·張煌言〈滿江紅〉,《張蒼水詩文集》,(台北:台銀經研室,1957-1961
年)。

七、結語

　　以上可見玉田作品中大量使用禽鳥意象，就「質」而言：其〈解連環孤雁〉一詞情景生動，堪得「張孤雁」這一美稱；就「量」而言：玉田詞作「篇篇有鳥」，且百鳥中又最喜歡寫鷗鳥，因此或許也可以用「張禽鳥」或「張鷗鳥」作為作者的別稱。

　　比諸宋代以前的詠鳥詩文，玉田禽鳥詞體現文學的「傳承性」與「獨創性」：

1. 傳承性：以鳥為意象自《詩經》便已存在，雖說意象可隨意創造，然而在數千年中國文化的積澱之下，部分意象已深入人心而形成一定的暗示，進而又形成民族思想中的集體意象，如見「水」則嘆時光之流逝，見「菊」而想陶潛之清高。玉田寫鳥亦處處可見此「文化積澱」的痕跡，其「禽鳥意象」是繼《詩經》、陶潛及杜甫等人之後，再次展現文人「以鳥代言」的詩風傳統，傳統詩文各類禽鳥意象皆綜合表現於他的作品當中，而且意象更加深固。

2. 獨特性：「禽鳥詩詞」一般歸為詠物之作，然而玉田所作並非單純詠物，而是有所寄託，處處借鳥以代言，托鳥以抒懷，以「禽鳥」反映個人情感與生命特質，所謂「以我觀物，物皆著我之色彩」（《人間詞話》），張炎作品中的飛鳥都帶染作者「自我」的個性色彩。《四庫全書提要》：「張炎於宋邦淪覆，年已三十又三，猶及見臨安全盛之日，故所作往往蒼涼悽楚，即景抒情，備寫其身世盛衰之感，非徒翦翠刻紅為工」，作者以鳥作比喻、擬人、移

情、象徵，由原型意象層層轉喻，使詩人意念與鳥類形象交感，入乎其內，出乎其外，藉不同禽鳥展現不同意象，揭示豐富的情感意涵，所寫鳥類具多層指涉意義，兼具顯性及隱性意象的雙重意象（double image），使文意更為豐美。劉熙載《藝概》[34]：「張玉田詞，清遠蘊藉，悽愴纏綿」，人言張炎之詞「寄旨遙深」，其原因即在作者善以外在景物寄託情懷，尤其「禽鳥意象豐富」更是張炎詞風一大特色。

　　張炎禽鳥詞乃是作者一生情感軌跡的生動折射，作者詞集中飛鳥形象繁多，具豐厚的美學意涵，並形成獨特的審美世界。這類詞既是主體外化高度的語言藝術成就，又展現中國文學中禽鳥書寫的傳統，因此本文以為：張炎堪為歷代禽鳥詩詞「集大成」的人物。

34　清・劉熙載《藝概》（台北：華正書局，1988 年）。

國家圖書館出版品預行編目資料

文學的鏡象：語言文學／文學語言／邱湘雲著.
-- 初版. -- 臺北市：萬卷樓，2009.12
面； 公分
ISBN 978－957－739－667－9 (平裝)
1.中國文學 2.語言學 3.論述分析 4.文集
802.7   98023398

文學的鏡象

語言文學／文學語言

著　　　者：邱湘雲

發　行　人：陳滿銘

出　版　者：萬卷樓圖書股份有限公司

　　　　　　臺北市羅斯福路二段 41 號 6 樓之 3

　　　　　　電話(02)23216565‧23952992

　　　　　　傳真(02)23944113

　　　　　　劃撥帳號 15624015

出版登記證：新聞局局版臺業字第 5655 號

網　　　址：http://www.wanjuan.com.tw

E－mail：wanjuan@seed.net.tw

承印廠商：中茂分色製版印刷事業股份有限公司

定　　　價：300 元

出版日期：2010 年 9 月初版

（如有缺頁或破損，請寄回本公司更換，謝謝）

◎版權所有　翻印必究◎

ISBN 978－957－739－667－9